从赤霞村来的保姆们

成伟钧 / 著

大堰河,是我的保姆。
她的名字就是生她的村庄的名字,
她是童养媳,
大堰河,是我的保姆。

大堰河,
我是吃了你的奶长大的
你的儿子,
我敬你
爱你!
　　　　——艾青《大堰河——我的保姆》

目录

序　　曲	山洪	1
第 一 章	彩霞	5
第 二 章	丹霞	25
第 三 章	红豆	49
第 四 章	金秋	89
第 五 章	巫丹	103
第 六 章	彤云	131
第 七 章	天怒	151
第 八 章	南国	167
第 九 章	发奋	191
第 十 章	迎春	217
第十一章	天涯	231
第十二章	力量	249
第十三章	童趣	269
第十四章	征服	293
尾　　声	瞻仰	316
后　　记		319

序曲 山洪

湘东北群山的余脉里，孕育出一条条蜿蜒曲折的清溪，汇合成一条小河，在赤霞镇拐了一个弯，缓缓地向北流去。镇旁河宽七八十米，再向前五十公里，便是烟波浩渺的湘江。

晴天，东方发白，薄如轻纱的一片片云朵渐渐被染成曙色，变成了绮丽的彩霞；过一会儿，一轮红日喷薄而出，将万丈霞光洒向大地，洒向一马平川的小河两岸……太阳西沉了，铜盘大的落日映红了西边天空，映红了天边的一片片云朵。这条碧水早晚被万丈霞光染成了红色的带子。因此，人们叫这条小河为"赤霞河"。赤霞村则处于赤霞镇的中心位置，是一个拥有上千人口的村落。

小河南岸是一长片桑林，桑林那边是一望无际的稻田。北岸也是开阔地，是傍水而上的宽阔公路、一排排的果园和果园后面一幢幢新起的白色农舍，农舍后面是山坡，山坡后面是山。河上新建了一座大桥，供南来北往的车辆和行人来往。上游附近还有一座简陋的小木桥，专供拣近道、抢时间的行人在河水不深时从木桥上走过。其中，多数是赤霞村里的小学生，因为小学校就在桑林那边一处高地上。

二〇〇七年，已经过了桃花汛，河里的水已经涨起来了。眼下又到了夏至，周末下了整天整夜的白帐子猛雨，小河水位离木桥只差一米高了。星期一清晨，雨后初霁，赤霞村的小学生们吃过早饭，背上书包，三五成群，高高兴兴地向木桥走去。

突然，一阵惊天动地的轰鸣声从上游迅速传来。上游山洪暴发了！"轰隆隆"、"哗啦啦"的洪流裹着泥沙、草木奔腾而下！已经走到木桥中间的小学生秋秋、冬冬、玲玲、乐乐和菊菊被吓呆了。

这时，一位送孩子们上学的家长——吴小嘉的妈妈方彩霞用双手卷成个喇叭朝前喊："木桥上不能过人了，大家赶快回头往大桥上走。"她又指挥木桥上的五个孩子，叫他们迅速往回跑。洪峰到来了，像倒了墙似的压下来。这座具有二十年历史的木桥终于被洪水冲垮，五个小学生被卷入浑浊的洪流中。

救人要紧！从小识水性的村妇女主任方彩霞命令每一个小学生抱着被洪水冲散的木板，尽力往岸边游，自己纵身跳入洪流中，第一个抓住玲玲抱的木板，使劲推到岸边，玲玲得救了。这时，乐乐正抱着一块木板在急流中挣扎。彩霞迅速游过去，紧紧抓住乐乐抱的木板，使劲游到了岸边，乐乐也得救了。彩霞一看，再没人抓到木板，只见木桥下游二十多米处的洪流中，有一只手在水面上挣扎了几下，转瞬即逝。彩霞迅速游到那前面，沉入水下打捞，一会儿，捞到了一条腿。她把这条腿拉出水面，原来是秋秋！他还活着！她将秋秋夹在腋下，使劲仰泳，游到了岸边。

就在彩霞于水下摸秋秋的时刻，她的儿子——十岁的嘉嘉看到木桥下游三十多米的河心有一个绿色的东西在汹涌的水面上翻动了一下，那一定是冬冬，因为冬冬背的是绿色书包。嘉嘉丢下自己的书包，叫了声："我去救冬冬！"便纵身跃入洪流中。他游到下游四十米处的河心,在水下捞了一阵,终于抓到了冬冬的一只手,把他拉出水面。冬冬还活着!嘉嘉用一只手臂奋力划水,另一只手拉住冬冬,叫冬冬用另一只手臂划水,很吃力地划到了岸边。冬冬也得救了。

菊菊在哪里呢?只见下游洪水中有个红色的东西在水面翻动了一下,又卷入旋涡中。是菊菊,她戴着红领巾。嘉嘉游到菊菊前面,抓住了她的一只手。菊菊惊恐万分,紧紧地抱住嘉嘉的双手,使嘉嘉动弹不得,两人在湍急的洪流中沉下去好几次。嘉嘉疲倦了,咬着牙,用尽最后的力气,甩开了她的手臂,将菊菊顶出水面,顺着水势,把她顶到桑林边,让菊菊抓住一根粗大的树枝,爬上了对岸,菊菊得救了!此刻,嘉嘉已经疲惫不堪,一个奔腾而下的木桩击中了他的头部,一个湍急的旋涡将他卷入水底,他再也没有浮上来,妈妈再也没有见到他的身影。村里的大人们赶到河边,沿着河岸寻找嘉嘉,再也没有见到嘉嘉的影子。直到中午时分,村支书才看见在大桥下游一公里处的荆棘中,浮着一个人。捞上来一看,是嘉嘉,头部受了伤,已经安详地合上了眼帘。

苍天垂泪,大地含悲!赤霞河失去了一个优秀的少先队员,赤霞人民失去了一个优秀的儿子!

赤霞河北岸的山坡上有一片墓地,嘉嘉的遗体就葬在那里,墓地坐北朝南,面对小学那个方向。根据省、市、县团委的指示,黑色的墓碑上镌刻着"见义勇为的少先队员吴小嘉之墓"以及立碑单位和立碑年月日的金色字样。墓两旁分别栽着两棵常青的翠柏树。墓前放着许多花圈和花束。秋秋、冬冬、玲玲、乐乐和菊菊的父母带领全家人来瞻仰嘉嘉的墓，献上了一些鲜花；又来到彩霞面前，泣不成声，欲语无言。他们虔诚地送来了八十万元作为抚恤金，但彩霞都婉言谢绝了。

彩霞哀恸地埋葬了自己最亲的骨肉，哭了两天两夜。从深圳打工回来的丈夫吴昊与彩霞的妹妹方芳和彩霞的好友丹霞也好言相劝，陪了两天两夜。

方芳诚恳地说："姐，嘉嘉走了，我就把我家的小妹蕊蕊给你当闺女吧！"

吴昊说："眼下，你就在方芳家住一阵子；要不，到深圳去我那儿住上两三个月，我陪你散散心，看看外面的世界。"

彩霞小心翼翼地从壁上取下嘉嘉的遗照，沉思良久，忽然记起一个月前她和丹霞谈起外出打工的事时，嘉嘉在一旁说的话：

"妈妈，你去当家政服务员吧！当家政服务员光荣，当保姆光荣，都是为人民服务。你放心，我会努力学习，照管好自己，还会照顾好爷爷奶奶的！"彩霞心爱地抚摸着儿子的头，说："有你这样的好儿子，妈就放心了！"

三天后，省、市、县政府给彩霞颁发了印有"奖给见义勇为的英雄母亲方彩霞"烫金字样的镶金镜框，以及六十万元奖金和抚恤金，还选定彩霞为省英模报告团的成员。

嘉嘉最爱的白狗见嘉嘉被埋葬了，白天黑夜守在嘉嘉墓旁，呜呜地哭着，不吃不喝不睡，喂东西也不吃。到第四天，它才安详地合上了眼。嘉嘉的公公流着泪，将白狗的尸体埋葬在嘉嘉墓旁，上面竖了一块小石碑，碑上刻着"义犬"二字。

第一章　彩霞

　　她为抢救小学生牺牲了自己的爱子。为了献身共同的美好事业,她离开了家,走向城市,走向社会,走进了另外一个家。

　　她奋斗的精神美如画,她美好的心灵似彩霞……

一

深夜，万籁俱寂。彩霞的哀思不绝如缕，辗转反侧，不能成眠。她对吴昊说："政府颁发了奖金和抚恤金各三十万元，抚恤金可以领了，给蕊蕊做抚养费。至于奖金，我不能收，因为那是我和嘉嘉尽了应尽的职责。是否可以把它献给赤霞小学？用在孩子的身上才有意义！"吴昊同意了她的意见。

彩霞继续说："去深圳住一些日子，没有必要，我也不习惯。至于到方芳家住几天，倒是必要的。蕊蕊才三岁，需要爱，需要亲情，需要多给她一些温暖。带她多玩几天，给她添置些生活必需品。嘉嘉一走，蕊蕊就成了我们的命根子了。蕊蕊开始上幼儿园了，我会经常去看她，到了适当的时候，我就把她接到自己身边来。眼下怎么办？"彩霞耳边仿佛又响起了嘉嘉那尖脆的声音："妈妈，你去做家政服务员吧！当家政服务员光荣，当保姆光荣，都是为人民服务……"刚十岁、读小学四年级的儿子的话，又一次撞击着她的心扉。是的，家里的事，眼下由爷爷奶奶管着，他们的身体都很健朗，作田、养猪、种菜的事，他们还干得下。农忙时，村里有拖拉机、插秧机、打谷机，三四天就干完了。外面的大世界，发展迅速，需要多方面的人才。我没有专长，可我有高中毕业的文化，认认真真当个保姆，应该没有问题，我有这个信心。彩霞把自己的想法告诉了吴昊，吴昊也觉得有道理。征得爸爸、妈妈同意后，彩霞的决心就这么定下了。

直到圆月西沉，雄鸡报晓，他们才睡了一会儿。因为上班任务紧张，早饭后，吴昊便动身回深圳了。彩霞来到方芳家住了四天。蕊蕊很喜欢姨妈，总是跟在她背后转，两人说不完的亲热。彩霞要走了，蕊蕊在彩霞脸上使劲吻了一下，流出两行热泪。彩霞忙用手帕给她擦拭，自己的眼泪也不住地往下流。

回家的路上，彩霞邂逅了丹霞。丹霞用关注的双眸盯着她，意思是：外出当保姆的事有没有变化？

彩霞说："已经定下来了，不会有变化。你家的灿灿怎么办？"

丹霞放心地说："灿灿很乖，爷爷奶奶都能带，很多事自己可以管着。她爸爸常从广州写信、打电话回来，嘱咐她听爷爷、奶奶的话。她现在上幼儿园，晚饭后回家，挺干脆，明年下半年就上小学了。"

彩霞高兴地点了点头。

下午，她俩到村委会找到村支书和村长。村支书一眼便猜出了她们的来意，热情地叫她们坐下，泡上茶，脸上笑容可掬，用手点着她俩的鼻子，说："我猜你们来做什么？"他伸出一个指头在桌上写了一个"出"字。彩霞和丹霞嫣然一笑，点了点头。

村支书说："你俩思想品德好，觉悟高，敬老尊贤，刻苦耐劳，任劳任怨，身体结实，年轻力壮，出外打工是好角，彩霞还是村妇女主任，我都舍不得你们走呢！"

村长开出外出务工证，交给她们，说："你们还要带上身份证。有了这两证，外出务工便畅通无阻了。"

村支书嘱咐着:"你们是中规中矩的人,这点我放心。可外面情况比想象的复杂,你们得处处小心,做到心稳、手稳、口稳、身稳。你们是赤霞村妇女中的优秀代表,一定要为赤霞村的妇女争光!彩霞是见义勇为的英雄母亲,省报、市报都报道了你的英勇事迹,你更要带好头啊!"

她俩铭记着村支书和村长的谆谆嘱咐,走出了村委会。

这两天,天宇清朗,净无云翳。彩霞和丹霞把家里的衣服、床单、被套以及厨房里的锅灶、碗柜统统洗刷得一干二净,做了一次全面的卫生,把爷爷、奶奶还可穿的破旧衣服缝补了一遍,然后各自准备外出的行李。第三天一大早,她们提着行李袋,告别了自己的家人和乡亲们,坐上通往省城的公共汽车,朝省城出发了。

进了省城,下了公共汽车,她们看到人流熙熙攘攘,川流不息。四周大都是陌生的外来人,问路也不怎么方便。她们眼睛尖亮,瞄准一位身穿警服的女交警,上前彬彬有礼地问道:

"警察同志,请问市家政服务中心在哪里?坐几路车?"

女交警见她俩各提一个行李袋,猜出她们是进城打工的农村妇女,便热情而关切地指着广场对面的公交站,说:

"要上66路公交车,起点站就在那儿。记得在市妇联站下车,市家政服务中心就在市妇联隔壁。"

彩霞和丹霞深深地谢过女交警,走到66路公交起点站,小心上了车。公交车拐了两道弯,照直往前开,半小时就到了市妇联站。下了车,她们一眼望见了市家政服务中心的大楼和栅栏。夹竹桃从栅栏上探出头来,露了嫣红的笑脸;几株长满碧叶的石榴树开出一丛丛红艳艳的花朵,宛如燃烧的火焰;紫荆树长长的枝条上开满了红艳艳的花朵，宛如红蝶群集；喜鹊在香樟树的枝头上轻快地跳来跳去，"叽叽喳喳"地欢叫着。

大楼一楼门口有个服务台，坐着一位二十多岁的姑娘，见她俩提着行李袋小心翼翼地左顾右盼着，便热情地走上前，问道：

"你们是到家政服务中心来的吧？那好！我是市家政服务中心的办事员，姓王，你们就叫我小王吧！"说完，把她们请进办公室，泡了两杯茶送到她们手里。

"你们带了出外务工证和身份证了吗？"小王问道。

"都带了。"彩霞和丹霞将这两证递给她。小王仔细端详了一遍，将身份证还给了她们，留下了身份证复印件，再请她们分别填上"家政服务员登记表"，然后开诚布公地说："到这里来要先培训半个月。"

彩霞和丹霞都愣住了，两人面面相觑："当保姆不就是做家务吗？"

"当然要培训。我们办家政服务还处在初级阶段，培训保姆，要付三百元的培训费、二百元的介绍费和培训阶段的伙食费。"

"请问培训些什么呢？"彩霞想问个清楚。

"内容可多啦！首先要懂得家政服务是怎么回事？到底为谁服务？用什么样的精神和态度服务？其次，要学会众多的服务项目。"

小王热情地、妙语连珠地介绍了一下主要内容："育人方面，培养好女孩的一百个怎么办，培养好男孩的一百个怎么办，培养孩子良好习惯的一百个怎么办，哺育婴幼儿的一百个怎么办。保健方面，老年人疾病护理的一百种方法，中西药服用的六十个禁忌，家中常用药物的保管和使用，按摩的方法及若干穴位。家电方面，洗衣机、电冰箱、电热水器、吸尘器的使用与保养；小家电方面，微波炉、电烤箱、抽油烟机、豆浆机、榨汁机、电热水壶的使用与保养。厨艺方面，要根据主人一家的饮食习惯做菜、做包子、做馒头、包饺子和馄饨，还要掌握湘菜、粤菜、浙菜、京菜的配料和火候，熟练地掌握各个环节。另外，要学会用现代化的工具扫除卫生，包括客厅卫生、餐厅卫生、卧室卫生、厨房卫生、厕所卫生；要学会使用缝纫机，简单地裁剪和缝补各类衣服；要学会家庭常用高档花卉如君子兰、米兰、墨兰、茉莉花、白兰花等的培养技术。你们今天来得正好，碰上培训班第八期开学。现在正在讲当保姆应该具备什么素质，我领你们去听吧！"小王说完，带领彩霞和丹霞上了二楼。

半个月艰苦的培训结束了，彩霞和丹霞感到收获的确不小，笔记本上记得密密麻麻的。体检也合格。她们满怀信心地与市家政服务中心签了合同，交了各种费用。

小王说："介绍工作一年内可更换三次，不另收介绍费。最低月工资不低于一千元，多者不限。"为了便于相互照顾，彩霞和丹霞在"家政服务员本人意见"栏内写下了一行字："希望介绍到同一个楼盘内工作。"

二

翌日清晨，从市家政服务中心大楼门口急匆匆进来一位老太太，戴着眼镜，头发黑白参半，红光满面，衣着整洁，斯斯文文，秀秀气气，知识分子模样。

小王见了忙道："于教授好！今天有什么急事？"

于教授诉苦说："你们前几天介绍的那个保姆嫌我家工作脏、累，昨天跑了！"

小王忙请她坐在靠椅上，拿出一沓"家政服务员登记表"，一页页翻给她看。她看了方彩霞的登记表，上面写着"现年三十岁"、"丈夫在外打工"、"无儿无女"等字，心想："聊别，没儿没女没牵挂！"于教授催着要见人。小王把彩霞从楼上领来了。于教授扶了扶眼镜，只见她圆脸，红扑扑的，齐肩的黑发向后梳着，长长的睫毛，眉清目秀，朴实大方，说话利索，个子高挑，身体结实，上穿花格子短袖衬衣，下着牛仔长裤，脚穿黄皮鞋，一身当代农村妇女的打扮。看完，于教授心里甚是喜欢。

"就定下这个吧！"于教授坚定地说。

于教授领着彩霞走了。在曙光花园站下了公交车，把行李寄存在附近一位朋友家，然后领着彩霞浏览了附近的一个菜市场。于教授买了一斤前腿猪肉、一包花菜、二两海米、一块冬瓜、两斤草鱼、一斤绿豆芽和一斤红灯笼辣椒，装进袋子里，由彩霞提着。于教授告诉她，哪些摊位卖的是今早的新鲜菜，哪些摊位卖的是隔夜菜；哪些摊位可以还价，哪些摊位不可以还价；哪些摊位扣秤，哪些摊位不扣秤。还说："人一熟，秤就足。"

彩霞心想：于教授对菜市场的情况了如指掌，而且健谈，说话也坦率，不转弯抹角，将来可能很好相处。彩霞想了解于教授家里的情况，于教授说："拐个弯就是滨江大道的曙光花园，到曙光花园就到家了，我们先从朋友家取出行李袋，进屋里谈吧！"

这是曙光花园第一幢二十九层楼的电梯房，购房时，于教授根据老伴江教授的意见，选择了第一层，一是凉快，二是便于养花。一进门，只见一个长方形的大客厅，通往四间卧室，还有餐厅、厨房、两个洗手间和南北两个阳台，北阳台用于晾衣，南阳台用于养花。厅里布满了灰尘，墙上挂着一幅松鹤延年的大幅湘绣，镜框右边上方写着"敬祝江教授七十寿辰"的字样。镜框歪斜，灰尘满布，房角上还有蜘蛛网。地板很久没有拖过，南阳台上的花卉好像经过一场大灾大难，大都萎蔫，病恹恹的，无精打采，有好几株还干死了。于教授领着彩霞走进主卧室。彩霞看见房内有个大书架，里面装满了书籍，还有些线装书，桌上也横七竖八地摆满了书籍，显得凌乱不堪。床上躺着一位白发老人。彩霞亲切地上前招呼："您就是江教授吧？我来打扰你们了！"

"哪里哪里，以后真得辛苦你呢！"

于教授叫彩霞坐下来，说："这就是我们的家。儿子儿媳在德国工作，四年回来一次，但常寄点钱回来。还有一个孙子，叫坨坨，已经十八岁了，从十岁起头部受伤，就没上学，天天待在家里，已经八年了！江教授经常腰腿痛，不能直立走路，上下床要人扶，大小便就解在便盆里，由我或者孙子倒掉。"

"到医院检查、照片没有？"彩霞问。

"没有。就看中医，吃中成药。吃了好一点，不吃更痛。"

江教授说。

"建议首先看西医,要照片、扫描,诊断出是什么病,到底是什么原因致的病,弄清'庐山真面目'。"彩霞说。

这时,一个十八岁左右的大男孩走了进来,白白净净,秀秀气气,对彩霞腼腆地叫了声:"阿姨好!"便靠近床边,从爷爷的被子底下取出便盆,走出门去。

"这孩子叫坨坨,很听话,从开始读小学起,期期是'三好学生'、少先队干部。十岁那年冬天的一个傍晚,他从学校回家,在马路旁看见一个歹徒抢了一个女子的皮包,往黑暗处逃窜。那女子吓得大叫:'快来人呀!有坏人抢走了我的皮包呀!'坨坨闻声第一个追上去,抓住被抢的皮包生拉硬拽,没拽住,反被抢劫犯一脚踢倒在地。坨坨紧紧抱住抢劫犯的一只脚。抢劫犯将脚猛甩了几下,见甩不掉,便弯腰捡起一块砖头朝坨坨头上猛砸。坨坨手松了,倒在地上,不省人事,脑部血流不止。在场的好心人忙叫来一辆救护车抢救。抢劫犯被追上来的群众逮住了,可坨坨由于脑部受伤,留下了无法继续学习的痼疾。"

说到这里,于教授声泪俱下,用手帕不住地擦着眼泪。彩霞听完,眼里也噙满了泪花。她想:"坨坨的年龄和英勇无畏的精神与嘉嘉多么相似!"

时钟已指着十一点,彩霞走进厨房,系上兜肚,准备做午饭。俗话说:"初来乍到,不知锅灶。"这句话不适用于彩霞。她像在自己家里一样,用电压锅煮饭,同时做菜。她将菜花去把,掰成小花瓣,放入开水锅内烫一下,捞出,漏净水分;后将菜锅放火上,加入油,下肉片变色,下菜花,烹料酒、酱油,加白糖、味精,把菜花炒透,淋入花椒油。这道菜是"肉片烧菜花"。

将两个番茄洗净,切片;木耳用温水泡发;鱼片加蛋捞匀;锅中下油烧热,将鱼片分散放入,滑开。待鱼变色时放番茄、木耳煸炒,再放精盐、料酒炒匀。这道菜是"番茄炒鱼片"。

除去豆芽根,洗净,沥去水分,把猪肉切成细丝;然后将炒锅置于火上,放入油烧热,下入肉丝,煸炒变色,加入酱油、料酒、白糖翻炒均匀,待肉丝微卷,随即盛出。然后将炒锅置于火上,放油烧热后,放入精盐,随即把绿豆芽放入锅中,炒至半熟后将肉丝倒入,炒到豆芽熟透后出锅。这道菜是"肉丝炒绿豆芽"。

取红灯笼辣椒半斤,切开去籽,洗净沥干,将少量肉片匀火炒熟,放盐糖适量,大半熟出锅。这道菜是"红椒炒肉片"。

将半斤冬瓜去皮去瓤、洗净,切成长方片,海米洗去泥沙待用。后将锅放在旺火上,加入清水烧开,再投入冬瓜、海米和精盐,烧十分钟左右,将冬瓜煮熟,加入葱花、味精和熟猪油。这道菜是"海米冬瓜汤"。

四菜一汤出来了,热腾腾地,满屋充斥着引人垂涎欲滴的浓香。他们吃了一顿久违的香喷喷的午餐。

洗碗抹桌后,彩霞没有休息,开始做大扫除,先房后厅,先内后外,先上后下,把墙上的灰尘扫干净,把地板、桌椅、沙发、橱柜、床铺洗抹干净。晚饭后,趁他们洗澡的机会,彩霞将阳台上的花卉整理了一番,给干着的浇上水,将死去的磕出土,堆在墙角上,留着以后加肥使用。将花钵洗干净,放在阳台边晒干、杀菌。彩霞是个养花能手。她识花、爱花,还是在赤霞河当姑娘的时候就会养花；到吴家当媳妇，二十几盆良种花卉都是她精心培育出来的。

弄完花后，彩霞与于教授和江教授商定，明天去省城最大的富雅医院看西医门诊，她问清了院址和路线。

她洗完澡和衣服，已经十二点了。她铺上干净的床单，纳好边，躺在床上，双手枕着头，心想："这是一个不幸的家庭，首先要把江教授的腰腿病治好，接着要解决坨坨的问题。坨坨是血肉之躯，是因见义勇为而负伤的优秀少年，是她们身边唯一的后辈，不能让他老待在家里。要让他学习，接触社会；要让他生活得充实、愉快、有亲情、有温暖、有意义、有信心。"

三

第二天天刚亮，彩霞到省城最大的富雅医院挂了西医腰椎科教授号。吃过早饭，救护车把江教授一家接到了医院门诊部。护士第一个叫了江教授的号。彩霞背着江教授进了腰椎科诊室。腰椎科主任是张教授，五十来岁，两鬓斑白，头戴大夫帽，精神矍铄，红光满面，对人热情温和，说话言简意赅。他按摩了江教授的腰腿部位，问清了情况，提出要做CT扫描。彩霞把江教授背到CT扫描室。扶上扫描仪，仪器马上对准了江教授的腰部，亦静亦动，左右翻转。彩霞第一次进扫描室，第一次看到这样神秘莫测的自动化扫描仪，感到现代医疗设备的先进。扫描结束，医生递给她一张软片，叫她交给张主任。

彩霞将江教授背回张主任的诊室。张主任深湛清亮的目光在软片上缓慢地移动着，最后停在下排几个图像上，下意识地用指头点了点桌子，写下了疾病诊断书和报告单：

腰椎间盘盆出，压迫右腿主神经。意见：尽早手术。

彩霞瞥见这十几个字，望着神态庄重的张主任，轻声问道："要做小手术，中等手术，还是大手术？"

张主任眉毛轻轻一扬："当然是大手术，要'全麻'！"

张主任瞥见彩霞焦急的样子，果断地说："病人马上住院，等待手术。我会尽可能把这个手术提到前面。"

于教授在一旁担心地询问："张主任，做这样的手术到底有多大的把握？"

张主任说："不能百分之百地肯定。不过，我们会尽力而为的。"他把"尽力而为"四个字说得特别重，使人放心。

彩霞把江教授背到外面走廊上，扶着他坐下。于教授从医护人员口中打听到，主刀的就是这位大名鼎鼎的腰椎科主任张宏民教授，省内腰椎科的第一把刀，她忐忑不安的心才趋于平静。为了照顾老年重病患者，张主任决定第二天上午九点给江教授动手术。

彩霞很快办好了江教授的住院手续。办公室值班护士将病人安排在本科病室第一号床，因为这里出入方便。江教授被扶上了床。

彩霞坐公交车回到家里，和坨坨一起准备好脸盆、手巾、脚巾、提桶、碗筷、牙膏、牙刷、口杯、拖鞋等住院用品。坨坨在家里守电话机，彩霞提着这些用品往医院赶。

翌日上午八点半，于教授在手术申请书家属签字处签了字。九点前，张宏民主任带领自己的助手们进了手术室。接着，工作人员将江教授推进了手术室，随即把门关上，门上立即闪示出"正在手术"四个醒目的红字。

手术首先进行"全麻"，接着在腰椎间盘处开出一道十五厘米长的口子，在腰椎骨间栓上六口进口合金钉，将被压迫通往右腿的主神经支撑起来，固定好，然后缝针进行封闭。手术前后花了七个小时。为了确保安全，病人被推进了观察室进行二十四小时严密观察。

于教授和彩霞在观察室外踌躇不定。到了晚上十点钟，彩霞和于教授很不放心地问值班护士，能不能让她们进去看看，哪怕只看一眼也行。

值班护士很抱歉地解释说："医院有规定，家属不能进入观察室。病人还处在麻醉状态，正在打吊针。如果出现什么意外情况，红灯马上会亮起来的。"

值班护士见彩霞和于教授赖着不走，心软了，让她们脱掉鞋在门口看了看。只见观察室相当大，内有二十几个病床，都躺着待观察的病人。远处靠窗的床上，躺着江教授，满头白发，凌乱不堪；在水银灯下，脸色像死了一般苍白；身体一动不动，身上盖着一床薄薄的白色套被。她俩谢了值班护士，依依不舍地退出观察室，久久地沉默着，是担心，也是期待，恻隐之心袭上彩霞的心头："人到了老年，最重要的是健康，是身旁要有亲人。"

回到家，已经十二点。坨坨正斜躺在长沙发上，半睁着蒙眬慵倦的眼睛等待她们回来。

于教授说:"老江明天就会回病房,随时需要人招呼。我们不能搞疲劳战术,得白天晚上轮流守护。彩霞你守晚班,白天请住院保姆守护,坨坨和我跑跑腿,打打招呼,三餐饭就在医院食堂吃。你们看怎么样?"

彩霞说:"还是我守白天好,因为白天事多而杂,我身体好,应付得了,让住院保姆守晚上吧!"

于教授怕累翻了彩霞,说:"那就试试看。"

第二天下午,江教授离开了观察室,回到病房。病床上的便盆里排满了大小便,又馊又臭。其他保姆倒便时大都是一手端着便盆,把便盆伸得远远的,另一只手紧摁着鼻子。彩霞截然不同,小心谨慎地走入卫生间,细心地倒掉盆里的大小便,把便盆洗刷得干干净净,再用手巾抹干,等候使用。

第二天下午,一位年轻医生来给江教授伤口换药。彩霞认真地注视着换药的每一个动作,然后问医生多久可以出院。年轻医生说:"先在病房躺半个月;如果情况不好,必须随诊;如果情况好转,回家再躺三个月;情况继续好转,就可以开始慢慢起床走动了。半年后,再来复查一次。"

彩霞像小学生听课似的,把医生的话牢牢记在心上。

第二天上午,彩霞接到市妇联打来的电话,说省委组织的英模报告团从明天开始要到全省作巡回报告,先从省城讲起。彩霞说明实情,抽不出时间来。省市领导决定,巡回报告一定要参加,就在省城范围内讲,请一名住院保姆顶替她的工作。

彩霞来不及准备,在次日上午八时准时赶到了会场。她被安排坐在主持人旁边,面对着台下的几千名听众,自忘其身,心里涌现的是赤霞河滚滚的洪流,是被洪峰压垮了的小木桥,是在洪水中挣扎着的五个孩子……

报告中,讲到如何救出小学生玲玲和乐乐时,全场响起热烈的掌声,但也有不少人一边鼓掌一边流泪;当讲到如何救出小学生秋秋和冬冬时,全场又响起热烈的掌声,又有不少人一边鼓掌一边抽泣;当讲到如何救出最后一个小学生菊菊时,全场掌声雷动,同时有许多人止不住流泪;当讲到少先队员吴小嘉英勇牺牲的情景时,许多人感动得泪流满面,仿佛失去了自己的孩子似的,会场上响起一片嘤嘤啜啜之声,彩霞也不断地用手帕擦眼泪。她讲得细致生动,激情满怀,井然有序,毫不夸张做作。她在省城内的八次报告都深深地撞击着每个听众的心扉。

四

时光荏苒。由于手术进行得很顺利,江教授明天就要出院了。

买完菜,彩霞决定今天全面详尽地搞一次卫生。用掺了洗洁精的水将窗户、玻璃、门框、门页、桌凳、沙发、各种衣柜、书架和其他家具抹得一尘不染,将地板用掺了洗涤剂的水抹得晶光瓦亮,厨房里的用具擦洗得去旧如新,将所有的鞋子洗刷干净、抹干晒干。然后,再整理主卧室,把杂乱的书籍分类上了书架;将衣服、床单、被套、枕套等床上用品洗得一干二净,晾到楼顶平台的晒衣架上。

彩霞一边做事一边想:"江教授住院半个月了,受了不少折磨。除了自身疾病的折磨外，医院病房小，住院病人又多又杂，衣服、袜子、毛巾、脚巾到处挂，小小的床头柜上拥挤地放着热水瓶、各种药品、漱口杯、牙膏、牙刷和吃饭用的饭盆、碗筷，床底下被面盆、提桶、便盆、各类鞋子塞满了，病房里长期充斥着药水、剩饭、剩菜、便盆、脏衣服、脏袜子和人体散发出的难闻得令人窒息的气味。彩霞要让江教授回家后感到卫生、舒适和温馨，还特地从花市买来了米兰、茉莉和东北阔叶君子兰。

翌日清晨，彩霞买好一天的菜，把晾干了的衣服、床单、被套、枕套折好、铺好、套好，便快步流星地赶到医院。彩霞办好了江教授的出院手续，于教授和坨坨也急急忙忙收拾好住院的用品。

一辆救护车开到了病室门口。江教授被移到担架上，担架停放在救护车里，于教授、彩霞、坨坨坐在担架两边，司机旁边还坐着两个大汉。救护车开到曙光花园的第一幢大楼门口。两个大汉打开车后门，抬出担架，进入了江教授的卧室，又一股脑把病人移到床上。两个大汉有的是力气，又做惯了这种工作，手脚麻利，轻而易举。

阳台上的米兰和茉莉正在开花，散发出浓郁的芳香；阔叶君子兰放置在卧室内专用的木架上，从夹叶丛中有力地伸出金灿灿的花朵，发出淡淡的清香。

江教授激动起来，浮想联翩。半个月没回家了！啊，这才是家，是自己的家，是他心中渴念的家，是他和老伴共同创建的家，是他俩和儿孙共同创造、朝夕相处的家呀！他心里的回归感、温馨感、舒适感和恬静感油然而生，灰黄慵倦的眼睛里流下了几行热泪。

江教授是西方音乐史教授，素以西方渊博的音乐史知识以及待人慈祥、诚恳、热情、温和而深孚众望。出院后，他的朋友、学生、邻居带着各种各样的礼物来看他。知道他家里人忙，要照顾卧床不起的病人，加之和躺着的病人说话不方便，便坐一会儿，说几句关心、体贴、嘱咐之类的话就走了。

最后，进来一位老太太，慈祥面容，和颜悦色，头发花白，脸色蜡黄，神色黯然，病态怏怏，穿棕色小披领上衣、下着深蓝色西裤，手提两袋骨胶和蜂胶，像位六十余岁的知识分子。于教授一眼认出这是著名的小提琴演奏家丁虹如教授，原来在中央音乐学院任教，湖南人，退休后在省城定居，住在曙光花园第十幢。她跟江教授是从读小学起，迄今已近六十年的老朋友了。听到丁教授的声音，江教授做了个要坐起来的手势。丁教授按住他的胸脯，叫他别动，给他加了一个枕头，坐在他身边，准备和他作简短的交谈。他们的学生时代，是人生最淳朴、最纯真、最璀璨、最富于幻想的时候。毕业后，留同一所学院；退休后，又同回故乡定居。他们之间几乎无所不谈，无所不论，友谊建立在共同的人生观、世界观以及事业的牢固的基础上。

"现在情况还好吗？"丁教授关心地问。

"开刀很顺利。不过要在床上躺三个月。如果情况继续好转，就可以自己起床扶着桌凳慢慢走路了。这次手术，搭帮我家请的这个保姆，有主见，聪明能干，年纪轻，手脚利落，责任感特强，背上背下，背进背出，许多事都靠她操劳。如今保姆不少，请保姆，一定要请好的！"江教授说。

说到这里，丁教授浮想联翩。她的丈夫是画家，五十岁就殒身于登山事故。后来,正值豆蔻年华、学小提琴的独女得了白血病,不久便离开了人世。从此,丁教授孑然一身,形影相吊,过着孤独无依的日子。近年来,身体每况愈下,经常腰痛、乏力、倦怠、恶心,食欲不佳,体质虚弱,常感到晚上需要人陪伴。她想请一位保姆:

"听说赤霞村来的这位保姆很好,我想找她打听一下。"

"我说,你早就应该请保姆了。你总是不听。"江教授心里有点遗憾与抱怨。

"彩霞,你在做什么?现在能不能来一下?"于教授伸出头往厨房里喊。

"好,我马上就来!"彩霞洗干净手,用毛巾擦干,满脸笑容地来到于教授面前。

"这是丁教授。"于教授向她介绍,"你们赤霞村,还有没有人想出来做保姆?"

"要有些什么条件和要求?"

"忠厚、老实、淳朴、敬老尊贤,高中毕业,已婚未婚均可,有音乐或养花爱好的更好。"

于教授指着丁教授对彩霞说:"丁教授是国内著名小提琴教授,原来和我、江教授在中央音乐学院任教。"

彩霞仔细地思索着:"人品好……高中毕业……有种花经验或音乐爱好……"她粲然一笑,"有是有一个姑娘,快十九岁了,品质很好,勤劳善良,待人诚恳,敬老尊贤,初、高中期期被评为'三好学生',是她爸爸、妈妈的掌上明珠。村里男女老少都喜欢她。今年考大学时患盲肠炎,失去了高考的机会。双休和寒暑假常在她爸爸那个园艺场。音乐方面,常拉小提琴。她爸爸为人正直，对人诚恳，对女儿要求严格；办的园艺场规模不小，生产的苗木花卉畅销省内外。"

丁教授问："她明年考不考大学？"

"没听她说过。好像是考师大艺术学院。"

"年纪是小了点，好在我家里只我一个人，事情不算多，做点饭菜，养养花，搞点卫生，我也好有个伴儿。有充足的时间自学、复习功课，省城开办了各类复习学校。"

"我今晚就往她家打电话，征求她的意见。"彩霞高兴地接受了这个任务，回厨房去了。

丁教授站起身来，说："现在要请个好保姆，难啦！"然后转身对江教授说，"你一定要遵医嘱，腰椎病这次一定要治好！"

从主卧室出来，于教授带领丁教授四下里看了看。最后，丁教授停在厨房门口看彩霞炒菜。彩霞将豆腐切成长方块，然后将蟹柳用刀切成菱形块，把葱姜切成末。锅放在火上，注入少量油，投入葱姜末炝锅，烹入料酒，倒入适量的水，加入盐、味精，下入豆腐煮一煮，再放蟹柳稍煮，用淀粉勾芡，出锅。看上去，这道菜红白相间，清爽醒目，格外诱人。

丁教授好奇地问："这道菜叫什么菜？"

"这叫蟹肉豆腐。"彩霞笑着说。

"好手艺！好手艺！"丁教授一边羡慕，一边赞叹，一边往外走。

……

晚上，彩霞与丹霞通了电话，相互商量了一下。两人都认为丁教授家欧阳红豆合适。

彩霞与在赤霞村的欧阳红豆通了话。彩霞介绍了这里的情况后，红豆非常满意。她跟爸爸、妈妈商量，对人生、事业一向严肃认真、小心谨慎的爸爸对他十九岁的爱女说："彩霞、丹霞和丁教授都是说一不二的正派人，真人面前不说假话。我看你明天准备一下，后天就去省城。记住，外出要敬老尊贤，虚心谨慎，把丁教授当亲奶奶看待，人家是名牌大学教授，现在又是孤寡老人。另外自己还要争取考上大学。"妈妈也同意这个意见。

豆豆立即给彩霞回了电话，后天去省城。

第二章 丹霞

她是一位石匠的女娃,从小就跟石头摸爬滚打。她意志顽强,坚如磐石;她英勇无畏,誉满家家。她朴实得如同泥土,她烂漫得如同山花。

她的青春之美,宛如天际的丹霞……

一

朝阳冉冉升起,把市家政服务中心的大楼、栅栏、树木、花草染成了金色。一位姓侯的奶奶笑嘻嘻地走进了大门,见到小王,高兴地说:

"小王呀,接到你的电话,我耐不住高兴!江教授和我不仅同住曙光花园,而且就住在我们的前一幢。你先把丹霞的登记表给我看看吧!"

小王递上丹霞登记表,笑呵呵地说:"您仔细看看吧,保您满意。"

侯奶奶接过登记表,戴上老花眼镜,从年龄、家庭成员、身体状况到个人要求,全都看了一遍,然后要见人。丹霞下楼来到侯奶奶面前,很有礼貌地叫了声:"侯奶奶,您好!"

侯奶奶抬眼一看丹霞,乌黑齐肩的头发,红扑扑的圆脸,眉毛弯弯似月亮,两眼圆圆如铜铃,前额宽阔适度,嘴唇自然嫣红,天生一副笑脸,说话时露出一口雪白的牙齿;身材高挑,上穿短袖白衬衫,下穿深蓝色镶边长裤,脚穿白色篮球鞋,一身篮球运动员打扮,她读高中时就是校女子篮球队中锋。侯奶奶顿时心里有说不出的欢喜。

侯奶奶问:"你的小孩谁带呢?"

丹霞说:"爷爷带,奶奶也带。孩子很听话,大人们都很喜欢她。今年下半年进小学了。外公是石匠,有的是力气;种田、养猪、种菜、养蚕，爷爷、奶奶都拿得下。"侯奶奶心里一块石头落了地。

"那我们走吧！"丹霞提着行李袋，打上的，跟随侯奶奶到了滨江大道曙光花园第二幢，也是一幢二十九层的高楼。侯奶奶就住在第四单元四楼。她起得早，七点前就把菜买好了。

进了门，放下行李，侯奶奶泡上茶，让丹霞坐在沙发上，向她介绍说："这几幢楼房结构布局一样，都是四室两厅一厨两卫，双阳台。爷爷是在文化大革命中含冤致死的。儿子张柱从小就会读书，一直读到博士生毕业，现在国泰软件公司任副总裁；儿媳叫白洁，是该公司业务管理员，你叫她白姐就是。孙子叫张涛，昵称涛涛，六岁了，顽皮大王，生性活泼好动，家里没人管得下，只有妈妈讲的话他才听点，父母双休日都经常加班，没时间管他。你来了，管孩子，做饭菜，洗衣服，搞卫生，这些担子都落到你身上了。"

丹霞把整个房子看了一遍。客厅里摆着米黄色的大沙发，扶手边吊着米黄色的流苏；壁上挂着画有八达岭长城的大油画，显得非常气派。主卧室里有一张很宽的双人床，床上整齐地叠着米黄色起百合花的双人被。隔壁是书房，靠墙立着装上玻璃门的一对大书架，里面整齐地摆满了各种书籍，中间摆着两台组合型电脑。第三间是侯奶奶的卧室，一张单人床，床上垫着印有蓝白方格的床单，叠着松鹤延年的薄被；特别令人肃然起敬的是墙角上装着一个红色的神龛，龛中竖立着一个驾驭神风、飘然而至的女菩萨，两旁竖着红色的用灯管做成的蜡烛；神龛下有个按钮，只要将按钮一按，"蜡烛"顶部的红色"火焰"便跳动起来。

侯奶奶说："这女菩萨是观音菩萨。"一提到观音菩萨，侯奶奶立刻变得严肃而恭敬起来。她向丹霞解释说："昨晚我做了一个梦，梦见观音菩萨显灵，向我伸出一只手，从掌心上跳出一个年轻女子。今天，你就是观音菩萨派来的。观音菩萨是无所不在，无所不知，无所不见，无所不能的。菩萨总是大慈大悲，救世济贫，宽大为怀。"

丹霞有点不好意思，心想："奶奶对观音菩萨真心真意，诚心诚意，一片虔诚，连神龛也现代化了。"

第四卧室里开着两张单人床，靠窗口有个小写字台，一盏台灯，一把小靠椅。显然，这是给涛涛学习用的。

走进厨房，侯奶奶开始一一介绍电压锅、电冰箱、电热水器、微波炉、电烤箱、抽油烟机的使用和保养方法。丹霞想："这些家电原来在家时用过，在家政培训班也学过，今后用起来不会难。"

丹霞问奶奶："吃菜有没有禁忌？"

侯奶奶说："我不吃动物食品。只吃植物油。不吃荤，只吃素。"丹霞心里有了底。

……

突然，"砰"的一声，客厅通往外面的门被踹开了，一个六岁左右的男孩冲了进来，身穿小八路军装，双手端着一支木制冲锋枪，向着侯奶奶和丹霞"扫射"，口里还不停地发出"嗒嗒嗒"的冲锋枪声。侯奶奶对孙子说："这是新来的丹霞阿姨，要有礼貌，快叫她一声！"

孩子一噘嘴，说："我不认识她！"说完，端着木制冲锋枪冲出门外去了。不一会儿，又退进门来，迅速躲到自己卧室的床底下。奶奶发现后,弯着腰朝床底下喊道:"怎么躲到床底下去了?快出来!"

"不出来!"涛涛强嘴道。

"不出来,我就会用鸡毛掸子扫你的屁股了!"奶奶倒抓着鸡毛掸子,威胁道。

"男子汉大丈夫,说不出来就不出来!"涛涛躲在床下强硬地说。

这句话让奶奶和丹霞咪咪地笑起来。奶奶善意地揶揄了一句:"好一个男子汉大丈夫,躲在床底下,还说不出来就不出来!"

涛涛心里却充满了委屈。好一阵,从床底下爬出来,哭丧着脸,在地上打着滚,嘴里嚷道:"我的衣服被他们喷湿了,身上有不少泥巴,他们几个人欺负我一个,呜呜呜……"

丹霞脱掉涛涛身上又湿又脏的衣服,给涛涛洗了个澡,接过侯奶奶递过来的干净衣服换上,说:"涛涛,别哭,以后别跟人家打架了!"转身又问候奶奶:"涛涛进了幼儿园没有?"

侯奶奶说:"进是进过,太顽皮了,很不守纪律,还打伤了几个同学。幼儿园老师管不住他,只好把他往家里送。好在幼儿园快放假了,下期让他读小学去。"

丹霞沉默了。她深深感到教好涛涛的责任之重。她想:"教育涛涛,试着从建立感情入手,从严格要求入手,从讲故事启发教育入手。"

二

涛涛的妈妈白洁今天提早下班,想看看新来的保姆。她跨进门,就往厨房里走。见丹霞年轻标致,做事利索,刚打扫完厨房卫生,正在洗手,便站在门外招呼:"你就是丹霞吧,欢迎你来!"

"白姐,请你今后多指点啊!"丹霞说完,开始做晚饭。白洁站在厨房门口,只见丹霞淘完米,用电热锅煮饭,然后做菜。先将一斤白菜去老叶,洗净,沥干,切成五厘米长、一厘米宽的菜条。将红灯笼辣椒切开去籽,再将辣椒切成线。锅内放茶油烧热,先放葱丝、姜丝炝锅,然后放入红辣椒丝、白菜条翻炒几下后,加酱油、精盐、味精,菜熟时用水淀粉勾芡,出锅。

白洁用筷子试了一下味,感到鲜嫩可口,看上去,红绿相间,问这叫什么菜。

丹霞说:"这是'红椒菜卷'。"

"好吃好吃!"白洁见丹霞手脚麻利,有条不紊,这道菜五分钟就做出来了,大加赞赏。见了人,了解了情况,看到了厨艺,白洁十分满意,对身旁的涛涛说:"你今后一定要听丹霞阿姨的话,不要再淘气了!"

涛涛勉强地点了点头。

晚饭后,天渐渐黑了下来。这是一个月白风清的夜晚,上弦月高高地挂在蔚蓝色的天空，五月的微风从阳台上吹进来，送来米兰花和夜来香沁人心脾的芳香。

涛涛在卧室里玩玩具汽车。听说丹霞阿姨要给他讲故事，等她洗完澡以后，便说："你想给我讲故事你就讲吧，我一边听一边玩还不行吗？"

丹霞阿姨讲的是邱少云叔叔的故事。

"一九三一年，邱少云出生于四川省铜家湾。父亲在恶霸船主家里当船工，由于不满船主的迫害，被船主的打手捆住双手，在身上拴了一块大石头，沉入了河底。妈妈口吐鲜血，昏倒在地，撒手人寰……"

"'撒手人寰'是什么意思？"涛涛不解地问。

"就是离开人世。从此，邱少云带着自己年幼的弟弟开始了逃荒要饭的流浪生活。他被迫打短工、当长工、当船工。只要能糊口，割草、放牛、挑脚，什么都干。他心里一直记住要给爸爸妈妈报仇，他被国民党军抓去当壮丁了……"

"阿姨，'壮丁'是做什么的？"

"'壮丁'是旧社会青壮年男子。穷苦人家的青壮年男子常常被抓去当兵。后半夜，兄弟俩躲开值班的哨兵，逃进了县城，给饭店当了堂倌，只管吃饭，没有工钱，碰巧得点小费，七成还得交给掌柜。

"在当堂倌的生活中，他们从饭客和报童嘴里听到了许许多多消息和传闻：什么国民党制造骇人听闻的皖南事变啦，八路军在平型关歼灭了日军一个精锐的师团啦，苏联出兵东北消灭了日本八十万关东军、日本宣布无条件投降啦，国民党在东北的几十万军队被歼啦，湖南和平解放啦……

"邱少云抱着要为爸爸妈妈报仇的心理参加了解放军。指导员对邱少云说：'当解放军不是要报个人之仇和一家之恨，而是要为千千万万受剥削、受压迫的劳苦人民报仇雪恨。你要学会唱《中国人民解放军军歌》和《三大纪律八项注意》，按歌词说的去做。'

"一九五〇年六月，美帝国主义发动了朝鲜战争。邱少云所在的第十五军奉命进军朝鲜。当时我军的八〇师刚向北移，敌人就出动飞机、坦克和摩托部队从左右两侧包围，占领了桥梁和路口。师首长没有注意抢占桥梁和渡口，只要求部队抢占山头和制高点，结果被敌人分割包围，部队只好成小股突围。其中，一个营突围出来了，请求十五军接应。邱少云所在的部队奉命担任潜伏任务，经过二十公里的急行军，到达潜伏地区。邱少云潜伏在三一九高地山脚下只有六十米远的杂草丛生的地方。邱少云观察，上面的敌军阵地布满了铁丝网，主阵地上满布了明碉暗堡和火力点，持枪的哨兵在交通壕里来回走动。潜伏区很燥热，蚂蚁、蚰蜒拼命往衣裤里钻，痒得怪难受的。邱少云任蚂蚁在周身漫游，一动不动。敌人派出一个班从高地搜索，边搜索边扫射，中弹的战士捂住伤口，一声不吭。猛然，一个敌人踩着了我们的潜伏战士，吓得倒退了两步，扭头就跑。敌人如果跑回去，潜伏的五百名战士将全部牺牲，潜伏和反击将前功尽弃。我军炮火向东山坡上猛烈轰击，将这股敌人全歼在山腰上。

"敌人为了大力侦察和警戒，向潜伏地发射了一排排炮弹，其中一颗落在离邱少云两米处的草地上，飞溅的燃烧液溅到邱少云的左腿上，引燃了左腿上伪装的枯草，火苗向上蹿，眼看一片烈火随风把邱少云包围了。邱少云的棉衣被烧着了。这时,如果邱少云从火堆里跳出来,就地打几个滚,可以把火扑灭;如果退几步在水沟里打几个滚,也可以把身上的火扑灭。几分钟后,邱少云成了一个火人。他身旁的战士看着被火吞噬的邱少云,心如刀绞,可又不能抢救他。不一会儿,烈火把他的帽子烧成了飞片,被滚动的火舌卷走,接着头发也被烧焦了。邱少云两次昏迷过去,烈火又把他烧醒。烈火在邱少云身上燃烧了半个多小时才熄灭。这位伟大的共产主义战士,直到牺牲的最后一刻,都没有发出哪怕是最轻微的一声呻吟。为了五百名战士的生命,为了战斗的胜利,邱少云献出了年轻而宝贵的生命。

"攻击的时刻到了,五百名战士随着我军速射的炮火冲上了三一九高地,全歼了守敌。"

丹霞对涛涛说:"邱少云叔叔从小就受苦受难,到处流浪;新中国的少年儿童的日子比他们好多了,要不要加倍珍惜?"

"要加倍珍惜。"

"邱少云叔叔有铁一般的纪律性,把纪律看得高于自己的生命。少年儿童从小就要遵守纪律。你呢?"丹霞两眼盯着涛涛。

涛涛垂头丧脑,嗫嚅着说:"我上课不认真听讲,经常迟到,不听老师的话,还经常打架。阿姨,我今后再不这样了。"

"对!勇敢地承认错误,下决心改正错误,就是好孩子!"丹霞鼓励他说。

三

天上的星星在晨光中渐渐地融化了,东方出现了鱼肚白,长空一碧,万里无云。阳台上的米兰、茉莉和天竺葵吸足了夜间的水分,比赛似的开得正欢,散发着浓郁的芳香。紫薇伸出长长的手臂,托着一团团沉甸甸、密匝匝的大红花,在晨风中摇曳。依人的黄鹂和红嘴鸟在枝头婉转地唱着歌。这是夏天一个极美的早晨。

这几天,白洁和她的丈夫到北京出差去了,家里只剩下侯奶奶、涛涛和丹霞。丹霞趁这个难得的机会将家里的床单、被套、枕头、鞋子洗刷得一干二净,晾到楼顶的平台上,便带着涛涛到菜市场买菜。早餐是包子、牛奶,中午常做涛涛喜欢吃的排骨、龙虾、鲫鱼、豆角、辣椒和奶奶喜欢吃的韭黄、南瓜、丝瓜、黄瓜和坛子菜。涛涛最喜欢丹霞阿姨做的饭菜,这段时间,饭量增加了,屁股长圆些了,手臂也长得比以前壮实些了,打人骂人的坏习气也改了不少。他还学会了自己洗澡,加减、折叠自己的衣服,学会了领着盲人过斑马线,学会了在公交车上给老、弱、病、残、孕让座。

这几天家里颇不宁静,五楼正在装修,锯木声、电钻声、敲敲钉钉的响声不绝于耳。侯奶奶心里烦不过,躲到侄女家住去了,家里只剩下丹霞和涛涛。

下午三点多,五楼的装修声终于停止了,家里重归寂静,宛然如昔。丹霞花了差不多小半天时间给涛涛缝补衣服，缝纫机"扎扎"地响了小半天。她自言自语地说："这些衣服料子好，补好了还可以穿嘛，省得花钱去买。尺寸小了的可以改大一点，改不了的可以给人家，乡下孩子拿了当宝贝呢！"

涛涛见丹霞阿姨在为自己缝补衣服，便在一旁自个儿画画。他画的是一个坏人在抢东西。

下午四点半，丹霞把楼顶平台上的床单、被套、枕套取下来折叠好，把衣服烫平，收进衣柜里，叠得整整齐齐，鞋子也整整齐齐地放在鞋柜里。

吃完晚饭，天黑下来了，天空出现了几颗明亮的星星。如钩的弯月已经落下去了，外面黑糊糊的，硕大无朋，万籁俱寂。涛涛洗完澡，看了一会儿小人书，便睡意蒙眬，一会儿就进入了梦乡。丹霞中午没有休息，到晚上一上床便酣然入梦。

睡了三个多小时，丹霞突然被阳台上的响声惊醒，好像有一盆花被碰落到地上。她立刻判断：有人到了阳台上！透过淡淡的星光，她看见一个黑影破窗而入。她连忙打开灯，只见那人中等个子，梳分头，穿一身黑衣服，脸上蒙着黑布，贼头贼脑地瞄了一下四周，突然转身向涛涛床上猛扑过来。丹霞顿时醒悟，这黑衣人是为了劫持涛涛做人质，好捞一大把钱。丹霞立即拦住了床，大喊："抓贼啊！抓歹徒啊！"

黑衣人见被挡住了床，想抓小孩没抓到，立即从口袋里掏出弹簧刀，穷凶极恶地对丹霞说："钱在哪里，快拿出来，否则我就捅死你们！"

"用不着动刀子，我会把所有的钱拿出来！"丹霞说得黑衣人心里乐滋滋的。

丹霞抓住黑衣人心生懈怠的一瞬，猛然飞起一脚，将弹簧刀踢出窗外，双方扭打起来。涛涛见此情景，怕丹霞阿姨斗不赢，想上去帮忙，可又帮不上。突然，他想起丹霞阿姨说过的话："如果家里进来了坏人，应该迅速拨打'110'报警电话。"他趁机溜下床，溜出卧室，跑到爸爸房里拨打"110"报了警。打完报警电话，警察叔叔说要五分钟才能赶到。涛涛最担心的是丹霞阿姨与黑衣人的搏斗。要是丹霞阿姨斗赢了，黑衣人便逃不了；要是黑衣人斗赢了，家里的重大灾难都会发生。他想帮丹霞阿姨搏斗，感到一没有力气，二没有武器。心想，要是有支黑猫警长用的手枪就好了！

黑衣人向丹霞猛踢一脚，丹霞阿姨躲过了这一脚。这个石匠的女儿，从小就跟石头打交道，还在她十六七岁的花季，就能将一百多斤重的石头举到头顶，推出五六米远。此刻，她趁黑衣人身子还没有站稳，像推石头似的，把黑衣人推倒在地上，使他面对着地板。然后双手紧紧抓住黑衣人的右臂，使劲往后一扭，黑衣人痛得"哇哇"叫。黑衣人左手使不上劲，左翻右突，转不过身来。丹霞哪里肯松手，将膝盖紧紧压在他背上，双手像铁钳似的钳住黑衣人的右臂往上提，黑衣人痛得"嗷嗷"叫。黑衣人从来没想到这女子如此勇猛有力，可能原来是武警，自知不是她的对手，便恳求说："姐，你松开我的手，我们有话好说。"黑衣人居心叵测。

"我松手等于放你跑了。"

"不……不会……"黑衣人急得有点口吃。

"你从哪里来的？"

黑衣人嗫嚅不语。

"你想干什么？"

"我做了一天工，没吃到一粒饭。我是想讨点饭吃，没别的意思。哪知你有这么大的力气！"黑衣人耍赖，求丹霞松手。

丹霞义愤填膺地说："你破窗而入，手舞尖刀，怎么是来讨饭？你是想抓小孩做人质，然后提出你的种种无理要求，人质没抓到就杀人抢劫，你心肠多么狠毒！告诉你，我们已经报警了，警察马上就要到了！"

黑衣人最怕报警，他尝过几次铁手铐的滋味，连忙说："我是在五楼搞装修的房子里用绳索吊到你们四楼来的。我今后发誓不干这样的事了。你饶了我吧！"黑衣人没想到会栽到一个年轻女子的手下，连连磕头求饶。

门铃响了。涛涛从猫眼里看，见是警察叔叔，马上开了门。警察叫黑衣人从地上爬起来，审问了几句，伸出黑锃锃的手铐，把歹徒带走了。

涛涛跑进卧室，抱住丹霞阿姨的腿，战战兢兢地说："阿姨，我怕！"

丹霞把涛涛抱起来，抚摸着他的头，亲切地说："不要怕，有阿姨在！警察叔叔已经把坏人带走了。你做得对，报警快，是个勇敢、聪明的孩子！"丹霞阿姨赞扬了他。

丹霞制服歹徒的事迹从省电视台播放出来了，丹霞声誉鹊起，众口一词，赞扬她的机智与勇敢。

听说家里来了坏人，侯奶奶气喘吁吁赶回了家。等丹霞买完菜回来，问明详情以后，恍然大悟：前两天晚上梦见歹徒入室，自己没把它当回事，不知是菩萨报了梦，忙打开灯跪到观音菩萨面前，磕头作揖，双手合十，口里振振有词："天上的玉皇、海里的龙王、南海的观音菩萨、西方的如来佛：弟子乃善良之辈，终生尊善去恶，顺应菩萨普度众生。菩萨报我一梦，弟子疏忽大意。昨日午夜时分，有歹徒入室，企图劫持行凶，搭帮菩萨保佑，派来一名女将，将其降服。弟子磕头谢罪，感谢菩萨的大恩大德！"

正在此刻，前门开了。从北京出差回来的白洁夫妇跨进了门。他们了解详情后，知道家里避免了一场大灾难，对丹霞倍加赞赏，倍加感激，送给他一个从北京买回的一对金戒指和一副金项链，并奖励她人民币二十万元，但丹霞婉言谢绝了。

侯奶奶把孙子叫到身边，叮嘱道："今后一定要听丹霞阿姨的话。要不然，她会走的。没人给你讲故事还是小事，要是家里出了大事，有人谋财害命，谁抵挡得住啊！"

这番话，说得涛涛心里直打战！

"涛涛今天表现不错，报警电话是他主动打的，打得很及时。"丹霞赞扬了他，"这是他第一次与歹徒作斗争，表现得很勇敢！"

四

一天早晨，丹霞带着涛涛去菜市场买菜，看见第四幢二单元一个窗口下站着不少人，都在抬头仰望，引起了她的注意。她走过去抬头一看，见九楼窗口有一个两岁左右的女孩一边哭一边往外爬。围观的群众中有人朝孩子大喊：

"孩子，别出来！"

"孩子，往里面爬！"

"往前爬一步，就会掉下来！"

围观的群众大声议论着："准是孩子她娘买菜去了，或者走人家去了，把孩子锁在屋里。"

"可能用绳子系着脚，绳子散了。"

"这做妈的也太傻了。"

"……"

这时，从曙光花园出来两个保安，站在此幢楼下，望着九楼窗口的孩子，也感到无计可施，心有余而力绌。

八楼的住户拿出一架梯子，想往九楼窗口搭，可惜梯子太短，够不着；即使搭上了，孩子也不会知道扶着楼梯下到八楼来。孩子还是趴在窗口号啕大哭。

丹霞想："这女孩十有八九会掉下来，因为她要找自己的妈妈。一旦妈妈来了，孩子便会往外爬。"

丹霞提醒大家："如果是孩子的娘或保姆去买菜，人又熟，赶快到菜场把孩子她娘或保姆叫回来。如果孩子她娘或保姆串门去了，知道去处的，也应该迅速打电话！如果孩子她妈来了，也不要对孩子喊叫。"

人们听了丹霞的话后，认识小女孩的几个邻居忙用跑百米的速度向菜市场"冲刺"。

丹霞把菜篮子放到地上，估摸着女孩掉下来的位置，站住了。她想："去喊孩子她妈恐怕来不及了，应迅速作好掉落前的准备。横着掉下来怎么办？竖着掉下来怎么办？尤其是头部先往下掉怎么办？接住时能不能人为地产生一点弹力，不至于让孩子摔死、摔伤……"

孩子的妈终于气喘吁吁地从菜市场赶回来了。她哭哭啼啼地朝着九楼窗口的孩子大声喊：

"妈妈回来了！妈妈回来了！乖乖，别动，别动啊！"

就在此刻，惊人的一幕发生了：孩子听到妈妈的声音，低头一看，从九层楼的窗口掉了下来！

只见丹霞站稳桩，双手托住横掉下来的孩子，孩子脚跟上还系着一根绳子；由于从高空掉下来惯性大，丹霞有意往地上一坐，减少了孩子向下的冲力，将孩子紧紧抱在怀里。孩子吓得魂不附体，连哭都哭不出来了。丹霞从地上站起来，在孩子身上检查了一遍，没伤着什么，双手交给了她母亲。孩子哭个不停，围观的人都可以看出，孩子和丹霞都没有受伤。

孩子她妈亲眼目睹了这一切，跪在丹霞面前，鸡啄米似的磕着头，哭泣着说："恩人啦！恩人啦！……我到菜市场买菜，心想一会儿就回来，用绳子吊在她脚上，没想到会出这样的事……唉！"

丹霞将她扶起来，说："孩子没有跌死、跌伤，真是万幸！"

围观的人议论纷纷：

"奇迹！"

"真是奇迹！"

"搭帮菩萨保佑！"

"这做娘的也太蠢了！"

"这个年轻女子真厉害！"

"她是二幢侯奶奶家的保姆。"

"早几天侯奶奶家半夜进了抢劫犯，就是被她活捉擒拿的！"大家都向丹霞投过敬佩的目光。

市电视台的记者在事情发生后的第一时间赶到了现场。他们利索地从车上跳下来，对着丹霞一边摄影，一边问：

"请问，你是从哪里来的？叫什么名字？"

"我是从赤霞村来的保姆，叫丹霞。"

"啊，你就是前几天晚上制伏抢劫犯的那个丹霞吧！今年多大了？"

"二十六岁。"

"当孩子从九楼窗口掉下来的一刹那，你在想什么？"

"当时我忘记了一切，一心想的是救孩子。"

"怎么保证孩子和自己的安全，你想过吗？"

"当然想过。横着掉下来用我的双手迅速托着，头或脚先掉下来我用双手迅速抱住她的身子。总之，不让她身体任何部位落地。这样，孩子就不会受伤。"

"你认为你力气够吗？"

"我想，尽力而为吧！我是石匠的女儿，从小就跟石头打交道。"

"请你在这里向观众说几句话。"

"希望父母和保姆们都不要自己外出锁上门把孩子关在家里。"丹霞郑重地说。

"你勇敢顽强，舍己救人的精神值得大家学习！"

"我只不过是做了我应该做的事。"

新闻采访到此结束。现场响起了热烈的掌声。市电视台晚间新闻准时报道了这一消息。消息轰动了全城。

涛涛耳闻目睹了救小孩、新闻采访和播放的全过程,心里激动不已。晚上看新闻联播时,他坐在爸爸、妈妈、奶奶身边,伸出大拇指对丹霞阿姨赞叹地说:"丹霞阿姨,你真伟大!"

五

丹霞斗歹徒、救小孩的事迹,被涛涛耳闻目睹,宛如武打片一般精彩、惊险、感人。

吃晚饭时,听说丹霞今晚要讲故事,涛涛一改过去吃饭慢腾腾的习惯,晚饭吃得特别快。

天黑下来了,上弦月高高悬挂在天空,周围有鱼鳞般的云彩,大地被照得朦朦胧胧。涛涛已经给丹霞阿姨搬好了讲故事的扶手椅,旁边挨着一条小板凳,是留给自己坐的。

丹霞洗完澡又洗了衣服,坐在扶手椅上,擦干、梳理好自己的头发,开始讲董存瑞的故事。

"董存瑞叔叔出身贫苦农家,十几岁就参加了八路军……

"日本投降后,董存瑞在中国人民解放军某部任副班长……"

"是不是幼儿园里那样的副班长?"

"不是,解放军是打国民党反动派的人民军队,一个班有十几个人。"

"一九四八年一月,部队奉命歼灭一股钻进口袋的增援之敌。敌人发现中了埋伏,拼命突围。激战开始了。一个上午,敌人用一个团的兵力,发起了五次冲锋,都被董存瑞所在的六连打下去了。

"敌人的第六次冲锋开始了。'敢死队'像一群疯狗似的向六连冲来。这时,董存瑞发现自己的子弹只剩下一夹;他向后一看,战士们都在摸子弹袋,看来子弹已经不多了。为了节省子弹,瞄准一个打一个。子弹打完了,就用石头砸。片刻之后,敌人又组成'敢死队'向六连猛攻。六连战士'咔嚓'一声全上了刺刀。一个又粗又胖的家伙弓着腰冲上来,董存瑞没等他站住脚,一个突刺结果了他的性命。这时,又一个敌人端着刺刀猛地向董存瑞刺来,董存瑞身子一闪,躲过了这一刺刀。董存瑞趁敌人没有来得及撤步,从侧后一个猛扑,把敌人摔倒在山坡上。敌人和董存瑞扭成一团,眼看就要滚下山崖。敌人吓破了胆,慌忙中松了手。董存瑞趁机抓住崖边一棵树,朝敌人腰部猛踹一脚,把这家伙踢落到山崖下,摔成了肉饼。

"六连奉命追击。董存瑞发现有几个敌人龟缩在一旁的路沟里,他想冲上去,只见一个家伙身边还架着一挺机枪。董存瑞见路上有敌人丢弃的衣物,他穿上一套,又拾了一顶伪军帽戴在头上。他跳过路沟,朝敌人走去,敌人还以为是自己人,刚要搭话,董存瑞飞起一脚,把靠机枪的那个家伙踢翻在地,夺过机枪,大声喝道:'举起手来!'这伙敌人乖乖地举起了双手。在这次战斗中,董存瑞荣立一次大功。

"一九四八年,东北人民解放军冬季攻势结束后,国民党退守在热河省几个孤立的据点内,进行顽抗……"

"'顽抗'是什么意思?"

"'顽抗'就是顽固地抵抗。"

"热河省在哪儿呢?"

"热河是旧省名,在现在的河北省东北部,内蒙古自治区东南部,辽宁省西南部。一九五六年被撤销。

"部队奉命攻打热河省会承德的一张大门——隆化,以割掉华北敌军与东北敌军的联系。国民党军在隆化驻有一个团的兵力,周围筑有四十多个永久性碉堡,由母堡、子堡组成碉堡群,碉堡群之间构成交叉火力网。董存瑞所在的部队奉命攻打隆化城。火力组、突破组、爆破组、支援组互相配合,很快爆破了敌人的四个炮楼、五个碉堡,胜利完成了扫清敌人据点隆化中学外围工事的任务。

"总攻开始了。军号齐鸣,董存瑞所在的六连向隆化中学发起了冲锋,狡猾的敌人在隆化中学东北角横跨旱河的桥上修了伪装得十分巧妙的暗堡,拦住了解放军冲锋的道路。这时,董存瑞奉命夹起炸药包,在我军火力的掩护下,冲进开阔地。敌人的机枪疯狂地朝这边扫射,子弹打得他身边尘土直冒烟。董存瑞扑倒了,又猛然爬起来,一阵快跑进了旱河沟里。他的腿受了伤,鲜血直流,他抱着炸药包迅猛冲到桥下。这时桥面离地面有一人多高,两旁砖石砌得没沟没楼,哪儿也没有安放炸药包的地方!如果把炸药包放到河床上,又炸不着敌人的碉头堡。怎么办?他心急如焚,桥上暗堡里的敌人在加倍地疯狂扫射,等待冲锋的战士们都眼巴巴地看着他。冲锋的时刻就要到了,若不炸掉敌人桥上的暗堡,冲上来的战友会全部牺牲。

"这时,身后突然响起了嘹亮的冲锋号,部队潮水般地向隆化中学涌进。敌人暗堡上的砖头一块块被捅开，十几个机枪眼一起射出罪恶的子弹。在这万分危急时候，董存瑞用左手托起炸药包，紧紧抵住桥底，用右手拉开导火索，导火索冒着白烟急速地燃向炸药包，董存瑞高呼：'为了新中国，前进！'

"随着一声巨响，碉头堡被炸得粉碎。我军大批后续部队冲进隆化中学，红旗插上了隆化城。隆化解放了。董存瑞用鲜血和生命为部队开辟了胜利前进的道路。"

丹霞阿姨讲完故事，心里还很激动。她瞥了涛涛一眼，只见他亮汪汪的大眼睛一眨不眨，心久久地沉浸在故事里。

丹霞阿姨问涛涛："你想，董存瑞叔叔多么勇敢，多么坚强，为了保护战友，取得战斗胜利，不怕牺牲。你却经常打同学，扯断同学书包上的背带。对不对？"

"不对。"

"董存瑞叔叔在战场上与敌人摔打，滚来滚去，跟敌人拼命；你随便哭鼻子，在地上一个人滚来滚去，对吗？"丹霞阿姨问道。

"不对。"

"你那是吵闹，不听话！"丹霞又说，"董存瑞叔叔牺牲前喊着'为了新中国，前进！'他希望的是什么？"

涛涛说："希望建立新中国，希望男女老少都过上幸福的生活。"

"所以，我们少年儿童要听毛主席的话，'好好学习，天天向上'。"丹霞阿姨说。

"我保证以后遵守纪律，友爱同学，做个好孩子！"涛涛信誓旦旦地说，"阿姨，你每天晚上给我讲个故事吧！"

"你过去听过家里人讲过革命故事吗?"

"从来没听过,听到的都是'阿弥陀佛'。"

丹霞高兴地答应每晚讲一个故事。从涛涛的眼神和话语里,她听出了信心和希望。

她勉励他说:"爱听革命故事的孩子是好孩子!"

六

一天午后,侯奶奶刚从一所寺庙拜完菩萨,回到家里,听见外面有人按响了门铃。丹霞从猫眼往外一望,见两个尼姑,一老一少,身着灰布衣服,脚穿灰布鞋袜,裹着小腿。丹霞忙问侯奶奶开不开门。侯奶奶忙示意丹霞赶快开门,迎接稀客。

两个尼姑走进门,双手合十,向侯奶奶和丹霞施礼,嘴里缓缓念道:"阿弥陀佛!"

侯奶奶伸手做了个请进的手势,把她们迎进客厅,安排在沙发上坐下,丹霞忙送上茶。由于自家的保姆最近做了两件誉满全城的好事,都与观音菩萨有关,侯奶奶感到很光彩,坐在沙发上,架着腿,跟尼姑搭讪起来。

"请问二位姓甚名谁?"侯奶奶温文有礼地问。

老尼姑从容不迫地答道:"本人姓李,木子李。这位姓苏,皆湘西永峰人。"

侯奶奶见她们满头浅发,一副出家人模样,便面带微笑,问道:"二位有何贵干?"

"感谢政府关怀,保护宗教自由。永峰人开始建一寺庙。建到一半,钱财两空,为首者已潜逃。现派僧尼到处求助,筹备钱物,望大人大发慈悲,慷慨解囊,予以救助。弟子感激不尽!"说完,老尼姑乜了侯奶奶一眼。

"该寺庙取用何名?"

"即永峰寺。施主以为如何?"

"甚好。从永峰县走到省城,千里迢迢,来之不易,令人动怜。我等看在菩萨份上,今捐出人民币十万元相助,只可谓杯水车薪。"

"感谢施主的大恩大德!建成之日,竖一大碑,将捐款者大名铭刻于碑上,使之千古流芳。"

老尼姑将十万元放入包袱内,和小尼姑起身告辞,双手合十,讲了不少吉利与感谢的话,笑着出得门来。

侯奶奶因为自己做了善事,心里高兴不已,眉开眼笑。

丹霞想:"这两个尼姑为什么证明也没有带呢?从寺庙里跟着侯奶奶出来,一直跟到家门口,其中必有蹊跷。侯奶奶慷慨解囊,可能上当。"她悄悄推开门,跟了出去,见两尼姑转弯进了公厕。不久便出来了,换上了便装,进了附近一家酒店,坐在角落里,拿起了菜单。丹霞怕她们认出自己,脱掉了外衣,遮住脸部,背对着尼姑,走到服务台,只见菜单上点了六道菜,其中有红烧猪肉、红烧猪蹄、红烧猪排、糖醋鲤鱼、五香鸡片等。佛教历来反对杀生、吃生,尼姑怎么吃荤,而且大吃特吃?她走出门打电话到省、市佛教协会询问,回答是佛教徒不吃生、不杀生,要谨防受骗上当。于是她向"110"报了警。

五分钟后,警车赶到餐馆门前,车上下来两名警察,经查问,这两个尼姑原来是冒充的,不仅一张证明也没有,连永峰寺也根本不存在。

　　丹霞要回了十万元,警察把两个假尼姑带走了。

　　丹霞回到家里,把这件事告诉了侯奶奶,并把追回的十万元交给了她。侯奶奶一屁股坐在沙发上,长长地叹了一口气,手朝沙发扶手一拍,大呼上当,说:"我真是被弄糊涂了。丹霞,还是你聪明能干,文武双全,警惕性高。"

　　侯奶奶从佛多年,她认为这件事由坏变好,还得归功于菩萨,搭帮菩萨派来了这么一位胆大心细的"女将"。

第三章 红豆

红豆生南国,春来发几枝?
愿君多采撷,此物最相思。

　　　　　　[唐]王维 《相思》

一

彩霞按响了丁教授家的门铃。门开了,欧阳红豆见一位六十多岁的奶奶,善良慈祥,娟秀仪容,态度庄重,脸色苍白,满面笑容地喊着"请进"。毋庸置疑,这就是盼望红豆到来的丁如虹教授。

彩霞向丁教授介绍:"这就是您盼望的欧阳红豆,我们叫豆豆。"

"奶奶!"豆豆放下行李袋,亲切地走上前,扶着丁奶奶的两臂,叫道。

丁教授仔细地端详着眼前这个如花似玉的少女,红扑扑的圆脸,一头乌黑发亮的头发,长长的睫毛间闪动着一双会说话的眼睛;身材苗条,绰约多姿,穿着朴实,温婉可爱,脸上充满了青春的气息,浑身充满了青春的活力,真是人见人爱。

"快坐!快坐!"丁教授喜上眉梢,热情地招呼两位客人。

豆豆扶着奶奶坐在沙发上,自己坐到奶奶身边。彩霞泡来两杯茶,放在丁教授和豆豆身边,自己坐在木椅上。

"半个月的培训结束了?"丁教授眼望着豆豆,关切地问道。

"接到霞姐的电话,和爸爸妈妈商量,认为事不宜迟,就赶紧收拾行李,准备外出务工证件,马上动身。半个月的培训结束了,连介绍费也交了。"

"你爸爸妈妈放心你出来吗？"

"放心。爸爸心地淳善、为人义道，说：'出去做事就要比在家里做得更好。'他总是叮嘱我要时刻关心体贴您老人家，把您当作亲奶奶看待。妈妈说：'老人家身边无儿无女，疾病缠身，你去了，要做她身边最贴心的人。至于家里的事，有你爸和我操持，你尽管放心好了。'"

"是你的好爸爸、好妈妈教育出了你这个好女儿。"丁教授拍拍红豆的肩膀，十分钟爱、十分感慨地说。

彩霞由于家中有事，向丁教授告辞了，厅里剩下两人继续交谈。

"奶奶，您别夸奖我了。我想，最好还是谈谈您的病情。"

"经常腰痛，已经两年多了，感觉乏力、倦怠、食欲不振、恶心、呕吐。请一位五十几岁的中医看了，号了脉，说：'食欲不振、恶心、呕吐皆由胃肠疾病所致，这样就缺乏营养。由于缺乏营养，引起倦怠、乏力。'吃了他开的三十多服中药，不见好转，病情反而在加重。"

"明天去看看西医吧！先空腹抽血，再作些必要的检查，弄清到底是什么病？怎么治？"

"我已经怀疑这个私人诊所的中医的诊断了。就照你说的办吧！"丁教授觉得豆豆虽涉世未深，但很有主见。

豆豆特地为奶奶做了中餐，菜很清淡，番茄、胡萝卜丝炒肉丝，蒸蛋，小白菜，饭也煮得软软的。也许是由于豆豆亲手为自己炒的菜，奶奶吃起来似乎特别香。晚餐，奶奶吃了半碗面条。

晚餐吃下去不到两小时，奶奶感到恶心，随即出现了持续性呕吐，胃内的食物呕吐得一干二净。豆豆十分心疼，焦急，等奶奶呕吐完毕，给奶奶递过挤上了牙膏的牙刷和盛了水的漱口杯，让奶奶漱了口，然后又准备一条毛巾和半盆热水给奶奶洗脸、洗手。

豆豆把奶奶扶到沙发上坐下，说："奶奶，你的胃已经空了，这会儿是不是感到舒服点？想吃点什么吗？"

"豆豆，我口中无味，现在什么也不想吃。我感到困倦，让我躺一会儿。"

豆豆搀着奶奶回到卧室里，扶上床，盖上空调被，此时，已是深夜十一点了。

天渐渐亮了，彩霞叫来了一辆的士，豆豆把奶奶送到省城最大的富雅医院。抽了血，挂了西医消化内科教授号。

下午两点半，空腹血检结果出来了。消化内科医生对豆豆正言厉色地说："你挂错号了。我帮你转到肾病专科，你跟我来。"

消化内科教授领着丁教授和豆豆来到肾病专科，看病的是一位五十来岁、两鬓斑白、精神矍铄的女医生。桌上竖的小块名片，印着"张宏怡教授"几个字。她看了血常规，双眉紧锁。按摩丁教授的腹部，发现肾部有肿块，马上开出尿常规、尿比重、血尿素氮、肌酐、血浆蛋白、电解质测定单和B超、X线平片检查报告单。检查足足进行了一个下午。门诊部已经下班了，张教授一个人还坐在诊室里等着看结果。豆豆送来的结果是：

血尿素氮、肌酐增高，血红蛋白30克/升，尿比重 1.011，GFR 12 毫升/分钟，血肌酐 802 微摩尔/升，尿素氮 30 毫摩尔/升。

"这是慢性肾盂肾炎引发的尿毒症，已经进入了晚期。"张教授惋惜地说。

"尿毒症？"

丁教授头上有如晴天霹雳，她简直不相信自己的耳朵。

"张教授，尿毒症是怎样一种病？"豆豆大惑不解，强忍住泪水问道。

"尿毒症是由于各种原因引起的慢性肾实质大部分损害，因而不能排泄多种代谢废物和降释某些内分泌激素，致使其积蓄在体内引起毒性作用。简单地说，就是肾脏发生病变，不能发挥正常的生理功能，发展到晚期就是尿毒症。"

"尿毒症应该怎么治？"豆豆强忍住泪水继续问道。

张教授出于怜悯之心，不厌其烦地说："尿毒症需要早期及时治疗。到了晚期，一是树立起战胜疾病的决心和信心。进行运动、锻炼，注意饮食禁忌，找正规的肾病专科医生进行内科保守治疗。二是血液透析。将病人的血液与透析液同时引入透析器膜的两侧，通过半透膜清除血液中的代谢废物、纠正电解质和酸碱失衡，并清除体内多余的水分。三是腹膜透析。应用人体自身的腹膜作为透析膜进行血液净化，将透析液引入病人腹腔，血液中的毒素和多余水分通过腹膜进入腹腔中的透析液，然后排出体外。四是肾移植。将他人的肾脏进行手术植入尿毒症病人的体内，使其发挥功能。植入的肾完全可以代替肾脏功能，但存在肾源奇缺、血型难以配对、术后可能排异、费用昂贵等问题。五是中医中药治疗。改善肾血流量,降低尿素氮、血肌酐,纠正酸中毒等作用,可改善临床症状,提高身体代谢及免疫功能,加快毒性物质的排泄,阻止肾小球的进一步损害,抑制尿素氮、肌酐的升高,对尿毒症肾衰竭病情的发展起到治疗、控制和延缓的作用。"张宏怡教授将尿毒症晚期的治疗方法分门别类地说了一遍。她仿佛是在给自己带的研究生上课。

豆豆看看表,已经六点四十分了,超过了医院下班时间半个多小时。诊室内外,一片寂静,空无一人。张教授和豆豆扶着奶奶缓缓地走出了诊室。奶奶和豆豆向张教授道了谢、告了辞,由豆豆扶着奶奶慢腾腾地走出了医院。

二

晚饭后,豆豆和奶奶商量着近几天的事儿,形成了如下共识:一、肾切除,肾移植。二、换肾前看中医,吃中药。三、进行血液透析。第二天上午看中医,豆豆一清早就要去挂号,同时预约了下午的血液透析。

豆豆将奶奶次日的早餐准备好了:稀饭、面包、一碟小菜。为自己准备了馒头、稀饭。

奶奶感到倦怠,上床躺下了。

豆豆回到自己的卧室,躺在床上,百感丛生,辗转反侧,不能成眠。一弯新月挂在天空,月色溶溶,长空一碧,万籁俱寂。此刻，一边是无极的世界永恒的宁静，一边是人间永无休止的烦恼与苦难。奶奶真够可怜的。中青年殚精竭虑、苦心孤诣、胼手胝足、功成名就；年过花甲，本应是儿孙满堂，享受天伦之乐，欢度幸福的晚年，不幸丈夫因公殉职，女儿殒失于花样年华，留得自己孑然一身、孤苦伶仃、处境凄凉、身陷困厄、疾病缠身、命运多舛。想到这里，豆豆不禁潸然泪下。她记起离家时父母的谆谆叮嘱，觉得重任在肩，一定要照顾好奶奶，尽力把奶奶的病治好。

翌日凌晨，豆豆怕惊醒奶奶，轻手轻脚地开了门，又轻手轻脚地把门带关，坐上公交车前往富雅医院，挂了中医教授门诊第一号；又迅速地赶回家，给奶奶准备早点。奶奶已经起床洗漱完毕了。豆豆将稀饭加了温，把面包和青菜加了热，说："奶奶，早餐准备好了，你趁热吃吧！"停了一会儿，又说，"我刚才挂了中医门诊教授号，听说看病的是省城内最有名的中医。另外，与血液科约好今天下午进行血液透析。"

"好，辛苦你了！"

"奶奶，以后您不要对我说'辛苦'之类的话了。这是我应该做的。"豆豆说，"今后要我做什么事，尽管吩咐。做得不好的，您尽管指出来。"

早餐后，她们打的迅速赶到富雅医院。中医科主任姓肖，年近六旬，两鬓斑白，红光满面，神采奕奕。他翻阅了丁教授的病历和有关资料，号了一下脉，按了一下腹部，眉宇紧锁，怒火中烧："尿毒症明摆着，怎么还作胃肠病诊治？医生误诊，不仅耽误了病人宝贵的治疗时间，而且造成不同程度的损失，应该追究责任的！"

"我也是这样想!"豆豆气愤地说,又把最近的检查结果说了一遍。

肖主任开了一张中药处方,可煎七服药,服七天。然后嘱咐道:"这是针对尿毒症开的,如果出现高血压、心包炎及心力衰竭引起的心前区疼痛、心悸、气急、上腹胀痛、水肿、不能平卧、呼吸困难、全身倦怠、胸闷、抽筋、昏睡、持续恶心呕吐等状况,请迅速来门诊或急诊处理。"

豆豆在中药房拿了七包中药,扶着奶奶打的往家走,把奶奶安置在床上躺下。豆豆在厨房里找到药罐,开始煎药,屋子里顿时充满着浓郁的中草药气味,使服中药已久的奶奶感到恶心。

下午二点三十分开始血液透析。医生将丁教授的动脉与人工肾接通,使血液沿纤维膜做成的管道向静脉端流动;管外为透析液,流动方向相反,使血液中的废物排向透析液,透析液中的离子和碱基等移到血液中。经过交换的"干净"血液出透析器后,通过与静脉接连的管道回到体内,这样就让肾起到了排泄的作用。

医生告诫说:"必须明白,透析不能解决根本问题,越透析次数越多。"

"医生,治疗尿毒症有没有简便有效的方法?"豆豆问。

"比较简便的办法就是换肾,把患尿毒症的肾切除掉,换一个健康的肾。不过,找肾源很不容易,有的肾百人里面难逢其一;价格也昂贵,换个肾要花二十万元。此外,血型也要吻合,还可能产生排斥反应。"

病人及其家属想问的很多,医生想说的也不少。四小时的血液透析已经结束,豆豆把奶奶从病床上扶起来,把蓬乱的头发梳好抿平。此刻,她感到奶奶过于衰老了。她扶着奶奶羸弱的身体慢慢地走出医院,打的士回家。

三

翌日上午,豆豆到新华书店买了几本关于肾病方面的书,供自己和奶奶阅读,肯定能从中学到一些肾病方面的知识,找到一些答案。

奶奶看了书中的有关章节后,说:"靠透析不是个根本办法,开始每周一至二次,接着就是三次甚至更多,人吃了亏,又花了钱,还治不好病。对这种病,中药不能治本。我看,不必老是这样从精神到肉体摧残自己了。我想换肾,需二十万元就花二十万元。"奶奶停顿了一阵,又说:"如果出现排斥反应,及时处理,也可以逆转。万一不能逆转,无非是行将就木,静待天年,撒手人寰。这也没关系,人总是要死的,要回归大自然。大千世界,芸芸众生,没有人能逃脱这条大自然的规律。到时,按遗嘱办就是。如果无排斥反应,那是老天爷不让我走,还要我在这大千世界再活几年。"

人病到这个地步,说出的都是真言实语。豆豆的心里湿润了,热泪双流,说:"奶奶,我也主张换肾,可能今后给您带来的痛苦、折磨少一些。今天下午,我到医院提出换肾的要求。"

奶奶点了点头。

……

下午两点半，豆豆首先向泌尿外科和肾移植中心提出给奶奶换肾的要求。

医生一边登记一边说："换肾，最难的是肾源问题，不知道要等到猴年马月！"

豆豆心里突然一亮，说："那么请在我身上找找看，说不定这猴年马月就在我这儿呢！"

医生望着这个淳朴、天真的少女，笑着说："如果是这样，那你就是那个'百分之一'了。世界上哪会有那么多的巧合！"

"我看到报上登过一则换肾的消息，是直系亲属换肾，成功了。"

医生突然问道："丁教授是你的什么人？"

"她是我奶奶。"

豆豆想："自己与奶奶并没有血缘关系，这个希望只怕也很渺茫。"

没想到医生听到豆豆的话，倒产生了兴趣，对豆豆说："那就按你的意见试试看吧！"

经过医生同意，豆豆到门诊部交了费，再到血液科作了检查，六个 HLA 点位与奶奶毫无二致。医生惊喜不已，豆豆激动得跳起来，热泪双流，总算在荆棘中找到了一条希望之路。

豆豆坐公交车回到家，喜笑颜开地抱着呆坐在沙发上的奶奶的脖子，把这件事告诉了她。不料，奶奶脸上并不像预想的那样满脸笑容。从豆豆体内取肾的事，她是十分难以接受的。

一个年过六旬的老年病人,行将就木,不久于人世,算不了什么。父母年近半百,就养这么一个如花似玉的闺女,多不容易,怎么能接受得了啊?

为此,奶奶与豆豆的意见相持不下,谁也不肯让步。

最后,奶奶仍很不放心,由豆豆扶着奶奶打的到了富雅医院,找了泌尿外科主任张教授。张教授今天正好不看门诊,就在医生办公室接待了她们。因为要查病房,张教授要求长话短说。

"健康的肾被切除一个以后,对本人身体会带来什么影响?"奶奶用严峻的目光盯着张教授问道。

"其实,一个人体内有一个健康的肾就够了,不会因此带来不良影响,可以照样做家务,进行各种体育运动,如跑步、打球、爬山、提重物等。"张教授回答。

"要是我奶奶换肾,谁来主刀呢?"豆豆关切地问。

张教授坦然一笑,说:"你们有选择医生的权利嘛。"

"好,谢谢你!"奶奶感激地说。

"什么时候换肾,要听医院通知。换肾前一天要做好一切准备。"张教授最后交代说。

回到家里,豆豆掩上房门,跟爸爸、妈妈通上了电话。爸爸、妈妈详细地问清了情况,担心豆豆今后只有一只肾会影响健康。豆豆把张教授的原话全部转告了爸爸、妈妈。爸爸、妈妈知道自己女儿心地淳良、很重感情、很讲道义、很乐于临危相救,讲的都是真言实语,同意豆豆捐一个肾,并说:"是捐肾,不是卖肾!我们并不缺钱,根本用不着去卖肾。如果卖肾,就没有把丁教授当自己的奶奶看待了。"

"我懂。你们放心好了。"说完,豆豆走出房门,来到客厅,坐到奶奶的身边,说:"奶奶,我把捐肾的事告诉了我爸和我妈,他们都说我应该临危相救。"

"从你体内取肾,治好了我的病,我感激不尽,但必须是卖肾。"

豆豆突然问:"您是不是我的奶奶?"

"当然是呀!"

"孙女为奶奶捐肾还要花钱买吗?什么'感激不尽',什么'卖肾',我都不愿意听,听起来使人伤心!我爸说:'如果卖肾,您就不是我的奶奶了。'那我们之间的感情关系变成了赤裸裸的金钱交易。"

丁教授想:豆豆的话不是没有道理,她重感情,境界高,感情里容不得半点杂质。不能在捐肾与卖肾的问题上纠缠了。既耽误时间,又浪费精力。

医院泌尿外科来了电话,通知丁教授明天开始住院,把换肾的时间定在后天上午九点。明天要做好换肾的一切准备。家属在今天下午去医院拿手术通知单。

豆豆在下午到富雅医院拿到了手术通知单,仔细一看,通知单上有如下内容:

(1)做好与家属和单位的详细谈话。

(2)术前进行充分的血液透析,血红蛋白<70/升者要输血。

(3)进行全面的体格检查,测量体温、脉搏、血压、体征,必须做好尿肌酐、尿素氮、供血者血型、淋巴细胞素试验。

（4）抽血进行供、受者之间的配型。

（5）准备皮肤：剃尽腹部及会阴部的毛。术前禁食并进行清洁灌肠，排空粪便。

（6）术前服用免疫抑制剂及注射术前针。术前应准备以下物品以备术后用：洗漱用具、带有刻度的茶杯、两条毛巾及卫生用具。

豆豆想："由于奶奶和自己几乎是同时开始手术，自己亦须作好相应的准备，并且须请好两位住院保姆。妈妈很不放心，说由她来照顾，豆豆不让她来，因为情况不熟，来了反而会添麻烦。

以上需要在一天之内作好的准备，包括奶奶的透析在内，豆豆在一天之内准备好了。豆豆手脚麻利，思维敏捷，有条不紊。做事认真细致，医生、护士和病友对她喜爱有佳，啧啧赞美。

丁教授想到自己已年过六旬，重病在身，家无后嗣，万一出现意外，存款、家产得有亲人继承，于是在手术前一天，亲手写下了遗嘱，这是豆豆根本没有想到的。

遗 嘱

本人患尿毒症，已进入晚期，要求换肾。如果出现意外，我的房产和存款全部遗留给我的孙女欧阳红豆。

特此遗嘱

丁如虹
二〇〇七年四月十八日

写完遗嘱后，丁教授带领豆豆到市财产公证处公证，然后把遗嘱交给豆豆，叫她保存在主卧室墙上所挂女儿遗照的镜框内。这样，一进门就可以拿到。

豆豆噙着泪说："奶奶，您这样做是多余的。别担心，您的病会好起来的。"

手术那天上午九点，奶奶和豆豆同时被推进了手术室。泌尿外科和肾移植中心分为两组，一组切除豆豆的一个健康肾，另一组立即将充满活力的健康肾植入已被切除肾的位置，使其相接。豆豆的手术做了三个小时，丁教授的手术进行了七个多小时。丁教授做完手术后被推进了观察室，接受二十四小时观察；豆豆从无菌舱推回普通病室。

豆豆醒来后，第一个想到的是奶奶的手术进行得怎么样，有没有排斥反应，口服硫唑嘌呤起没起作用。在医疗事业发达的今天，六十五岁的年龄不算高，老天爷应该让她多活十年、二十年甚至更长的时间。

四

术后第四天，豆豆能起床走动了，而且没有任何不良反应。她把这情况告诉了爸爸、妈妈，让他们放心。尤其值得高兴的是，张教授告诉她，奶奶的手术很顺利，没有发现不良反应，连原来最担心的排斥反应也没有出现；胃口有好转，想吃东西了，恶心、呕吐的现象消失了。

张教授当着豆豆和住院保姆的面吩咐:"术后一个月内,需要摄取足够的蛋白质及热量以维持正氮平衡,促进伤口愈合,降低感染的危险。肠蠕动恢复后可进流质饮食,如米汤、藕粉、蛋花汤,但不能过早饮用牛奶,避免引起腹胀,继而可改为半流质饮食,如汤面条、鸡蛋羹、黑鱼汤等,逐渐过渡到普食。

"移植肾存在一个排斥反应的问题,必须用药物来控制。如果一旦有一个意外的伤害,会对移植肾造成损害,诱发各种免疫因素,使排斥反应的发生率增高。"

由于关怀备至的医护人员和轻车熟路的住院保姆的精心照料,奶奶可在术后的第十天出院了。住院时间虽然只有十天,但好像经过了一段漫长的时光。

私人诊所那个玩忽职守的中医的误诊,引起了豆豆和奶奶的愤怒。豆豆将私人诊所那个中医所写的病历、处方等一一复印下来,累计有六次门诊、四十二服处方药。然后又把这次手术的各种检查报告单一一复印下来,装进文件袋,理直气壮地走进了市卫生局。

市卫生局分管医疗卫生事故的副局长亲自接待了她。听取误诊情况后,打开文件袋,把所有资料详细地看了一遍,分管医疗卫生事故的副局长立即组织专家分析、讨论,最后认定这是严重的误诊。有几味治肠胃病的中药对肾有不良作用,增加了肾功能障碍,并且耽误了治肾的时机。

市卫生局及专家组作出如下决定:由于不负责任的误诊,导致严重的肾功能障碍,属于二级医疗事故。责令赔偿全部挂号、医疗、医药费用共计四千六百五十元,赔偿身体和精神损害抚慰金二万元。由于该医师以往事故频发，而又累教不改，群众意见很大，吊销其医师资格证书。此决定从即日起执行。

三天内，医疗事故处理完毕，医疗、医药费和抚慰金如数交清。丁教授和豆豆都感到快慰，尤其值得奶奶高兴的是：豆豆逐步成熟了，已经能像成熟了的成年人一样正确待人处世了。

奶奶生病期间，深受肉体和精神折磨，没有力气搞卫生，日子过得马马虎虎，天花板、墙壁、客厅、餐厅、卧室、琴室、画室、门窗、地板都积了一些灰尘。豆豆来了以后，忙着陪奶奶看病、跑腿，加之自己住院动手术，出院后要十天才能拆线，拆线以前不能大搞卫生。奶奶明天就要出院了，回家看到这个窝囊样子，会感到心寒。于是，豆豆到街道上请了一个专上门搞卫生的计时工搞了一天卫生，把天花板和墙壁上的灰尘全部扫光；把奶奶的卧室全抹得窗明几净，整理得有条不紊；把琴室和画室抹得一尘不染，光彩照人；把客厅和餐厅的沙发、桌椅也抹得油光水亮，摆得整整齐齐；把自己的卧室也整理得干干净净、井井有条；把所有的地板擦得一干二净，晶光瓦亮；把所有的床单、被套、枕套、鞋袜洗干净，晾到晒衣阳台上。

花是人类的益友。古往今来，有多少文人、画家为花留下了难以数计的诗词歌赋、美好画卷；有多少人以花为伴，寄托了多少情感与想望。花是美的象征，青春的象征，希望的象征。花，这大自然的精灵，被赋予了人们多少情感、意志、精神和力量。

丁教授很爱花，特别爱米兰、茉莉，香气袭人，沁人心脾；也很爱东北阔叶君子兰，花大叶美，宛如谦谦君子。豆豆记起爸爸曾经讲过的一个故事：

第二次世界大战刚刚结束的时候，德国到处是一片废墟。有两个美国人访问了一家住在地下室的德国居民。离开那里之后，两人在路上谈起了访问的感受。

甲问道："你看他们能重建家园吗？"

乙说："一定能。"

甲又问："你为什么回答得这么肯定呢？"

乙反问道："你看到他们在黑暗的地下室的桌上放着什么吗？"

甲说："一瓶鲜花。"

乙于是说："任何一个民族，处于困苦灾难的境地，还没有忘记鲜花，那他们一定能够在这片废墟上重建家园。"

豆豆想："对的，有鲜花就有希望。"于是她到花卉市场挑选了两盆含苞待放的米兰，两盆枝叶繁茂、开始带花的茉莉和两盆花大叶美的东北大花君子兰。

把君子兰放在厅里的花架上，把米兰和茉莉放在奶奶卧室里靠窗的花架上。

第二天，豆豆收拾好要带回家的生活用具，用的士将奶奶接回了家。奶奶一进门，见家里搞得如此整洁，闻到沁人心脾的芳香，心里感慨万分。人到老年，谁不想有一个属于自己的家，一个温馨舒适的家，一个有亲人的家！

五

豆豆协助爸爸装饰过几种养花阳台,即使是小阳台也可装饰得漂漂亮亮。奶奶家的养花阳台宽大,但没有作整体规划,局部设计也就谈不上了。最终,养花阳台没有充分利用起来,里面灰糊糊的。已经年过六旬,辛苦了大半辈子,该享受的应该享受了。她向奶奶提出了装饰养花阳台的建议。

奶奶说:"其实,我早就有这种想法,只是由于疾病缠身,无可顾及。你说说看,该怎么个美化法?"

"养花阳台是养花的地方,也可成为看书、看报、喝茶、赏花、拉琴、玩牌的地方,要有节能空调,要有增强光照的设备。至于养些什么花,怎么摆法,大同小异,最好做到一年四季花红叶绿,芳香扑鼻。"豆豆说。

奶奶饶有兴致地说:"你是否打个电话,跟你爸商量一下?"

"我干脆回家具体跟他谈一谈,把阳台方向、长宽等基本情况告诉他,供他参考,连同楼房前后允许自栽自植的树也考虑进去。"

奶奶想:"豆豆聪明能干,又跟爸爸美化过几次阳台,有一定经验,让她回去跟爸爸商量一下也好,于是同意她在伤口拆线后回家一趟。"

奶奶叫豆豆把阳台装修费和八株花木费顺便带回去。豆豆脑袋变成了拨浪鼓。奶奶严肃地说:"办企业,最需要的是资金,资金是企业的生命,这二十万元你就不能拒收了。"

下午四点,豆豆拿了奶奶付的钱,提着奶奶送给爸爸妈妈的礼物,回到了赤霞村。

赤霞村的人,无论男女老少,都喜欢欧阳红豆,都爱看那张红罂粟般的笑脸,都爱听她如歌的声音,都亲热地称呼她"豆豆"、"豆豆阿姨"……

一个多月未见面了,乡亲们有说不完的心里话。尤其见她穿上一件黑色夹克,衬托着她的洁白的肌肤,显得更加漂亮,美貌绝伦。

爸爸妈妈在梨树下笑眯眯地迎接他们的爱女,仔细端详,发现胳臂粗了,雪白浑圆,显得结实些了,身子也丰满些了。家里喂的小花狗从樱花树下钻出来,高兴地抬起前腿,任她抚摸它那油光滑亮的皮毛,围着她摇着尾巴,兜着圈子,在她的裤子上磨磨蹭蹭。

豆豆把回来的意思告诉了爸爸、妈妈。爸爸了解了阳台的长宽度之后,让豆豆先说说自己的想法。

豆豆说:"首先确定一个中心,圆桌和扶手椅、报架,就在这个中心位置。阳台南面养向阳花木,里边放半日照花木,四角中的三个角摆稍高大的花木,或用花架、木墩,增强阳台内花木的立体感,留下进门的一个角落放置水缸。天花板上装两盏可升降的乳白色节能灯用来增光,还装一匹节能空调用于冬夏调温、调湿。阳台中心的圆桌和扶手椅呈白色,用以衬托花叶的颜色;阳台中心装一盏节能吊灯,晚上可看书、看报。阳台三面是已经装好的双层真空玻璃,可开可关,通风条件好，可充分利用起来。"

"阳台外有装外机的地方吗？"

"有。建筑设计时就考虑了这一点。"

"台上有窗帘吗？"

"有，绿色的。"

一个美丽无比的养花阳台在父女心里酝酿着，成熟着，架构着……

爸爸同意了豆豆的基本构想，但提出了三个基本要求："要做到四季有花，月月有花香；要强调色彩方面的衬托作用；不要拥挤，不要强调对称，否则会显得臃肿、呆板。你跟奶奶打个电话，告诉她，你明天上午留在家里跟几个师傅做个帮手，午饭后回省城买好桌椅，请电工，买空调，估计一个下午可以装修完毕。先拿下养花阳台；至于楼房前后自栽自种的树，春节前再送来。南面栽什么树，北面栽什么树，要尽早告诉我。"

豆豆跟奶奶通了电话。奶奶说："南面栽四株樱花，北面栽四株红梅。"豆豆记起来了，奶奶最喜欢红梅，因为红梅有傲雪迎春、唤醒百花的高尚品格；奶奶英年早逝的爱女跟娘姓，就叫丁红梅，多美的名字！

给奶奶打完电话，道了晚安，已经快十一点了。豆豆把奶奶楼房前后需栽的树跟爸爸说了。这两种树木都是名贵树木。

豆豆回到房里，关上门，躺在床上，双手枕着头，浮想联翩："爸爸之所以只提原则上的要求，既是对我初步设计的肯定，又是在许多细节问题上让我独立思考，比如注意品种的多样化，花木的抗寒耐热能力和花木的摆设技巧，充分发挥我的创造性。花架用金属做,抑或是用造型木料做?花架要高低不一,大小不一。木墩大小、高矮也应搭配不同。阳台四边的花架要到木工房去挑选。总之,整体效果应该是美观、雅致、舒适、大方。"

翌日清晨,三位工人师傅都到齐了。豆豆跟他们先到木工房,那里有些现成的、各式各样的木花架,造了型,刷上了油漆。他们选择了几个造了型的,又加做了几个金属花架,还选了几个大小不同的木墩和一些大小不一的盆垫。在园艺场,选择了近二十种名贵的盆花,加足肥料,又带走一小袋肥料……

豆豆下午一点多钟回到省城,跟奶奶一起买了桌椅、灯具、空调。豆豆和奶奶选中了两把白色轻便围椅,又看中了一张大小适当的白色柚木圆桌,这样组合使桌椅颜色彼此协调,又可用来衬托周围的花卉。她们到家电商城买了两盏乳白色节能吊灯,可以用来增光;买了一台分体式节能空调,可以调温、调湿;买了一盏节能吊灯,可吊在小圆桌上空,可上可下,用于晚上聊天、看书、看报。最后,到花店买了剪枝刀、喷雾器和水壶,到文具店买了一个报架。所买的不方便带走的货物在下午两点半以前由供货商送到。豆豆与奶奶打的回家,等待着送灯具、送桌椅,装空调和装灯,而盛盆花的架子、木墩也快要送到了。

下午,来得最早的是灯具,半小时就装好了。接着送空调的师傅和装空调的师傅连送带装不到一小时。接着,送桌椅的也来了,豆豆把它们暂放在客厅里。不久,送花木和花架、木墩的两位师傅也来了。他们按照豆豆的设计,把花架、木墩摆在阳台适当的位置上,把茶梅、山茶和分别开满大红、洋红的三角梅摆在木墩上，把开得正欢的米兰、茉莉、马齿、牡丹、花毛茛、玫瑰等摆在钢架上或木架上，把叶子绿油油、花开红艳艳的天竺葵摆在靠里边的阳台高处，把耐阴的彩色马蹄莲、广东万年青放在阳台的西边；一株洁白如玉、芳香四溢的白兰花放在东边的角落上；几盆东北阔叶君子兰、墨兰、虎刺梅则放在厅室内光足显眼而又空气流通的地方。有些不耐寒的名贵花木放到园艺场去过冬。装饰完毕，师傅们喝上一杯茶就告辞了。

豆豆在养花阳台上仔细检查了一遍，再请奶奶进去。奶奶一进养花阳台，笑得合不上嘴。她看出来，其中，有两株米兰开满了粟米般的小黄花，散发出馥郁的浓香；还有两株叶色深绿，叶片油光瓦亮，花蕊尚未形成，还要二十来天才会开花吐香；另有两株枝繁叶茂，离花期还有一两个月。这样，保证了米兰月月有花。茉莉花长得枝繁叶绿，有两盆已进入了盛花期，开出一些洁白如玉的花朵；还有两株枝繁叶茂，快要开花。三角梅一盆大红，一盆洋红，放在架上，居高临下，花枝伸得长长的，散得宽宽的，俯视着群花。白兰花秀秀气气，挂满了白玉般的花苞，陆续开放，香气袭人，香远益清，使人想起"缅桂花开十里香"的名句。夜来香枝繁叶绿，白天收拢青翠的花朵，晚上尽情地开放。四盆天竺葵叶色深绿，每株开出了好几朵硕大的红花。毛萼口红花像爱美的少女，把自己打扮得红红绿绿。有些名贵花木，如牡丹，可以放在园艺场，快开花时搬运到曙光花园来。整个设计，豆豆都经过了周密的思考。一位年过花甲的白发老人，处身于如此似诗如画的环境中，怎么能不心旷神怡，心花怒放呢？

出院以后,丁教授托过去的学生从广西带来一盆红豆树,摆在厅内靠窗的花架上,旁边还悬挂着嵌入镜框内的唐代著名诗人王维的一首诗:

相　思

红豆生南国,
春来发几枝?
愿君多采撷,
此物最相思。

此刻,丁教授在此驻足沉吟,情思缱绻,自忘其身。生长于南国的红豆树啊,到春天又发出了多少枝条?愿君多多采撷,因为只有这红豆最惹人喜爱,令人永不忘怀!

六

豆豆到丁教授家才十几天,由于忙,连行李袋也没有来得及清理。今天早餐,豆豆给奶奶准备了鸡蛋羹和面包,又到菜市场买来白菜,剥去老叶,洗净沥干,然后走进卧室,开始清理自己的行李袋。她将衣服一件件抖开来,准备折叠好,往柜里放。奶奶进来了,站在一旁看着。这大都是些破旧衣服,小的小了,旧的旧了,破的破了,有的补丁摞补丁,一件也没有逃脱奶奶敏锐的目光。如今,从乡村出来的女孩子,艰苦朴素，不讲究吃穿打扮，已经是难能可贵的。可是，一个出落到十八九岁的少女，正值花样年华，穿得过于寒碜，做长辈的心里也确实过意不去，甚至感到自责。奶奶把该淘汰的衣服放到一边，说："这些衣服就不再穿了，它们已经完成了自己的历史使命，把它们丢到垃圾堆里去，奶奶给你的衣服来个改朝换代。"

豆豆怕奶奶见了这些衣服感到心寒，过意不去，也就没有完全拒绝，只是惋惜地说："有机会带到乡下去，乡下有些人家还用得着呢！"

"那倒是。"奶奶怀着恻隐之心说。

豆豆从柜里拿出一把小提琴，准备往壁上挂。奶奶从豆豆手里接过这把小提琴，仔细端详：小提琴上的油漆已经磨光，看上去显得苍老陈旧；面板已经开裂，用胶布粘着；侧板也出现了裂缝，无法黏合；琴马是自己装上去的，显得粗糙；拉弦板上的一个弦扣也坏了，无法修补。

奶奶心疼地问："豆豆，你这把小提琴哪儿来的？"

"是舅舅给我的。他看见人家搬家时，垃圾堆里有这把小提琴，他把它修补了一番，给我了。"

"你舅舅是干什么的？"

"他是县文工团小提琴手。"

"你是不是参加了高中音乐特长班的学习？"

"参加过。因为条件太差，后来我放弃了。只是舅舅感到惋惜，陆陆续续教给我一些关于小提琴的知识和技能。"

"你会不会识五线谱？"

"会，只是识得不够快。"

"你读高中时，小提琴班有多少人？"

"只是一个小班，十二个人。学校里的小提琴坏了，没钱修，学生都是用自己的。"

"学校有没有钢琴呢？"

"有两台钢琴，一台经常出故障，几乎不能用；另一台由音乐特长班的三十个同学共同使用。"

奶奶从琴房里拿出自己的小提琴，让豆豆调好音，按五线谱演奏了几首歌曲之后，她完全颖悟过来，豆豆拉小提琴不是没有天分，也不是没有兴趣，而是没有好的条件，没有能正常使用的小提琴。这使她扼腕叹息，大有相见恨晚之感！

"明年高考你想不想参加？"

"想是想。只是担心考不上。"

"你准备报考什么大学、什么学院？"

"想报考师大艺术学院。不过还没最后定，爸爸、妈妈要我征求您的意见。"

"我建议学小提琴，你完全具备这方面的潜力。只要认真学，是完全可以学好的。"

"嗯。"

"好吧，你把这把破小提琴丢入垃圾堆里去，我给你买一把新的。"

"又要花一些钱……"

"学小提琴好。在西洋器乐王国里，如果把钢琴比作皇后，小提琴则是公主。"

豆豆打了电话给爸爸、妈妈，把奶奶的建议告诉了他们。他们和豆豆都同意了奶奶的意见，说："一位名牌大学教授，专业精湛,见多识广,我们应该信得过。"

午休后,奶奶带着豆豆到省城最大的商场选购衣服。因为还是夏天,商场进的都是夏装。奶奶为豆豆购了白底起蓝点的连衣裙,白底起红梅花的短袖衣配蓝色长裤,白底起红豆的短袖衣配军绿色长裤,水红短袖衣配深蓝色长裤,米色短袖衣配军绿齐膝长短裤,浅蓝色起茉莉花的短袖衬衣配米色的长短裤,几套花色各异的内衣内裤,还有一件黑得发亮的麻料免烫夹克和一条牛仔裤是前几天买的。此外,买了两套睡衣。这些衣服,跟量身定做的一般,没有追求奇特与怪异,穿上身衬托出她的天生丽质,焕发出青春靓丽的光彩。奶奶决定陆续给豆豆添置一些衣服。

她们来到省城一家最大的琴行,看到了上海生产的"五星"和宁波生产的"海伦"两种国产名牌小提琴。"五星"牌小提琴自然风干已经八年,枫木背板,鱼鳞松面板,配件为乌木和鸡翅木,漆水油光泛亮,定价为七千八百八十元。丁教授将两把小提琴分别试了一下,最终以七千五百元的优惠价买下了"五星"牌的小提琴,外加一个琴盒。

回家路上,丁教授心舒气爽,为豆豆买了几样称心如意的衣服和小提琴而高兴。她决心让这个天资聪颖、朴质纯真、聪明伶俐的农村少女读上满意的大学,将来成为一位出色的小提琴家。

七

天刚蒙蒙亮，林子里的小鸟还没有来得及啁啾，豆豆已经把馒头蒸热了。她拿起一个馒头往口里塞，就着一杯热开水，吃得津津有味，很快就吃完了。灶台上放了一个鸡蛋，一个面包和一小碟小菜。鸡蛋用来打蛋花汤，面包和口味菜用微波炉加热就可以吃。

根据奶奶的意见，从今天起无论如何要参加音乐补习班的补习了。附近有一所丽音音乐学校，豆豆想去问一问，看能不能插班。她背着书包和小提琴走进了丽音音乐学校的大门。门卫把她挡住了。

"请问，你找谁？"门卫见豆豆没戴校徽，又不面熟，问道。

"我找校长。请问他姓什么？"

"校长姓汪。你找他干什么？"

"我要读书。你知道音乐学校小提琴班还有缺额吗？"

"不知道。你去问校长，他在办公大楼三楼校长办公室。"

"谢谢！"豆豆很有礼貌地说。

豆豆看时间还很早，学校里还只来两个同学，老师还没有来，便坐在操场旁边的一个亭子里看书。亭子不大，被长臂下垂的红紫薇和红绿掩映的夹竹桃衬托着，显得美丽绝伦。小鸟在亭后的林子里啼叫着。师生们快要到齐了，豆豆才走进办公楼,上了三楼,找到了校长办公室,心在扑扑地跳。

豆豆用一个指头轻轻敲了敲门,等了一会,里面没有动静;再用两个指头敲了敲门,里面还是悄无声息。她估计校长还没有来,正要转身,后面走来一位五十岁左右的壮年人,上穿白色短袖衬衣,系着蝶形领结,下着深蓝裤,两鬓斑白,满面红光,面带微笑,双目熠熠发光。见到这个亭亭玉立的女学生,他温文尔雅地问道:"你找谁?"

豆豆马上转过身来,面对他鞠了一躬,彬彬有礼地答道:"我找校长。您就是汪校长吧?"

"有什么事吗?"汪校长望着这个漂亮而又文质彬彬的女学生,问道。

"我今年高考时患了阑尾炎,失去了高考的机会。我想到你们学校补习一段时间,明年参加高考。"

"你来迟了!"汪校长望着她,遗憾地说。

"因为奶奶患尿毒症,开了刀,前后折腾了一些时间,所以来迟了。"豆豆解释说。

"你可以把今年毕业考试的成绩单给我看看吗?"

"幸亏带来了!"豆豆心想,忙从书包里掏出高中毕业考试的成绩单,双手递给校长,一双会说话的眼睛望着校长,目光中充满了期待。

汪校长看完毕业考试成绩单,脸上浮起了笑容,问道:"你明年想考什么专业?"

"小提琴。"

"你现在能不能用小提琴拉几首曲子?"

"能。"豆豆打开琴盒,握着小提琴,拉了《苗岭的早晨》、

《山丹丹开花红艳艳》、《蓝色的多瑙河》三首曲子。

校长笑着点了点头,说:"小提琴班早几天刚转走了一个学生,空了一个座位,欢迎你来。"

"要交多少学费?"豆豆莞尔一笑,用乌黑发亮的眸子望着校长。

"本期代交复习资料费,其他就免了;第二学期交三百元学杂费。"

汪校长找到小提琴六〇班班主任宋小波老师,把豆豆的事交给了他办。宋老师看过豆豆的毕业考试成绩单,频频点头,宛如鸡啄米一般。

"宋老师,我奶奶刚开完刀不久,没人照料,说不定有时候还要请假。"

"你自己决定好了。"宋老师对这个认真、朴质的女学生录取大学抱有信心。他把她带到六〇班教室,安排在唯一的缺位上。教室里的同学们向她投过奇异的目光,意思是:

"你怎么来得这么迟呀?"

"是不是有什么事情耽误了?"

"是不是从外校转来的呀?"

"……"

上午的专业课学习结束了,已经到了十二点。豆豆背着书包绕到菜市场,买了几种适合奶奶口味的菜,带回了家。

"奶奶!"豆豆开了门,往里面喊,"您饿了吧!我这就给您做午饭。"

"豆豆,我早点吃得迟,不饿。你煮饭做菜,我煮自己吃的鸡蛋花藕粉糊。"

"我知道。"豆豆说。

"今天上午上课了吗？"奶奶问。

"上了。刚好碰上小提琴班有个缺位。校长看了我高中毕业的成绩单，叫我拉了几首曲子，然后收了我。今天上午讲的内容是颤音、装饰音、顿弓，还讲练了《沃尔法特》的几首曲子。"

饭用电压锅煮，很快就会熟。要做菜了。豆豆也停止了说话，一门心思做菜。

她将锅内打底油，烧至五六成热时放入浆好的瘦肉丝，炒片刻后，加香菇丝，稍炒一会，加调粉，锅开后勾芡，再撒胡椒粉。一碟"香菇炒肉丝"出来了。

将洗净的韭黄切成段；切去金菇尾端，洗净、沥干；瘦肉切成丝，放入腌料拌匀。烧热油，放入肉丝炒熟，盛起待用。烧热一汤匙油，放下韭黄炒香，加入金菇及葱段炒匀。将调味料放入上项材料中炒匀，加入肉丝炒拌均匀。这是一碟"金银肉丝"。

将豆腐切成块，打上刀花，沸水汆一下，捞出沥干。倒入花生油，放下豆腐块，加姜汁、鲜汤烧沸，再加入味精，用湿粉勾芡，淋上芝麻油。这是一碟"小炒豆腐"。

将西蓝花半斤洗净，切成小朵。炒锅用中火加热，加入适量食油，待油烧至七成时，放入切丝去籽的红灯笼辣椒，翻炒至出味。倒入西蓝花，翻炒几下，加适量清水烧开，倒入调料，炒匀勾芡。这是一碟"素熘西蓝花"。

四个菜二十分钟就出来了，热腾腾的，有红有绿、有青有白。奶奶夸奖豆豆厨艺好，自己的胃口也明显好转了。

午饭后，豆豆做了一小时作业。在去学校的路上，她走进一家药店，拣了云南重楼、对叶百部、红花、伸筋草、藤条五种中药各五包，寄存在药店内，然后去上学。下午上的是语文课，复习的内容是诗歌，包括毛泽东的《沁园春·长沙》、戴望舒的《雨巷》、徐志摩的《再别康桥》等。

放学后，豆豆经过那个药店，拿了药，又买好明早吃的面包、馒头和莴苣丝往家里走。她开了门，忽然看见班主任宋老师，跟奶奶谈完话，正起身告辞。豆豆粲然一笑，热情地说："宋老师，您多坐一会，吃了晚饭再走吧！"

"不，以后再来。等你考上大学，我再来吃你亲手做的饭菜。"

豆豆想："我今天上午才开始上学，宋老师下午就上门搞家访了，工作这么及时，这么认真，这么细致。"

"宋老师是我过去的学生，若干基础知识都讲过了，打算利用双休日单独给你补课。"

"那太好了。"豆豆高兴地说。

晚餐后，豆豆到养花阳台检查了一遍，奶奶将快干的花木浇过了水。豆豆洗干净手后，从五包中草药中各拿出半两，在药罐里熬半小时，再掺入温水里，给奶奶洗脚。奶奶用这种方法洗脚效果好。豆豆一边给奶奶洗脚，一边按摩脚板上的有关穴位。洗了半小时，拿干净的脚巾将奶奶的脚擦干，换上干净的丝袜。奶奶备感舒服，又怕累了豆豆，说："用中药洗脚的方法，暂时停下来，等高考结束后再说吧！"

"没关系，不会影响我的学习的。相对而言，帮您洗脚也是一种休息。"豆豆倒掉洗脚水，把脚盆洗干净，抹干，说：

"您今晚看电视吧,中央台有音乐晚会。我复习功课去了,有事随时喊我。"

……

豆豆走进自己的卧室,打开台灯,拿出高中语文课本。今晚自行复习,内容是艾青的名诗《大堰河——我的保姆》。

翻开书,她小声地读起来,一个活生生的旧社会农村保姆形象便出现于她心灵的屏幕:

你用你厚大的手掌把我抱在怀里,抚摸我;
在你搭好了灶火之后,
在你拍去了围裙上的炭灰之后,
在你尝到饭已煮熟了之后,
在你把乌黑的酱碗放到乌黑的桌子上之后,
在你补好了儿子的为山腰的荆棘扯破的衣服之后,
在你把小儿被柴刀砍伤了的手包好之后,
在你把夫儿们的衬衣上的虱子一颗颗地掐死之后,
在你拿起了今天的第一颗鸡蛋之后,
你用你厚大的手掌把我抱在怀里,抚摸我。

八个排比句,描写了八个典型的生活细节,具体地叙写了大堰河极度的贫穷和繁重的家务劳动;表明了大堰河无时无刻不在关心照料她的乳儿,时时给他以温暖,处处给他以抚爱,充分表现了大堰河的善良、勤劳和对乳儿无私的爱。段首段尾反复用"抱"和"抚摸"这两个动作细节予以强调。

他含着激情继续读下去:

大堰河,为了生活,
在她流尽了她的乳液之后,
她就开始用拥抱过我的两臂劳动了。
她含着笑,洗着我们的衣服,
她含着笑,提着菜篮到村边结冰的池塘去,
她含着笑,切着冰屑悉索的萝卜,
她含着笑,用手掏着猪吃的麦糟,
她含着笑,扇着炖肉的炉子的火,
她含着笑,背了团箕到广场上晒好那些大豆和小麦,
大堰河,为了生活,
在她流尽了她的乳液之后,
她就用抱过我的两臂,劳动了。

这六个细节的排比句和小节首尾的反复,加上艰苦恶劣的劳动条件与"她含着笑"的心理对比,如泣如诉地描写和抒发了大堰河"为了生活"而辛勤劳动的情景和心态。

她满怀激情地继续读下去:

大堰河,今天,你的乳儿是在狱里,
写着一首呈给你的赞美诗,
呈给你黄土下紫色的灵魂,
呈给拥抱过我的直伸着的手,
呈给你吻过我的唇,
呈给你泥黑的温柔的脸颜,
呈给你养育了我的乳房,

呈给你的儿子们，我的兄弟们，

呈给大地上一切的，我的大堰河一般的保姆和她的儿子，

呈给爱我如爱自己的儿子般的大堰河。

这八个排比句，诗人直抒胸臆，向大堰河充分地表达了强烈的爱和衷心的赞美，将大堰河作为旧中国千千万万勤劳、宽厚、善良的保姆乃至劳动妇女的化身。诗歌拓展了无比深远的意境，美化了人物硕大无朋的灵魂！

读完全诗，豆豆激动得难以自持，泪水模糊了她的双眼。大堰河的每一个细节都那么真实感人。她联想到新中国的广大保姆和劳动妇女是善良的，勤劳的，幸福的，甚至是伟大的！

八

丽音音乐学校小提琴班已经学完了启蒙级和基础级课程，从今天起讲一级课程了。

"首先，讲一级相关的音乐基础知识。"宋老师把"一、协奏曲"写在黑板上。

"我们讲的协奏曲，主要指一件乐器独奏，乐队协助的作品。在这类乐曲中，独奏乐器是主角，乐队辅助。乐队对独奏乐器的衬托以两种方式来体现：一是呼应、对答；二是以矛盾和抗争的冲突来完成音乐的发展，然而所有的努力还是为了突出独

奏声部的地位和形象。独奏型乐曲一般有三个乐章，大致为稍快、中板和快板。有问题提出来吗？没有问题，下面讲舞曲。"

宋老师在黑板上写下了"二、舞曲"几个字。

"在器乐作品中，常见的舞曲有：

"（一）小步舞曲。这是法国一种三拍子的乡村舞，十七世纪演变成速度中庸、风格典雅的宫廷舞曲，在舞蹈场面速度一般偏慢，而用作独立演奏的器乐曲时，速度较快。如著名的贝多芬的《G大调小步舞曲》。

"（二）圆舞曲，又称华尔兹，是奥地利民间舞蹈。十八世纪后半叶用于社交舞曲，是一种旋转流畅的舞曲，采用三拍子，节奏明显，伴奏中每小节仅用一个和弦。由于舞时两人成双成对旋转，故称圆舞曲。著名的圆舞曲有肖邦的《#C小调圆舞曲》、约翰·施特劳斯的《蓝色的多瑙河》。

"（三）波罗涅兹，又称波兰舞曲。是一种徐缓、庄重、具有贵族气息的三拍子舞曲。通过波兰作曲家肖邦的创作，从而使这种舞曲体裁成为具有世界意义的艺术珍品。肖邦的十三首钢琴曲《波罗涅兹》属经典作品。

"（四）塔兰泰拉，是意大利南部的民间舞曲，速度极快，采用三拍子和连续不断的三连音节奏型，气氛十分热烈。据说在意大利有一种叫'塔兰泰拉'的毒蜘蛛，被它咬伤的人，必需狂热不停地跳舞才能解毒，塔兰泰拉舞曲由此得名。也有人认为，该舞曲得名与'塔兰托港'有关。十九世纪中叶，很多作曲家如肖邦、李斯特、罗西尼均采用这种舞曲体裁，创作了许多作品。

"（五）玛祖卡，源于波兰的民间舞曲，三拍子，有两种速度类型,缓慢的玛祖卡含有忧伤的情调,快速的玛祖卡带有欢乐的因素。其共同特点是节奏重音落在小节的第二或第三拍上,十八世纪流行于欧洲,十九世纪肖邦用这种体裁创作了五十二首著名的《玛祖卡》钢琴曲,使玛祖卡成为具有世界意义的艺术品种。

"(六)探戈,起源于非洲,后经移民传到拉丁美洲国家,成为阿根廷的双人社交舞。节奏特点为行板速度,二拍子或四拍子,以切分节奏为主,二十世纪流行于世界各地。

"下面讲《进行曲》。"宋老师把"三、进行曲"写在黑板上,说:"进行曲是一种带有步伐节奏特点的器乐曲。常用于队列行进的军队阅兵。十七世纪以后成为音乐体裁大家族中的一员。进行曲旋律激昂、振奋,节奏采用二拍子和四拍子,突出强拍,结构方整。经过历代作曲家不断创新以后,进行曲得到很大的发展,出现了葬礼、婚礼、凯旋等进行曲类,如贝多芬的《第三交响曲》中的《葬礼进行曲》、门德尔松的《婚礼进行曲》等就是这类进行曲。我国的《义勇军进行曲》、《中国人民解放军进行曲》、《运动员进行曲》也都是极具进行曲特色的经典之作。"

休息半小时后,宋老师要求同学们翻开教材,先读《沃尔法特》的两首练习曲,然后进行讲解。

"《沃尔法特》(作品四十五,第四首)

"这首练习曲,演奏要求为小快板,在这首练习曲中出现了八分音符和十六分音符交替的节奏,这就意味着它是一首用不同长短结合的练习曲,在演奏要求中我们曾经提到,这首练习曲要用上半弓演奏,即八分音符用半弓,十六分音符用中弓和弓尖。实际上它是一条交替弓法的练习，要求运弓长短分配要统一，发音要均匀。在具体练习中有几个问题须注意：

"（一）可以用四种弓段进行练习，开始时速度不宜快，熟练后逐步加快，练习中音要清楚，平稳：

"第一种，以中弓为基点，也就是用中弓拉八分音符，由此再用相应的弓段拉十六分音符。

"第二种，以上半弓为基点，用上半弓拉八分音符，也就是要求中提到的弓法。

"第三种，以下半弓为基点，用下半弓拉八分音符，十六分音符用相应的弓段拉，要注意不论是八分音符还是十六分音符，一定要拉到弓根。

"第四种，以全弓为基点，用全弓拉八分音符，十六分音符分别用上半弓和下半弓拉，弓速均匀，声音平稳，运弓要直，不宜过快。

"（二）练习曲中几个变化音的出现，意味着训练临时变换的按弦手型已拉开了序幕，要注意。

"（三）在第二十八至二十九节的小地方，是段落的结束，要有一个稍微减速的感觉，紧接着用原速拉再现部。"

"现在，大家看着五线谱按要求慢慢拉。然后听我拉两遍，再跟着我拉两遍。"宋老师说。他走到豆豆身边，看她拉琴，拉得慢，但是拉得准确，只要努力，她认为这个女孩子有培养前途。

"下面练习《沃尔法特》作品曲十五，第十八节。

"这是一首连弓和打指的练习曲。演奏速度要求为快板。这一课要求右手换弦在平稳、流畅的同时，更多地要求考生掌握左手手指正确的起落动作,一定要注意用指跟关节运动,起落指要有弹性,完成起落动作后立即放松。不要一开始就拉快速,这样势必会事与愿违,造成手指僵硬,节奏也拉不均匀,拉不好正确的手指基础动作,不可能进一步提高左手技术。比如游泳,双手没有正确的游泳动作,不可能游得好,游得快。当然,没有正确的姿势,乱游一气,的确也是不会沉到水里去,但是永远成不了游泳健将。拉琴也一样,手的动作不正确也可以拉出音来,但水平永远也提不高。就像造房子,只有一层楼的地基,造到三层一定会塌方。所以,练习这一支练习曲时应考虑从以下几个方面入手:

"(一)首先用慢速练习。用分弓,上半弓一音一弓练习。而后,用连弓,六个音一个弓。

"(二)手指起和落都要有弹性,动作要敏捷,起落之后要迅速放松。注意保留手指,减少不必要的手指动作,保持好手型。

"(三)用不同的附点节奏来训练该首,以此来达到左手手指起落的控制能力,这对练习准确匀称的节奏很有帮助。

"(四)熟练后,要用一弓十二音来练习,运弓还要注意一弓中的渐强和渐弱的处理。一般来说,要把上行的音拉强,尤其要强调小节中的第七、八、九这几个音。

"剩下的时间,自己看五线谱上的要求慢慢拉。拉几次后,再听我拉,然后跟着我拉两遍,力求拉准。"

宋老师带领学生拉了两遍,请同学们提出问题来。

同学们依次提出了一些问题,要求解答。其中一个共同的问题是:"认真听还是听得懂,可就是有些记不住,跟不上。"

宋老师说："总的说来，还是不够熟练，练少了。单靠课堂上练是远远不够的。要多练，要先唱后练，重要的地方、难的地方要反复练，做到熟能生巧。为了防止越拉越快，必要时可用节拍器打拍子。"

豆豆在全心倾听，把宋老师的话全记在心上。现在，她脑海里仿佛出现了著名作曲家、钢琴家和小提琴家肖邦、施特劳斯、李斯特、罗西尼、巴赫、沃尔法特等璀璨的群像，仿佛随着肖邦的圆舞曲优美的旋律成双成对地在舞池里欢快地旋转。

晚上，豆豆正在练白天所学的两首练习曲。中间休息的时候，豆豆向奶奶提出揉弦应注意哪些方面？

奶奶说："揉弦的目的：一是为了修饰小提琴的发音，使之优美流畅。二是揉弦与思想感情的表达，音乐意境的表现是分不开的。奏出感人至深的音调与揉弦细致的处理有密切的关系。揉弦的动作在于手指关节与手腕相配合自然地进行揉动，而不是神经质的抖动，同时还应注意以下几个方面。

"（一）揉弦幅度的大小、速度的快慢，与音乐节奏的快慢、运弓速度、力度的变化要相对应。而不应将揉弦成为一种下意识的动作，尽管手在摇动，但没有和音调及音乐的韵律相结合，仅仅是对声音有一点表面的修饰。

"（二）揉弦是音乐表现的一种手段，在演奏中应有细致的分寸感，用不同方式的设计安排，以达到对不同音乐内容的描述和修饰。

"（三）为了增加揉弦的力量。揉弦时左手的手臂、肘应自然地放松下垂，与手部及手腕相配合的感觉。

"（四）揉弦时手指肉垫放在弦上，应把握手指压力的质量,如果过分用力将指头压弦,不仅导致左手揉动紧张,同时发音也会生硬难听。"

奶奶说完,演示并讲解了《流浪者之歌》中揉弦的动作,对豆豆启发很大。

厨房里的洗脚用的中草药熬好了,发出浓郁的中草药味。豆豆去把中药液倒出来。奶奶叫豆豆放在一旁,继续说:"学习小提琴,贵在认真。注意力要高度集中。随随便便练三十分钟,还不如集中精力练十分钟。美籍华裔大提琴家马友友儿时初学练琴时,每天练十分钟,这十分钟是在严父指导下,极认真地用正确方法训练,后来这位马友友成为了著名的大提琴大师。一心不能二用,今后我晚上洗脚,你就不用管了,你一门心思复习、练琴。"

奶奶嘱咐道:"学习练琴,要心静如山,心里心外没有各种干扰,什么收录机、电视机、电脑、网络、手机,通通关掉,不分散注意力,不影响听音,使自学与练习的思维活动高度集中,情绪完全稳定。拉到一定境界,可以做到物我两忘。"

奶奶的这番话,对豆豆有很大的启发作用。

第四章　金秋

金风送爽，丹桂开花。树上的果子红的红了，黄的黄了，赤霞村五彩缤纷美如画。

城里孩子下了乡，见到了可爱的赤霞河，见到了亲爱的大山妈妈……

一

金风送爽,丹桂飘香,盼望已久的国庆长假终于来临。彩霞和丹霞由于工作忙,已经三个月没有回家了,她俩利用晚上的时间买了些送给家里大人和孩子的礼物。彩霞和丹霞商量,这次回家想带坨坨和涛涛一起去,让他们见见世面,接触大自然,了解当代农村的新面貌。家长们明白她们的好意,多久就想有机会让孩子们去一去农村。

白洁说:"九月三十日去,十月二日上午我们单位有车经过赤霞河,顺便把他们接回来,在那里时间久了不行,给人添麻烦。"

九月三十日上午,彩霞和丹霞已经兴高采烈地回到了赤霞河这片亲切的、从小养育过她们的土地。

大桥旁苍老的大樟树伸开巨臂,远远地在向她们招手。林木森森,绿荫怡人,赤霞河蜿蜒流过。桂花树开满了金色和银色的花,芳香四溢;橙树、橘树和柚树上硕果累累。果园中一幢幢白色的农舍散布其间,幽静宜人,旖旎之至。

彩霞的父母、丹霞的父母和灿灿老远在迎接他们。彩霞和丹霞亲切地叫了"爸爸、妈妈",坨坨和涛涛亲切地叫着"爷爷、奶奶"。丹霞家的小黄狗从梨树林里钻出来迎接,发现来了两个陌生男孩,便猖猖叫吠。灿灿踢了它一脚,说:"客人来了,你叫什么?"小黄狗便依偎着灿灿的脚,摇着尾巴,围着他们兜圈子。

彩霞想，应该让坨坨和涛涛住在一起。便问他们，是住彩霞阿姨家，还是住丹霞阿姨家？丹霞说："当然住我家里。我家有灿灿陪他们玩。"

各人进了各家的门。彩霞进了屋，见家里已收拾得整整齐齐、干干净净，心里感到格外舒畅。一家人热情地攀谈起来。彩霞嘘寒问暖，把关心的事一一问到了。

嘉嘉奶奶说："家里的事你别操心，我和嘉嘉爷爷都应付得了。我们身体还硬朗着呢。……呃，最近你和吴昊联系过没有？"

"联系过，昨天还打了电话。他身体好，就是忙，最近擢升了车间主任，忙得屁股都没时间落座。"

"难怪给他打电话总是忙音。"爷爷说。

"你们都一心扑在事业上，这都像嘉嘉他爷爷。"奶奶说。

彩霞从行李袋里拿出两桶中老年奶粉、两大瓶蜂蜜和两大盒蜂胶放在桌上，说是给嘉嘉爷爷奶奶补补身子，然后拿出两双鞋，一双黑色女式皮鞋，一双软底白皮面男式跑鞋。嘉嘉奶奶把女式皮鞋折了折，底和皮面都很柔软，手感极好，试一试，很合脚，高兴得笑眯眯的。嘉嘉爷爷没有穿过这种跑鞋，一试脚，感到格外软和、安全、舒爽，高兴得扯开口笑，连声说："这鞋好，这鞋好，既舒适，又美观，又大方！"

说着说着，大家心照不宣地感到这时候缺少一个亲人——嘉嘉。要是嘉嘉还活着，还能看到他的身影，见到他的笑脸，听到他的声音，家里会增加多么热闹的气氛啊！

嘉嘉奶奶问彩霞："这回打算休几天假？什么时候去看

蕊蕊?"

"休一个星期。我打算今天先看看嘉嘉的墓,然后再去看蕊蕊,带她玩几天。"

"蕊蕊每天要到这里来一次。"爷爷高兴地说。

听说彩霞回家了,冬冬的爷爷、奶奶带着冬冬来了,秋秋、玲玲、乐乐、菊菊也由爷爷、奶奶和父母带着来了。他们送来了一些鸡蛋、鸭蛋、盐蛋和弄干净了的鸡鸭。言语中,一方面表示崇高的敬意和深深的谢意,另一方面表示矢志不忘孩子们的救命之恩。常言道:"滴水之恩,涌泉相报。"救命之恩,用什么能报答得了呢?

彩霞送他们走出屋,然后登上后面山坡上儿子的墓地。黑色墓碑上"见义勇为的少先队员吴小嘉之墓"的金色字十分夺目。四株长大了一些的翠柏亭亭玉立,显得格外庄严、肃穆。她在儿子墓前默默地献上了一束鲜花,关于人生意义的思考油然而生:"每个人都有自己的一生。人生的意义不在乎生命的长短,而在于它的价值;如果为人民的利益献出了自己的一切,乃至宝贵的生命,其生命的意义是永垂不朽的。"

她翻过一座山丘,走了二百米山路,眼前出现了青松翠柏交相掩映的一幢两层楼的白色房子。方芳一家知道彩霞要来,在外面等候多时了。彩霞和方芳打了招呼,方芳的大女儿盼盼高兴地叫着"姨妈"。扎双角辫的蕊蕊瞪着一双水灵灵的大眼睛,立即伸出双手要彩霞抱,并对着彩霞叫了一声"妈妈",流着泪在彩霞脸上吻了一下。彩霞也流下泪来,忙掏出手帕擦干蕊蕊的眼泪。一种对孩子的愧疚之情袭上心头。三岁半的孩子,开始懂得了人间母女的情愫。

"蕊蕊，你对方芳妈妈叫什么呢？"彩霞问。

"叫姨妈。这是你们去省城以后，妈妈开始要我这样叫的。还说，嘉嘉哥哥牺牲后，你就是我的亲妈妈了。姨妈还说，再过两年，上小学以后，就跟新妈妈一起生活了。"

情思缱绻，情意绵绵。彩霞眼眶里流出了两行热泪。她爱蕊蕊聪明、伶俐、懂事，脸上常露出一对讨人喜欢的小酒窝。她从行李袋里掏出一件桃红色毛线衣，一条深蓝色毛线裤，递给方芳说："秋凉了，孩子早晚得穿毛线衣了。"说完，又从行李袋里掏出一双方芳穿的黑皮鞋和盼盼穿的黄色皮鞋，还拿出一包孩子们爱吃的糖果。

长假七天，彩霞有一半时间是在这儿度过的。

二

东方开始发白，启明星慢慢消失在乳白色的晨光里。天边渐渐出现了朝霞，先是白色，渐渐变成浅红、曙红、火红。接着，一轮红日冉冉升起，万丈霞光染红了赤霞河的大地，赤霞河里像撒满了赤色的金子。

这是一个中秋明媚的早晨。篱笆上行将凋谢的豆角秧上挂满了露珠，一滴滴地洒在草茎上和树叶上；带露的红色牵牛花爬上篱笆，张开喇叭，对着赤霞村播送着神秘的音乐。接着，远近传来不同的开门声、狗叫声、鸡鸭扑打翅膀的声音和喜鹊在枝头"叽叽喳喳"的叫声。赤霞河新的一天开始了。

丹霞带着灿灿、坨坨、涛涛赶在太阳还没有出来的时刻就起了床,游览了赤霞河美丽的晨景。她要让省城里来的孩子第一次领略到十月的乡村一天的情景。

吃完饭,公公坐在坪里用烟管抽着旱烟,和丹霞商量着上午挖一垄地的红薯,一是挑选些大的让坨坨和涛涛带回城里去,让全家人尝尝鲜;二是把剩下的捎到农贸市场去卖。

红心红薯是赤霞河的土特产。由于阳光充足、土壤膏腴、品质优良、擅长管理,赤霞河的红心红薯又以彩霞、丹霞等几家的最受赞誉。吃生的,甜甜的、脆脆的,人见人喜;蒸熟了,红彤彤、甜蜜蜜、粉嘟嘟的,人见人爱。由于它含有丰富的淀粉、糖类和维生素、矿物质,畅销省城,远销广州、武汉、上海等大城市。现在是挖这种红薯的大好季节,卖得起价钱。丹霞告诉坨坨和涛涛,红薯藤叶割下来以后,放在空地上让露水晒干,然后悬挂到屋檐下,这是过冬很好的猪饲料,寒冬腊月可以用上它。坨坨和涛涛尽他们的能力想象着、理解着、体会着。

丹霞带领灿灿、坨坨和涛涛到红薯地里。坨坨和涛涛第一次见到绿油油的红薯叶和粗壮的红薯藤,而红薯就藏在藤叶下面的地里,他们感到无比新奇。丹霞扎起衣袖,拿着镰刀,拨了拨藤叶,抖掉一些露水,便弯下腰割起红薯藤来,镰刀割得"嚓嚓"响,割掉的藤叶被拖到旁边闲置的空地上。丹霞告诉他们,每蔸红薯由于在地里长大,使得凸破了的土开了坼;土凸得越高,开坼越多越宽,下面的红薯就长得越多越大。

丹霞脱下罩衣,挂在干净的木桩上,举起耙头,挖出了第一蔸红薯,提起来一看,共四只,长得整整齐齐、匀匀称称、壮壮实实，足有三公斤重，上面粘着些泥土。坨坨和涛涛从来没有见过这么大的红薯，双手使劲提起来，左瞧右看，爱不释手。灿灿教会坨坨与涛涛，用木片将粘在红薯上的泥土剥掉，用剪刀剪去下面的根，轻轻地放到地沟里。

一垄地的红薯挖完了，地沟里的红薯排成了长垄。爷爷和丹霞用箩筐装着抬回家，拣了些长得大而匀称的装到麻袋里，让坨坨、涛涛明天带回家。其他的红薯装进竹筐，过两天捎到农贸市场去卖。爷爷叮嘱大家：红心红薯收留时不能刮破皮，否则留不多久就会腐烂。坨坨和涛涛没想到红心红薯从挖到吃还有这么多的学问。

金秋十月，风景旖旎，后山上的一些树叶、野果子、野花，红的红了，黄的黄了，白的白了，绿的油绿，把大山打扮成五彩斑斓的世界。

午饭后，日过中天，丹霞叫孩子们提几个布袋，沿着几百米的小路进了后山。小黄狗也高兴地跟在后面。行到半山腰，便走进一片毛栗林中。毛栗树长到一人高，枝条伸得长长的，尖端下垂着，结满了带刺的毛栗球。丹霞从布袋拿出三把剪刀，教他们剪下带刺的毛栗，然后用剪子将外壳剥开，便可以看到里面小板栗似的毛栗。涛涛吃了一颗，又粉又甜，觉得比省城里的板栗还要好吃。早熟的毛栗球裂开了壳。毛栗掉在地上，俯拾皆是。一会儿，四人采摘的毛栗装满了一布袋。

黄莺在树林里婉转地歌唱，唱得那么动听，宛如一位出色的歌手；画眉一展自己的歌喉，与黄莺鸣和着；附近传来"笃笃笃"的声音，好像有人在有节奏地敲着木头。坨坨和涛涛站住了，感到很奇怪，莫非是济公和尚或者山神鬼怪故意在玩弄木头？灿灿告诉他们，这是啄木鸟在病树上啄虫子。四人循声走去，发现几株两丈多高的苦槠树，苦槠结满枝头。早熟的裂开了壳，苦槠撒落到地上。坨坨和涛涛剥开一颗嚼了几下，粉嘟嘟的，没有一点苦味。丹霞看见有些苦槠壳开裂了，但还没有掉下来，便用脚跟踢着树，裂开了壳的苦槠被震落下来。一会儿，三人将苦槠装了一大袋。

　　四人继续往山上走，面前出现了两株披满黄叶的野柿子树，枝头上挂满了青黄色的野柿子。坨坨爬上树，摘下一些野柿子，丢了几个给涛涛，涛涛垂涎欲滴，抓起一个就吃。灿灿连忙告诉他："生柿子不能吃，必须催熟，成了红色才能吃。可甜哩！"

　　小黄狗兴奋地到处蹿，蹿到一片茅封草长的地方，忽然"扑"的一声，一只麻灰色的鸡形动物惊叫着，腾空而起，沿着离地面一人多高的高度飞向远方，把涛涛吓了一大跳。灿灿说："别怕，这是野鸡婆，可能生了蛋。"大家低头寻找，见窝里果然生了两只野鸡蛋。

　　丹霞告诉他们："别动它，这里极少有人来，野鸡就在这里下蛋，说不定还会来的。鸟类是人类的益友，我们要保护它们。"

　　在茅封草长之处，涛涛突然看见一只麻色小动物竖着身子，耸起耳朵，四下里张望。涛涛悄悄碰了碰灿灿的手，灿灿懂得了他的意思，附在他的耳边说："是只麻色兔子，喜欢吃青草、菜叶、薯苗。这家伙挺机警，正立着身子看周围有什么动静，正竖起耳朵倾听附近有什么声音。"大家也机警起来，猫着腰，朝它围拢过去。麻兔子一转眼魔幻般地消失了。

丹霞阿姨把大家叫到一边,悄悄地说:"草丛附近肯定有洞,它躲到洞里去了。"丹霞阿姨叫灿灿到护山棚里找几根木棍,每人一根,再寻找洞穴,千万不要发出响声。待兔子伸出头来张望时,挥起一棍将它击毙。狡兔有三窟,一只兔子或一窝兔子有好几个洞。现在每人迅速找洞,别让它们跑掉了。

果然,他们在附近找到了三个洞,洞口四周绿草丛生,真是"兔子不吃窝边草"。每个洞口都有人持棍把守。小黄狗已经闻到了什么气味,也在附近寻觅,被灿灿叫到一边,抚摸着它的皮毛,使它安静下来,一会儿,一只麻兔从洞里伸出头来,开始四下里张望。丹霞猛的一棍,麻兔没来得及逃走便一命呜呼。另一只麻兔从另一个洞里露出身子,被坨坨一猛棍打得四脚朝天。

他们高兴地提着战利品,往山下走去。

他们走到一片杉树林里,目光尖溜溜的灿灿看见一株杉树下生长着几朵雁鹅菌,大小不一,每朵菌子像撑着一把小伞。

"这儿有雁鹅菌,你们过来采吧!"灿灿喊道。

"什么叫雁鹅菌?"涛涛问。

"你们叫寒菌,我们这儿叫雁鹅菌,就是秋天大雁南飞和春天大雁北飞的时候,山上生长出来的这种菌子。"灿灿说。

丹霞说:"寒菌是成片生长的,一棵树下有,邻近的树下也可能有。"于是灿灿、坨坨和涛涛分散开来寻找。一会儿,灿灿和妈妈采了一大堆寒菌,唯有坨坨、涛涛枯着眉毛,一朵也没有找到。

灿灿对坨坨和涛涛说:"你们老是在茅封草长的地方找,怎么能找到?你们到这边树下来吧!"

坨坨和涛涛走到灿灿那边树下,终于发现了一些寒菌。他们高兴极了,一边采,一边笑。

丹霞说:"把寒菌洗干净,一般是放到肉和水里炖着吃,味道鲜美,吃起来滑溜溜的。这东西卖价高,要八十元一公斤。这些寒菌让坨坨和涛涛明天带回去吧!"

山路边开满了金黄色的野菊花,灿灿、坨坨和涛涛各采撷了一大把,闻一闻,香喷喷的。下山的路上,响起了他们银铃般的说笑声。

城里孩子受到大山妈妈慷慨的恩赐,那种感情是日久天长、不言而喻的。

太阳西下,把西边天空的晚霞映得通红……

三

今年七至八月,赤霞村发生了一件令人难忘的事。

村里有姐弟俩同时参加高考,姐姐叫彤云,弟弟叫彤浩。姐姐录取的是北京大学新闻与传媒学院,弟弟录取的是武汉大学电子信息学院。这对于一个家庭来说,真可谓双喜临门!但是父母姐弟总是垂头耷脑,脸上没有笑容,心中没有欢乐。这是一个经济十分贫困的家庭。父亲因开汽车摔断了一条腿,不能下地干活,只能挟着拐杖一瘸一瘸地走路,每月依靠十五元的救济金;另外养了十来只鸡鸭,栽种了十几棵梨树,做自己力所能及的家务。母亲得了高血压、心脏病,只能勉强料理自己的日常生活。两个孩子从小就听话，读书认真，吃苦耐劳，埋头苦干，家里以极微薄的经济实力勉强支撑儿女读完了高中。姐弟俩期期被评为校"三好学生"。如今两个孩子都考上了重点大学，令村里没送孩子上大学的家长羡慕不已。可是在这个十分贫困的家庭里，谁能支撑他们上大学的学费和生活费呢？父亲终日愁眉苦脸，病恹恹的，一筹莫展。父亲小学文化，自愧读书少了，与老伴商量，宁肯借高利贷也要送一个孩子上大学。送谁去呢？老两口思来想去，打不定主意，善良的父母对儿女没有半点偏心，手掌手背都是肉，还是由儿女们自己去决定吧！

彤云意识到做姐姐的责任，主动放弃了上北大的机会。她想，一个十九岁的女孩，高中毕了业，只要不笨，到外面找份普通工作不很难，把自己挣来的钱，一边还清高利贷，一边支撑弟弟读书，直到他大学毕业。决心就这么定了。她把自己的决定告诉了父母，父母感动得热泪盈眶。

消息不胫而走，很快传遍了整个村子，继而又传遍了整个镇子，那些做父母、做儿女的无不动情。

镇上有个叫侯小俊的青年，是彤云的同班同学，比彤云大两岁，平时与女学生相交甚密。早几天，他接到高校录取通知书，虽然录取的是普通大学的普通专业，但他已心满意足了。他走路昂头挺胸，脸上露着笑，盼望已久的理想行将实现了。一家人也为之高兴，喜上眉梢。他侯小俊在赤霞河做得起人，说得起话了。

友情，在读中学时几乎感觉不到，一旦毕业了，才发现心里隐约有一根丝带牵扯着，不可能扯断，而是越扯越长。打电话去吧,彤云家里没有电话机,彤云手里更没有手机。于是,他决定到她家里去一趟。

他穿着白色短袖衬衣,系着领带,抬头挺胸,走着方步,头发梳得油光滑亮,来到了彤云家的篱笆门外。来得早不如来得巧。彤云的父亲和弟弟都不在家,只有她娘病恹恹地躺在床上,一动不动,大概是睡着了。侯小俊见到彤云,心里有说不出的高兴。他想今晚约她出来,又担心彤云不会答应,便心生一计,说:"今天晚上吴小燕约你见面,地点是在桑林边那块大石头旁。"吴小燕住在镇上,是读高中时与彤云最要好的朋友,早几天收到大学的录取通知书。隔篱相望的彤云马上答应了这次约会。

天黑了,一轮圆月升上天空,把绚丽的光辉洒向大地。月亮四周几乎没有星星,倒有几块黑色的云彩。桑树林里一片寂静,风儿吹拂着,带来一丝凉意。彤云来到桑林边,看见一个人影,她以为是吴小燕,高兴得忘记了白天遇到的一切不愉快的事情,跑过去亲切地叫道:"小燕!"

小燕没有回答。他终于转过身来,面对着彤云站着,原来是侯小俊。

"侯小俊,小燕为什么没有来?"

侯小俊若无其事地说:"她可能家里有重要事情,会来得晚些,你也不是刚才来的吗?"

两人有些尴尬。侯小俊席地而坐,说:"你也坐到草地上来吧,这草地上凉快!"

彤云靠着一棵桑树站着,怎么也调不起自己的兴趣来。

"你怎么这么晚才来呢?"侯小俊问,声音里带着惊喜和责备。

"我很累,家里有许多事情没做完呢!"

"累了就到我身上靠一靠吧!"侯小俊向她伸出一只手臂。

"我就在这桑树上靠一靠。"彤云说,声音里带着休息时的满足感。

"高考录取通知书收到没有?"侯小俊问。

"收是收到了……"

"那就好!我们一起上初中,一起上高中,现在又一起上大学,将来一起展翅高飞,去干我们理想的事业,去创造我俩共同的美好家庭吧!"侯小俊扬起眉毛,挥动手臂,像演说似的风流倜傥。侯小俊每次与女同学谈话,都免不了要夸夸其谈,说些冠冕堂皇之类的话。

"可是我不能去上大学。我也从来没有向往过我们之间有一个什么'共同美好'的家庭。"彤云摇着头否定道。

"什么?你不去上北大了?"侯小俊几乎不相信自己的耳朵。

"是的。不能。"彤云把家里的情况和自己的决定说了一遍。

侯小俊怔呆了,几乎不相信靠着桑树站着的是昔日璞玉浑金、温婉可爱、充满理想的彤云。两人沉默了好久。圆月被一大片乌云遮住了,天空变得阴暗起来,大地一片漆黑。

"你想想,一个高中毕业生,一没有技能,二没有专长,走向社会,谁也瞧不起,什么也干不了。"侯小俊加重了语气,仿佛长辈训斥儿女似的警告说。

"凭我的意志和勇气,凭我的信心和力量,我想,我不上大学也能走出一条路来,而且能向社会作出自己的贡献。"强烈的自尊心使彤云十分讨厌听到任何人无端地蔑视自己的话，她语气无比冷峻，几乎无可辩驳。

话不投机半句多。彤云感觉到无话可说，她耐心地等候她的挚友吴小燕的到来，等了好一阵，仍然不见吴小燕的身影，她有一个稍纵即逝的猜测：侯小俊使用的是"调虎离山"计。今后遇到吴小燕，一问便会知道。她没有向他告别，迈开大步，头也不回，径直朝回家的路上走去。

他们之间，从侯小俊那边牵来的一根友情的丝带，终于被她自己拉断，不复存在了。

月亮从乌云里面跳出来，大地一片光明。

重点高校开学的前两天，彤云帮弟弟打理好行李，乘火车到武汉大学报了到，并以姐姐的身份，从生活到学习、从尊师到择友、从做人到做事，一一叮嘱了一遍。回到省城，她很想到彩霞姐和丹霞姐那里去看看，看能不能找到外出打工的机会，可惜打听不到她们的地址，只好暂时放下这个念头。

时光荏苒，日复一日，月复一月地过去了。有一天，彤云遇到了吴小燕，问起桑林里约会的事，吴小燕感到莫名其妙，证实了那是侯小俊玩的诡计和骗局。他惯于用这种伎俩。到了国庆长假，彩霞和丹霞终于回到了赤霞河。彤云有了寻找她们的机会，打听到当保姆的情况，知道当保姆受人尊重，便从村长那里拿到了外出务工证，在国庆长假的最后一天，跟彩霞、丹霞一道进了省城。

第五章　巫丹

　　她走出贫寒的家庭，因父母离异，高中辍学，为生活进了省城。她奋发图强，苦学本领；她满怀信心，走进了一个新的家庭。可恨那狗仗人势，人仗钱势，无法无天，使人气愤难平！

一

一个倩影,一个少女的倩影,在省城通往赤霞河的车站徘徊。她叫巫丹,长着鸡蛋脸,白白净净,胳臂浑圆,穿着米白色短袖衬衣,牛仔裤,身材苗条,体形富于曲线美。凡是与她相视而过的年轻男子,都免不了回头看她一眼,其回头率非常高。

她在读高中的时候,性格优雅,成绩优异,被视为标准的"窈窕淑女",深得师生好感。可她读完高二便辍学了。她本来有一个圆满和睦的家。父亲种田,家里养三头生猪,经营十几棵果树,做点小生意,将这个家支撑起来,把女儿送上了高中,生活过得安安逸逸,无衣食之虞。

近几年,父亲结识了镇上几个游手好闲、不务正业、成天酗酒赌博、放浪形骸的男子,逐步称兄道弟,来往日密,沆瀣一气,渐渐地沉湎其中,行踪飘忽,彻夜不归,白天也很少见到他的身影。母亲尽管愁肠百结,仍然尽可能地静下心来,苦口婆心,美言相劝,等待他幡然醒悟,但是这一切都是"瞎子点灯——白费蜡(力)"。这就是所谓的"积重难返"。

后来,巫丹的母亲从一个亲戚那里得知,由于丈夫嗜赌如命,欠债二百八十多万元,把做小生意的钱物和门面输掉了,接着把栏里的三头生猪输掉了,继而又把十几棵梨树也输掉了,连承包的三亩责任田的契约也到了别人手里。给她留下的只有一个风雨飘摇的破茅屋。一个靠双手吃饭的妇道人家，怎么能容忍这样的男人做自己所依所靠的丈夫呢？怎么能身陷困厄还得起如此沉重的赌债呢？她从亲戚家走出门，天黑沉沉的，大雨倾盆而下。她双手抱着头，忧心忡忡地往家里跑，由于鞋底打滑，她溜进一口水塘里。她在水里不断地往下沉。她挣扎着，心里在呼喊："我不能死，我要活，我要活下去啊！"仿佛神迹似的，她终于抓到一根岸边伸下来的树枝，使劲爬上了岸。她浑身泥糊糊、湿漉漉地跑进屋，打开衣柜往抽屉旁的空处一摸，发现自己用草纸包着的、用于女儿读书的十万元人民币不翼而飞，草纸照样塞在原处。她浑身湿透，披头散发，全然不顾，她的心万分沮丧。她抱着一根屋柱，颓然地跪到地上，向天高喊：

"苍天啊！这一切难道是真的吗？一个无辜、善良、勤劳、贤淑、胼手胝足干活的女子到头来会得到这样的下场么？⋯⋯"她五内俱焚，望着天上翻滚的乌云，悲恨无比，仰天长啸！

她一个老实巴交的亲戚告诉她："这一切怎么不是真的？过两天，镇上的债主孙驼子要亲自来赶生猪了！"

这个时乖命蹇的女子终于明白，这失去人性的赌徒已经把家产挥霍殆尽，一场涤荡这个家庭的暴风骤雨已经来临！她想，她必须在孙驼子到来之前的一个晚上，偷偷地把三头生猪卖了，给女儿筹备一点生活费。她怒火中烧，决定与这个丧失人性、丧尽天良的赌棍离婚、决裂，决定迅速离开这个濒临绝境的家。此刻，她想起她的一个家住远方、心地纯善的表哥，去年丧失了患癌症的妻子，家里没有人操持家务，没有人照管孩子,日子过得很艰难,也许那是她的栖身之所?眼下已到八月底,学校已经开学,她无力负担女儿读完高中。不忍心自己的女儿遭受别人的欺凌和冷遇,被迫让她中途辍学,利用卖猪的钱作盘缠,让女儿到外面谋一条自食其力的生路。一个高二的学生,开始感到人生道路的坎坷。

就这样,无家可归、正值十九岁年华的巫丹进了省城。她找到一家餐馆,试用了几天。餐馆老板见她长得如花似玉,性格温婉,聪明伶俐,立刻应允。老板对她当面关怀备至,背后伸手动脚,她深感厌恶,毅然离开了这家餐馆。

她走过一家规模较大的按摩医院,门口贴了一张招生广告:

诚招按摩学员四名,男女各二,年龄十八岁以上,二十五岁以下,高中文化,未婚,学习半年,学习期间包食宿,毕业后留本院工作,工资面议。

她觉得自己比较符合这个条件,决定进去试试。院长推了推眼镜,从眼镜上方看了看她,一头乌黑发亮的头发,一副嫣红的笑脸,皮肤白净,风姿绰约;从眼镜下方看了看她的身份证和出外务工证,问了学历,立刻应允。

巫丹和另外一个女同学住宿在一起。按摩老师姓杜,五十来岁,两鬓如霜,精神矍铄,神采奕奕,知识渊博,经验丰富,心地善良,深孚众望,人们都尊称他为杜老师。他对自己的学生要求甚严,对事业矢志不渝,不容许有半点轻浮、敷衍和菲薄。他要求自己的学生对人体穴位、经络了如指掌,什么病按什么穴位，要求对答如流。六个月的学习过去了，接着便是两个月的实习。学员们由于前段知识学得牢固，实习起来手脚麻利、娴熟自如，病人连连叫好，杜老师脸上不时浮起欣慰的微笑。四个学员中，如果比较，巫丹最受杜老师的青睐。学员们毕业后都安排在本院工作，医院包食宿，月薪定为两千元。巫丹为找到一份满意的工作而高兴不已。

一次，诊室门口坐着一位五十多岁的壮年人，皮肤粗糙，呈古铜色，头上已经谢顶，患的是急性耳鸣耳聋。他家住农村，是他的女儿特地送他来的。女儿守在他身边，等待着按摩。巫丹刚按摩完一个病人，顾不了满身是汗，马上招呼老人进来，请他坐下，询问了病情。老人因听觉障碍，全是女儿代答的："急性耳聋，什么也不听见，耳朵里只是'轰轰'作响，起病三个月了。"巫丹让老人坐在木凳上，首先按摩了足部脑垂体、肾上腺、腹腔神经、小脑、脑干、颈项、耳、颈椎等反射区，然后按摩手部头颈淋巴结、内耳迷路、肾反射区，再重点按摩耳部内耳、外耳、枕、颞、肝、胆、皮下质、耳尖、脾、耳背肝、三焦、神门等反射部位。最后按摩头面部的百会穴、太阳穴、下关穴、听会穴、耳门穴、风池穴，背腰部的大椎穴、肩井穴、命门穴，上肢的合谷穴、中渚穴，下肢的足三里穴、太冲穴、太溪穴。

按摩需要力气，巫丹已经浑身是汗。她顾不上换衣服，问老人耳朵里有什么反应？这句话，老人倒是听清楚了，连连点头说："好了点，好了点。耳朵里'轰'得没那么厉害了！"

巫丹建议他先做五次按摩试试，并告诉她一个药方：取石菖蒲六十克、生甘草十克，水煎至半干分两次服，每天一剂，坚持服十天。

老人受到感动，见巫丹胸前挂了一个小塑料牌，上面印有"按摩师巫丹"五个字，问道："你就是巫丹医师？"

"我不是医师，是按摩师，您今后就叫我巫丹好了。"

女儿向巫丹作了自我介绍："我叫张倩，在一家宾馆当服务员。"

老人连做了四次按摩，服了药，耳病一次比一次好。做完第五次，耳病已经痊愈了。老人十分感激，向巫丹深深鞠了一躬，送来一篮土鸡蛋，被谢绝了；又说了不少感激的话，由女儿扶着走出了医院。

这是一家私立医院，老板姓涂，附庸风雅，常拉来一些达官显贵和社会名流，以提高医院的知名度。

有一次，省里有位领导的秘书给巫丹打来电话，说："省里的马部长听说你的按摩技能很高明，今晚请你到他办公的地方去一趟。"电话里告诉了马部长现在的地址。巫丹没听说过马部长的名字，心想：既然是省里的部长亲自点名，理应弥足珍贵。当晚，正下着倾盆大雨，道路不熟，只好打的；的士司机不久就把车开到了要去的宾馆，马部长在B座十八楼一间套房里等着她。

这是巫丹第一次上门按摩。面对着职高权大、高门鼎贵、名声赫赫的人物，她心生畏怯，想，她在马部长面前一定得小心翼翼、处处谨慎、考虑周到、力尽职责。

按摩时，马部长以一个省领导干部的身份对她问这问那。他夸奖她聪明伶俐，他愿意安排她到一个工薪优厚而又轻松体面的岗位工作。巫丹没有回答，马部长的心变成了一把钩子，决心把这如花似玉的少女的心钩过来，便说："最好你自己选定，想干什么找我就是。"

巫丹说："我还是想做现在的工作。"

按摩快完了，马部长要求巫丹按摩大腿的内侧，说这是他每次必须按摩的重点部位。巫丹看了看马部长那贪婪的、秋波流转的葡萄眼，断然地拒绝了，说："大腿内侧根本没有穴位。"

巫丹用手帕擦了擦满脸的汗水，准备告辞。马部长说她辛苦了，叫她歇一歇，递过来一瓶香槟，等喝完这瓶香槟再走。此刻，巫丹记起今天午饭后迄今出了几身汗，还没喝过一杯水，深感口渴，以为香槟就是普通饮料，味道一定很美，一瓶香槟一口气喝个底朝天，此刻她才感到香槟里有浓淡相宜的酒味。巫丹起身告辞，去开门，当她刚抓到门把手的时候，突然感到一阵眩晕，便晕倒在地上了……

天亮前，不知什么时候，马部长已经走了，巫丹发现自己躺在床上，赤裸着身体，床单上有一片血糊糊、脏兮兮的东西。身旁丢着两沓厚厚的、一百元一张的人民币。事实让她清醒过来，明白了昨晚发生的一切……

手机响了。电话那头的人对她说："丹丹，只要你听马部长的话，保证你今后前程似锦，飞黄腾达……"话还没说完，巫丹就关机了。她想，这打电话的人是谁？为什么不自报姓名？他怎么知道自己的手机号码呢？她查了刚才打来的电话号码，是公用电话号码。

她知道自己受骗上当，丢在身边的钱一张也没拿，怀着满腔愤懑和仇恨，冒着滂沱大雨，迅速打的离开了这家宾馆。当天上午,她含着泪,告别了杜老师和她的朋友们,离开了这家遐迩闻名的按摩医院……

她不愿回赤霞河。今天是国庆长假的最后一天,彩霞姐和丹霞姐肯定会回省城,她在省城通往赤霞河的车站徘徊,耐心地等候她们。

二

巫丹看见彩霞和丹霞下了车,同来的还有提行李袋的彤云。她上前向她们招呼,满脸愁云,使这三个下车的女子惊讶不已。

"丹丹,你在车站等谁?"彩霞望着巫丹的行李袋,不解地问。

"等你们。我想跟你们商量,换一种工作。"

"你干按摩不是干得很好吗?怎么不干了?"彩霞关切地问。

"我被人欺侮,按摩医院的工作我辞掉了。"巫丹啜嚅着说,眼里噙着泪花。

彩霞估计她受了委屈,停了片刻,试探地问:"你愿意当保姆吗?"

"只要是好的人家,我愿意去。"巫丹恳切地说;又转头反问彤云:"你不是考取大学了吗?怎么……"

"她家经济困难,她主动让弟弟上大学,自己出来打工;

宁愿出来当保姆,替弟弟挣学费,帮助支撑那个苦难的家。"彩霞代替彤云回答。

"那好,去市家政服务中心,我可有个伴啦!"彤云脸上浮起了笑容。

"不过,要先培训半个月,才能介绍工作。"彩霞介绍说。

"学多久我都不怕。学到的本领是自己的。"巫丹对学习知识、掌握技能方面从不吝啬时间和精力。

彩霞和丹霞坐66路公交车送她们到了市家政服务中心。

光阴荏苒,日月星移。市家政服务中心十五天的紧张培训转瞬即逝。两人的听课笔记本上记得密密麻麻,她们感到自己学到了许多见所未见、闻所未闻的知识和技能。实习的成绩都是"优秀"。体检合格。市家政服务中心的负责人把介绍工作的手续向学员们简单说了一遍。为了便于相互照顾、相互配合,巫丹在合同书上"家政服务员本人意见"栏内照样写上了"希望介绍到滨江大道曙光花园内工作"。

赤霞村这两个姑娘的到来本属于彩霞、丹霞、红豆掌握的"内部消息",但消息不胫而走,很快传到了曙光花园中急需保姆的两户人家。

第一户是叶奶奶家,家庭成员有叶奶奶、她的女儿——市属第一中学的校长叶莉、女婿——省城一家报社的林总编辑和四岁的外孙女林佳佳。今天是双休日的第一天,叶校长和母亲迎着朝霞在八点前就赶到了市家政服务中心的大门外。

第二户是钟怡淳医生家。家有六十多岁的父亲钟赫山、丈夫严平——市公安局副局长、三岁半的女儿严小茜。今天来的是钟医生和她的丈夫严平,由严副局长开车,在早晨八点整准时赶到了市家政服务中心。

夜雨后的清晨,空气格外清新。花木带着雨露,像刚出浴的少女,风姿绰约。夹竹桃的枝头上开出红艳艳的花朵,与绿叶交相辉映;红紫薇的柔枝托着沉甸甸、密匝匝的球形花朵,在晨风中轻轻摇曳;高大的桂花树开满了金色或银色的小花,散发出浓郁的芳香;喜鹊在槐树和香樟树的枝头"叽叽喳喳"地欢叫着,高兴地跳来跳去。

喜鹊叫,客人到。市家政服务中心的栅栏门一开,他们四个人就围住了服务员小王。小王跟他们一个个打招呼,把他们请到自己的办公室,连说:"快请坐!快请坐!"又泡上四杯茉莉花茶。小王知道他们的来意,介绍了彤云和巫丹的基本情况,拿出她们的"家政服务员登记表"给他们看。小王见他们细心地观看着,频频地指点着,喁喁地低语着,高兴地强调说:"彩霞、丹霞都是从赤霞村来的,她们的典型事迹差不多全城家喻户晓,你们应该信得过。"

钟医生严肃的目光在巫丹那张登记表上从容地移动着,突然停在"父母离异,自食其力"八个字上,指给严副局长看,严副局长对她小声说:"那倒没有什么关系,现在社会上父母离异的现象并不少见,主要看她本人的表现。孑然一身,无依无靠,说不定更能刻苦耐劳。"

钟医生的目光又盯在"特长"栏内,指着"按摩"二字悄悄给严副局长看,心想:"这个特长倒是很适合我们那个家庭:父亲患严重颈椎病,少不了按摩;自己患腰肌劳损,也常需到按摩医院光顾。"她不说,严副局长也明白她的意思。

叶校长也在仔细琢磨彤云这张登记表:能考取"北大",说明她聪明颖悟，学习成绩好；没钱读书，把上大学的机会主动让给弟弟，表现出她对弟弟的无私关爱；家境贫寒，外出打工，说明她勇于克服困难……叶校长和母亲认为彤云是百里挑一。

看完登记表，他们要求相互见面。小王把彤云和巫丹叫下了楼，雇主一方介绍了家庭情况后，仔细端详：叫彤云的，桃子脸，齐肩的黑发，脸色嫣红，浓眉大眼，从容自若，落落大方；上穿白衬衣，下着牛仔裤，平实朴素，中上个子，手臂浑圆如藕，虽素昧平生，仍不时莞尔一笑。叫巫丹的，鸡蛋脸，头发稍长，脸色白净，眉清目秀，言语利落，温文有礼，淳厚朴实，风姿绰约；上穿米色衬衣，下着蓝色西裤，虽人地两生，却信心十足，心无旁骛。

双方认为无可虞之处，就这么定下来了：彤云去叶校长家，巫丹去钟医生家。工资待工作一个月后再定。彤云和巫丹随车到了曙光花园。

曙光花园坐落在滨江大道旁红绿掩映的环境中，红的是屋顶，是花；绿的是树木，是小草。十几棵高大的金桂和银桂散发出沁人心脾的芳香；香樟、银杏、刺槐、棕榈、樱桃树、翠竹、玉兰、红枫、芭蕉、深山含笑等林木茂翳，蓊蓊郁郁。内有儿童游乐场所、老年活动中心。晨练和夜舞的场地，十几道流水淙淙作响，遍布其间；二十栋二十层的高楼拔地而起，蔚为壮观。后面有八栋三层楼的别墅式建筑，新颖别致。

前二十栋的户型基本一致，都是四室两厅两卫一厨、双阳台，面积一百七十平方米。主卧室较大，住的多半是中年夫妇，保姆一般住在与第二、第三卧室同等的第四卧室。在这拥有上千户人家的楼盘里需要多少称心如意的保姆！

三

　　巫丹走进钟医生家,放下行李袋,钟医生的女儿严小茜马上张开双臂迎上来,亲热地叫着:"阿姨好!"巫丹弯下腰抱起她,在她圆圆的、娇嫩的小脸蛋上亲了一下,问道:"告诉阿姨,你叫什么名字?"

　　"我叫严小茜。"声音甜蜜而稚嫩。

　　"几岁了?"

　　"三岁半。"

　　"上幼儿园没有?"

　　"上了,读小班。"茜茜用食指抠着鼻孔说。

　　"别抠鼻孔。鼻子里很脏,要用湿手巾往外洗。"

　　钟医生介绍叮嘱道:"这是新来的巫丹阿姨,今后要听巫丹阿姨的话。"

　　"嗯。"小茜点了点头。

　　钟医生把巫丹的行李袋提到第四间卧室。钟医生的父亲钟赫山听到厅里新来保姆的声音,从自己卧室里走出来,与巫丹彼此热情地打了招呼。一瞬间,巫丹看出钟老颈部活动不自如,明显是一种病态。小茜拉着巫丹阿姨的手,四处看了看。四室两厅、两卫、双阳台,宽大、整洁而明亮。厅里装着三级按钮的长方形顶灯,墙上挂着一幅描绘橘子洲头的大油画,窗边的花架上放着一盆阔叶君子兰,叶片又宽又厚,绿油油的,向两边对称地生长着。阳台上，茶梅已经含苞待放，天竺葵开得火红，虎刺梅的枝条上绽满了浅红色的艳丽花朵，茉莉、米兰开出了最后一批花，散发出诱人的浓香。小茜告诉阿姨，这些花是爷爷亲手栽培的。巫丹感觉到，这一切显得温馨大雅，生气勃勃。毋庸置疑，这是一个温馨的家庭。

巫丹用手臂挽着菜篮子，跟钟医生去熟悉一下菜市场的环境，小茜尾巴似的紧跟在后面，拉着阿姨的手。

由于职业关系，钟医生从营养学的角度介绍了许多菜的营养价值。重点讲了瘦肉、牛肉、有鳞鱼、鸡蛋以及番茄、西蓝花、胡萝卜、红薯、黄花、香菇、黑木耳、海带、南瓜等蔬菜和苹果、猕猴桃等水果所含的蛋白质、维生素、矿物质比较高，应该经常吃。巫丹把这些话都记在心上。

"你们早餐习惯于吃些什么呢？"

"每人咸面包一个、煮鸡蛋一个、牛奶二百五十毫升，或者烤面包一百五十克、稀饭适当。"钟医生说，"鸡蛋每人每天只吃一个，不吃油炸食品。"

"我要吃甜面包！"小茜摇着妈妈的手说。

"对，小茜可以吃甜面包。"钟医生说。

她们在菜市场买了前腿肉、虾米、鲈鱼、白菜、菠菜、冬瓜、青豆、西红柿、土豆、茄子、南瓜、葱、姜以及其他佐料，装进菜篮子里，由巫丹提着，走出了菜市场。

走进厨房，钟医生简单介绍了电高压锅、电烤箱、微波炉的用法，问她用过没有？

"过去没有用过。但在家务培训班里学习过。"

"只要掌握了基本要领，用起来很方便。"钟医生说，"当保姆,最重要的一个方面是厨艺,开始不会没大关系,慢慢学,总会学会的,尤其是有文化的青年人,学起来比较快。"

十一点开始做饭还不迟。巫丹摸了摸厅里的沙发、桌椅,上面有灰尘,于是系上围裙,用掺了点洗涤剂的水将沙发、桌凳等仔细抹了两遍,连窗户和花架也抹了;又把厅里的地板擦了两遍。抹得一尘不见,擦得油光瓦亮。

十一点了,开始做午饭。巫丹先用电高压锅煮饭,同时开始做菜。她将虾仁洗净,挑出虾线,加料酒、盐、淀粉拌匀,让炒锅上火,舀入花生油,烧至五成熟,放入虾仁爆炒,投入胡萝卜丁、青豆略炒,再放入精盐、味精,用水淀粉勾芡,倒入虾仁,淋上麻油颠匀,起锅装盆。这是"清炒虾仁"。

将猪肉洗净,切成丝待用;将大葱洗净,切成丝后平铺在盘里;将猪肉馅放入碗内,加入少量盐、水淀粉拌匀上浆。炒锅里倒入少量植物油,置火上烧热,下肉丝炒散,加入少量豆酱、酱油、糖、绍酒、味精,翻炒均匀,把炒好的肉丝倒入铺有葱丝的盘内,拌匀。这是"京酱肉丝"。

将鲈鱼去鳞洗净,两面剖成柳叶花刀,用开水略氽。从切口处放入笋片、香菇片、虾仁,再在鱼上放点葱段、姜片、料酒,用大火蒸十五分钟,取出淋香油。这是"清蒸鲈鱼"。

将菠菜去老叶,切去根,洗净,切成六厘米长的段;将芝麻放入锅内,用小火慢慢炒熟;锅内加水烧沸,放入切好的菠菜,稍烫捞出,轻挤去水,放入盘中,加精盐、味精、葱姜丝、酱油、醋、香油拌匀,撒上芝麻。这是"芝麻菠菜"。

将冬瓜去皮,切成长方块,皮面打十字花刀,用热油将冬瓜块煎成金黄色。将少量素肉剁成肉末炒熟,投入葱、姜,放入酱油、榨菜，最后放入冬瓜，烧三到四分钟，淋入淀粉勾芡。这是"肉末冬瓜"。

将大半斤胡萝卜去根叶、洗净，切成六厘米长丝，放在小盆内，撒上精盐，拌匀。把盐渍的胡萝卜丝用冷开水洗净，控净水，放入碗内，加少量白糖、醋、香油拌匀，盛入盘中。这是"糖醋胡萝卜"。

将土豆一斤，洗净，削皮，切成厚片。锅内放入熬西红柿酱的红油烧热，下入土豆片，加盐和胡椒面，调好口味，放在文火上烧至半熟，放入烫过、去皮的碎西红柿，焖至烂熟，装盆，撒入少许香菜末。这是"西红柿焖土豆"。

炒锅内放油、烧红，将去老叶洗净的白菜切成段，炒熟，加盐和少量的水和大红辣椒丝煮片刻，保持白菜的绿色。这是"炒白菜"。

饭菜上桌，香味诱人，全家人走进饭厅，欢聚一团，谈笑风生。钟老吃得满头是汗，严副局长吃得津津有味，钟医生吃得红光满面，只有小茜吃起来磨磨蹭蹭，要妈妈喂。这顿饭，菜肴一扫而光，饭锅也差点见了底，大家称赞巫丹厨艺好。

四

午休后，钟老起了床。巫丹敲了敲钟老卧室的门，然后进去询问钟老的病情。钟老说自己得的是颈椎病，主要症状是颈部持续性疼痛，颈部活动、咳嗽时疼痛加重，伴有四肢麻木；

头晕、常发偏头痛,眼窝胀痛,视物有些模糊,左侧头颈部、面部和手足部发冷。他从抽屉里拿出病历递给巫丹。巫丹翻开一看,见病历上写着:

"X线照片显示:颈椎生理曲度消失,颈椎骨质增生,椎间隙变窄。""椎动脉造影检查,椎动脉有迂曲、变细及压迫现象。"

巫丹判断,这是神经根型颈椎病、椎动脉型颈椎病和交感神经型颈椎病相互掺杂的混合型综合征。

"您过去一定是坐姿长期不良或长久停留在电脑前工作吧?"巫丹一边问,一边将病历还给钟老。

"是的。为了弥补文化大革命十年浪掷光阴、蹉跎岁月造成的损失,长期在电脑前夜以继日地工作,没想到会得这种病。"

"您以前做过按摩吗?"巫丹问。

"经常做。"

"效果怎么样呢?"

"做比不做要好。"

"让我做试试看?"巫丹抱着希望和信心征求钟老意见。

"我也是这么想。"

巫丹穿上白色工作服,操来一条圆木凳,让钟老坐在上面,这样便于按摩。她首先选择足部的颈椎反射区、肩胛反射区、颈项反射区、肩关节反射区、脑反射区、小脑反射区、足内侧反射区各按摩推揉一分钟,再选择手部的前头区、后头区、脊柱、颈椎、颈肩、颈、肩等反射区各按摩一分钟,然后选择耳部的指、腕、肘、肩、锁骨、颈椎、颈、枕、外耳反射区各两分钟，最后选择头颈部的风池、风府、太阳、百合，肩背部的大椎、大抒、肩井、肩中俞，上肢部的曲池、手三里、合骨、内关，下肢部的足三里等穴位按摩推揉。按时运用了按、摩、推、拿、捏、掐、揉、拍、击、点等方法，有轻有重、有坐有立，时间有长有短，并不时询问按摩效果。

做完按摩后，钟老感到头痛和颈部疼痛减轻，试着活动颈、手、足等部位，感到自如了一些，麻木感减轻，步态变稳了些，脸上绽开了笑容，对着浑身是汗的巫丹说："你按摩的效果比附近那个按摩医院按摩的效果要好。"

巫丹按摩得到了钟老的肯定，增强了信心，跟钟老商量，每天下午三点做一次按摩。

巫丹按了按钟老床上的枕头，感到又高又硬，给他换了一个低矮点的、柔软点的枕头，并要求每天适当做一些颈部运动。

钟医生是市立第一医院的妇产科主任，由于长时间的弯腰劳累，造成慢性腰肌劳损而引起腰痛。听父亲说巫丹按摩颈椎病效果好，便与巫丹商量，在今晚针对腰痛病进行一次按摩，先试试效果。

天黑了，厨房里的事结束了，巫丹穿上白色工作服，走进了钟医生的卧室，准备给钟医生按摩。

巫丹问道："你的腰痛病有哪些表现？"

钟医生满脸出现了愁云，说："腰背部疼痛长期反复发作，休息、适当活动或经常改变姿势，疼痛减轻，劳累、阴雨天气、着凉受风寒则疼痛明显，不耐长久站立，弯腰时间长再直立有困难感。科里人员不够，病人多，疑难重病我非得亲自出马。"巫丹穿上白色的工作服,让钟医生仰躺在床上,先做脚部按摩,用拇指向中心方向推肾上线、肾脏输尿管、膀胱反射区各三分钟,用拇指按揉腰椎反射区三分钟,用拇指按骶骨反射区三分钟,用拇指推法向心方向推内尾骨反射区三分钟。再让钟医生俯卧在床上,进行腰部按摩。用手摩法横摩整个腰部三分钟,用三指按揉两侧的三焦穴、肾俞穴、气海穴、大肠穴、关元俞穴、膀胱俞穴、志室穴各两分钟,用掌按揉腰部疼痛部位三分钟,用掌擦法横擦腰部,以透热为度。用拇指按腰痛穴两分钟,用三指按揉委中穴两分钟,用虚掌拍法轻拍腰骶部疼痛部位一分钟,用捶法轻捶腰部一分钟。然后,把已经准备好的麸加醋拌匀、炒热,装入布袋,热敷三十分钟。

　　按摩完毕,钟医生感到腰部有舒适感,全身显得轻松;站起来,双手叉腰左右转动身子,又做了几个弯腰动作,感到轻松了不少。

　　"腰痛减轻,腰背有明显的舒适感。"钟医生称赞巫丹精力集中、手脚麻利、记性好、按摩到位。

　　钟医生问巫丹:"就这样,每两晚按摩一次,行吗?"

　　巫丹说:"当然行。要连续做效果才会好。"

　　钟医生见巫丹满脸是汗,用手掌伸进巫丹的背上,发觉背心和内衣都湿透了,便关心地说:"赶快去洗澡、换衣服,别感冒了。"

　　已经九点多钟了。巫丹洗完澡和衣服,擦干头发,走进卧室。小茜正在床上一边看小人书,一边等着巫丹阿姨讲故事。

　　巫丹讲的故事是"小猫钓鱼"。

　　"有一天,猫妈妈带着小猫来到河边钓鱼,小猫刚坐下不久，就看见一只蜻蜓飞了过来，他再没心思钓鱼了，放下渔竿去捉蜻蜓。蜻蜓飞走了，小猫空手回到河边，仔细一看，妈妈已经钓到了一条大鱼。

"小猫想：我也要钓一条大鱼，就又拿起渔竿钓鱼。不一会儿，又飞来一只蝴蝶，这只蝴蝶真漂亮呀，小猫越看越喜欢，于是放下渔竿，又去捉蝴蝶。这次还是没有捉到，小猫又空着手回到了河边，只见妈妈又钓到了一条大鱼。

"小猫对妈妈说：'我怎么就钓不到一条鱼？'妈妈说：'钓鱼要一心一意，你一会儿捉蜻蜓，一会儿捉蝴蝶，当然钓不到鱼啰！'小猫听了妈妈的话，专心专意地钓鱼，终于钓到了一条大鱼。"

"这个故事说明什么呢？"巫丹侧过脸来问小茜。

小茜摸了摸脑袋，说："做事要专心专意，不要三心二意。"

"对。"巫丹阿姨说，"你吃饭慢腾腾的，有时还要喂才吃。吃饭时想些什么？"

小茜说："我什么都想！"

"你吃饭就要专心专意地吃，其他事一概不想，也不贪玩，一餐饭限制在二十五分钟以内吃完。自己看壁上的钟，计算时间。行吗？"

小茜点了点头。一会儿，小茜便进入了梦乡。

巫丹关了灯。月正圆，月色溶溶。清风吹拂，从阳台上传来阵阵花香。巫丹想，今天是上第一天班，过得忙碌而充实，全家都很热情，仿佛是一家人。

五

　　周末之夜，从赤霞村来的保姆们带着坨坨、涛涛、佳佳和茜茜来到滨江风光带散步。风光带秋风淅淅，清凉之至，令人惬意。为了避开熙熙攘攘的人群，他们走在人行道的一边。巫丹紧抱着茜茜走在前面，后面紧跟着丹霞、彩霞、豆豆、坨坨和涛涛。以防走散。这时，前面来了一拨人，西装革履，威风凛凛，大摇大摆。走在中间的是一个蓄平头的中年男子，肥头大耳，矮墩墩的。他的四周围着十几个大汉，前呼后拥，都是些骨干、保镖。他们从大道上大步流星地走来，左右两边各带着一条黄獒犬。獒犬是体型很大的狗，生性凶猛，常主动攻击人，莫说是赤霞村的保姆们，就是省城里的人一般都认不出来，连这是什么狗也弄不清楚。

　　赤霞村的保姆们见状，改上无人行走的小道。狗仗人势，行在左边的一条黄獒犬突然窜上小道，跳起来对着巫丹和茜茜猛扑。丹霞见状，朝腾空而起的黄獒犬飞起一脚，黄獒犬被这突如其来的反击踢得在地上打了两个滚，威风已去，尖声怪叫着，慢腾腾地爬起来，一跛一跛地走着……

　　巫丹、彩霞忙检查茜茜的屁股，发现裤子被撕破了，屁股上有抓痕，巫丹右手臂也被抓伤。茜茜被黄獒狗一抓一咬，吓得大声哭起来。四周聚集了很多人。一个保镖蹲到这条黄獒狗身边，发现这条狗的一条后腿被踢断了，立刻揪着丹霞胸前的衣襟，吼道："我们这条黄帅是条名犬，被你踢断了腿，成了废物，你要负完全责任！"

丹霞推开他的双臂，说："请你文明一点，不要伸手动脚。狗扑过来已咬破了孩子的裤子，抓伤了孩子的屁股和大人的手臂，要不是踢这一脚，它肯定要对小孩和大人咬得更厉害！"

丹霞这一推，这个保镖差点没站住脚。他发觉这女子手脚有点功夫，怕吃亏，没敢再动手。

另一个保镖恶狠狠地说："咬破裤子，抓破点皮，算什么！买一条名狗两万元，你非赔不可！"

七八个保镖从人群中挤出来，对着丹霞吼道："踢残名犬，你狗胆包天！"

"俗话说：'打狗欺主'，你知道踢的是谁家的狗吗？"一个保镖指着跛脚狗，恶狠狠地问道。

"我们的胡老板是亿万富翁，你踢残的是他的爱犬！"另一个保镖挥舞着拳头说。

几个保镖推推搡搡，仗势欺人，把丹霞挤到一座雕像旁边的角落里。彩霞始终站在那伙人与丹霞之间，一方面防止打人，一方面打"110"电话报警。

旁边站着一个的士司机，对这拨气焰嚣张的人看不顺眼，说："先由我把这位抱孩子的小姐连同小孩送到市卫生防疫站打防疫针，打的不要分文，打完防疫针后我送她们回到这里。请大家记住我的车牌号码！"

可是，这拨人没有一个理他。

胡老板的秘书跑到胡老板的面前说了几句悄悄话,胡老板颐指气使地说:"这里人太多,先送她们去打防疫针,顺便把这帮女人,送到我隔壁的办公室再说。"

这些话如同圣旨。他们仗着人多势众,推着巫丹、丹霞、彩霞、豆豆和茜茜往车里塞。彩霞叫坨坨赶快带涛涛和佳佳走。等到"110"巡警和市电视台记者赶到时,他们已经威风凛凛、耀武扬威地走了。巡警们和电视台的记者们只能从围绕未散的群众口里听到如下愤怒的声音。

"这两条狗很大,是獒犬,本性凶恶,经常咬人,排在禁养犬之首。"一个知情的中年人说。

"这些人很霸道,出来一窝蜂,像旧社会的打手,仗势欺人!"一位七十多岁的老人用拐杖戳着地面愤慨地说。

"他们自己不认错,不道歉,反而倒打一耙!"一位中年妇女指着他们的背影愤愤地说。

"这条跛脚狗没用了,他们想扣住人质,等着赔款,大捞一把!"一位戴眼镜的男教师模样的人气愤地分析道。

"市城管局有规定,公共场所不准遛狗!"一位中年妇女打抱不平地说。

"他们真是癞子打伞——无法无天!"一位青年人挥舞着拳头说。

"真是狗仗人势,人仗钱势!"一位老汉指着他们去的方向说。

"……"

巡警从围观群众中了解了一些情况,市电视台记者拍摄了有关镜头。

打完预防针，这伙人又把四个保姆和茜茜往车里塞，扣留到胡老板隔壁办公室，反锁着门。这时，巫丹给钟副局长打了电话，告诉了详情。

彩霞多次提出要与胡老板严正交涉，都被拒绝。彩霞理直气壮地对保姆们说："不要怕，真理在我们手里。他们越这样，违法犯罪越严重。"两个钟头后，两个保镖打开了胡老板隔壁办公室的门，对彩霞她们问道："你们到底是些什么人？"

"我们都是保姆！"彩霞理直气壮地说。

"你们这些保姆，无知无识，没有文化，不知天高地厚，应该受点教育！"胡老板神态鄙夷地说。

"应该受教育的，是你们！养恶狗伤人、伤大人和小孩的，是你们！在女人面前伸手动脚的，是你们！把我们强行扣留在你们办公室的，是你们！限制人身自由、侵犯人权的，是你们！扣留人质，进行敲诈勒索的，也是你们！"彩霞义愤填膺地响起了连珠炮，炮炮击中了要害。

这两个保镖强词夺理，在她们面前指手画脚、威胁之声不绝于耳。茜茜被吓得大哭起来。巫丹把茜茜紧紧抱在怀里。

丹霞和豆豆怒火中烧，丹霞严重警告他们违犯法律："你们已经私自强行扣留我们四个多小时了。你们践踏法律，将会受到法律的严惩！"

彩霞和丹霞的话铿锵有力，掷地有声。

两个保镖出去了，把门反锁上。

一会儿，门打开了。胡老板大摇大摆地走进来，说："你们这些保姆，真不知天高地厚，撞到我们头上来了，骂人之声不绝于耳，还大打出手！是这样，狗抓伤的医疗费由我们付，踢残我的名犬由你们按实价两万元赔偿，还要当众赔礼道歉！"

"应该当众赔礼道歉的是你们！应该被送上法庭的也是你们！你们等着瞧吧！"豆豆气愤地说。

不久，进来一个保镖，请胡老板回自己的办公室一趟。这个保镖对坐下来的胡老板耳语道："据知情人士透露，被狗抓伤的是市公安局严副局长家的保姆，严副局长很器重她。"

胡老板吃了一惊，站起身，一拍桌子，对手下人吼道："人抓了这么久，还不知道是严副局长家的保姆，你们都是些吃屎的！"

胡老板走出去，把反锁的门打开，装着一副笑脸，说："考虑你们是保姆，工资收入不高，把残狗的赔偿金免了。我们就吃了这个哑巴亏，友情为重！这总算满意了吧？"

彩霞、丹霞在想："这胡老板玩的什么鬼花样？"

"他们可能已经知道我们是谁家的保姆了。"巫丹想。

又过了一会儿，胡老板的秘书过来请胡老板再回自己办公室一趟，有重要事情禀报："被狗抓伤的小女孩是严副局长的独生女儿，三岁半。"

胡老板心里一咯噔，事情怎么这么巧呢？他一拍脑门：糟了，处理这个问题会很棘手！过去出过不少事，都是通过结兄拜弟、吃喝玩乐敷衍过去了。这一次，一定要变坏事为好事，力争多交一个朋友。于是，走进隔壁办公室，老远就伸出手去，对着彩霞、丹霞、巫丹和豆豆假惺惺地笑着说："误会！误会！只怪我的部下太窝囊，一件小事也弄不清楚。我们应按安定、团结的精神办事。医药费、精神损失费、裤子撕破费全由我们出，踢残了狗的损失费也免了。'不打不相识'，这句话一点不假！"

胡老板把助手、骨干和保镖们都叫进来，让他们站成一排，当着保姆们的面，假惺惺地教训着他们："规定不能在公共场所遛狗，你们偏要遛！遛狗也要用根皮带牵着，怎么让它们乱跑呢？都是些饭桶，一群窝囊废……依我看，这一脚踢得好，踢得对，踢得有理！"

训完，叫他们出去自我反省。又将秘书带到自己的办公室，耳语道："把这几位小姐和孩子送回去，向雇主道个歉，说些好话，多送些贵重礼物，多赔偿些精神损失费。说不定今后还有重要事情求他们帮忙的。"说完，胡老板走进隔壁办公室，嬉皮笑脸、若无其事地跟她们握手，结果没一个人理会；他又厚着脸皮，去抱茜茜，茜茜把脸扭向一边，横着眼珠，噘着嘴。

"有点认生啊！"胡老板难为情，假惺惺地笑道。

彩霞、丹霞、巫丹、豆豆和茜茜被送回家，已经是一点多钟了。巫丹只接受了给自己和茜茜治伤和打防疫针的钱。其余五沓百元一张的人民币和一大袋贵重物品被巫丹抛出门外。巫丹横着眼珠对他们说："账还没有算完！"

这出戏还没有结束。市城管局陈局长领着几位城管干部来到了胡老板的办公室。胡老板异常亲热，殷勤地接待了这些稀客。

陈局长用冷峻的目光盯着这个肥头大耳的胡老板,问道:"听说你们的狗今天伤了两个人?"

"不不不,只抓破了一点皮,打了防疫针,没事了!"胡老板若无其事地回答。

"你们养的狗是什么狗?"

胡老板故作不知地说:"我还没弄清是什么狗,都是部下的人干的。"

"你们把狗关在哪儿?让我们看一看。"陈局长说。

"关在两间狗房里,都打过防疫针了。"胡老板的一个助手回答。

"都有养狗许可证吗?"

"有,有,有。"助手故作肯定地说。

"你们拿出养狗许可证,让我们查对一下。"一位城管干部拉开公文包的拉链,准备翻阅狗名册。

"行,行。"助手连连点头,派人寻找。

"咬人的狗是什么狗?"

"狼狗。"

"胡说八道!许多人看到了,是一条黄獒犬,被踢断了腿。"

城管干部们走到犬房前,打开灯,看见两间宽敞的狗房里,分别养着两条狼狗和两条黄獒狗,其中一条黄獒狗被踢断了一条后腿,趴在地上。

"养狗要有养狗证,你们四条狗的养狗证呢?"

"狼犬的养狗证早就办了，已经一年多了，几个人找了很久没找到，可能遗失了；獒犬刚买来，办事人员工作忙，还没有来得及办证！"助手敷衍搪塞地说。

"你拿买狗的发票出来看看，那上面有出售日期！"

"发票可能丢了。"助手双手一摊，装出无可奈何的样子。

"胡老板，你们的四条狗都是禁养狗，不可能发养犬证的，你们不要再兜圈子了，你也不必再耍金蝉脱壳计。请你们把这四条狗立即处决！"城管局长气愤地下了最后通牒。

"怎么个处决法？"胡老板惊慌不已。

"怎么个处决法你还不知道吗？将它们打死！"

"打……打死？"胡老板心里一咯噔，神经高度紧张。

"你们用木棒打死，我们见死就走！"城管局长再也不愿与胡老板纠缠。

两间狗房里发出了一阵阵狗的悲惨的嚎叫声，渐渐地，声音越来越低，越来越小，不久便一命呜呼。

饱受骚扰之苦的周围居民们听到打死了这四条犬，响起一阵阵热烈的掌声和鞭炮声。

派出所的杜所长带着几位民警接踵而至，拍下了扣留人质的办公室的照片后，审问了胡老板和他的秘书、助手的有关情况，指出他们有扣留人质、限制人身自由、侵犯人权、欺骗、讹诈和扰乱社会治安等违法犯罪行为，把胡老板及其秘书和几个得力干将带交公安机关侦查。这时，胡立本这条滑泥鳅知道溜不掉了，开始畏惧起来，知道自己面对着铁面无私的、神圣的法律。

彩霞、丹霞、豆豆送巫丹和茜茜回到钟副局长家后，把今晚发生的事情向钟副局长、严医生和钟老原原本本地说了一遍。家长们检查了小茜和巫丹被獒犬抓伤的伤口后，说："这个胡立本一向肆无忌惮，目无法纪，民愤不小，这回应该跟他认真算一次账。"

第六章　彩云

同时录取重点大学，姐送弟进入了大学校门。天生一位聪明女，无缘深造，只因家庭贫困。她毅然走上了赡养父母、助弟上学、自食其力的艰苦历程……

一

在巫丹初到曙光花园的同时，彤云也到达了曙光花园。花园内高楼耸立，花木扶疏，林木茂翳，弥漫着薄薄的乳白色的晨雾，树叶上还躺着晶莹的露珠，太阳迟迟不肯出来。

彤云走进叶校长的家门，叶奶奶和佳佳马上迎上来。

"佳佳，你看谁来了？"叶校长问女儿。

"是新来的阿姨吧？"佳佳笑着说。

林总编对女儿说："快叫一声彤云阿姨！"

"彤云阿姨，你好！"佳佳叫着跑上去，抱着彤云的双腿。彤云迅速把她抱起来，在她那嫣红娇嫩的脸上吻了一下。

叶奶奶把彤云的行李袋放在第四卧室。佳佳对彤云阿姨说："我俩就住在这间卧室里。"

佳佳拉着彤云阿姨的手，让她熟悉一下环境。客厅大，正面壁上挂着一幅八百里洞庭的山水油画，气势恢宏，处处窗明几净，四室内也显得整洁，大概刚请钟点工打扫过卫生。微风从阳台上吹进来，满屋洋溢着米兰和茉莉的香味。这个知识分子家庭，使彤云感到舒适、大雅与温馨。

叶奶奶准备带彤云去菜市场买菜，佳佳嚷着要外婆和彤云阿姨带她去。

"妈，我今天不上班，还是我带彤云去菜市场吧！"叶校长在卧室门口说。

"今天是佳佳四周岁生日,你要记得买生日蛋糕和玩具。菜市场你没我熟悉,还是我带彤云去!"叶奶奶说完,便去拿菜篮子。彤云把菜篮子挽到手臂上,牵着佳佳的手,三人走出了门。

叶奶奶今年六十岁,女儿女婿公务上忙不过来,买菜、做饭、搞卫生全靠她。几年前,她腰板还算硬朗,手脚也麻利,家务事基本应付得了。近几年,添了外孙女佳佳,事情就多了,担子也重了。从佳佳出生之日起,家里便请了保姆,但这几个保姆素质不高,都不令人满意,辞退了。自己只好重操旧业,还要负责外孙女上幼儿园的接送。随着年迈,她渐渐感到行动迟缓,手脚不便,记性日差,心余力绌。她需要有人顶替她的大部分工作。彤云的到来,对她来说,无疑是一种重大的解脱,她要让彤云尽早地了解并适应保姆这项工作。

"佳佳,你已经四岁了,今后一定要听彤云阿姨的话,不要再淘气了。"外婆谆谆嘱咐道。

佳佳偷偷瞧了彤云阿姨一眼,莞尔一笑,吐了吐舌头,显出调皮的样子。

由于是周六,到菜市场的人不绝如缕。彤云紧紧拉住佳佳的手,生怕她在人群中走失。凡是叶奶奶走过的地方,都有熟悉的雇主热情地向她招呼。叶奶奶告诉彤云:哪些是郊区的菜农,哪些是菜市场的菜贩子;哪些菜是当天的新鲜菜,哪些菜是喷过水的隔夜菜;哪些人的菜价格高、还不肯还价,哪些人常在菜盘子底下装吸铁石;哪些肉是前腿肉,哪些肉是后腿肉;哪些肉是新鲜肉,哪些肉是冰冻肉;哪些鸡是仔鸡,哪些鸡是炖不烂的老母鸡……

三人在菜市场走了一圈。彤云把叶奶奶的话牢记在心上,还随着认识了好些人。根据佳佳的饮食爱好，又征求了佳佳的意见，叶奶奶试着让彤云做主，买了一只仔鸡、半公斤大虾、半公斤里脊肉、半公斤前腿肉，还买了白菜、花菜、胡萝卜、寒菌、红灯笼辣椒、葱、生姜和几种佐料，装到菜篮子和菜袋子里，走出了菜市场。

厨房壁上挂了一面钟，彤云一看，已经是该做午饭的时间了，彤云系上了兜肚。厨房里做饭菜，一般只能容纳一个人。叶奶奶在厅里，一边剥老叶，一边逗外孙女玩。

彤云先将洗净、切好的鸡用植物油爆炒一下，然后将爆炒的鸡加盐、酱油、姜片放到电高压锅里炖半小时，再倒入瓷盆内盖好。这是一道"炖鸡肉"，腾出电压锅煮饭。

将剥去老叶的白菜洗净、沥干，把白菜帮切成小长方块，用大碗盛着，然后加入瘦猪肉末和姜丝，加鸡蛋一个、酱油和淀粉少许，搅拌成馅，炸成丸子，再将油放入锅内炒一分钟，加入料酒、酱油、精盐、白糖，在锅内搅拌收汁，放入味精，装盆。这是一道"白菜丸子"。

将里脊肉洗净，切成四厘米长、半厘米宽的肉条，放入瓷碗内加鸡蛋清、水淀粉和盐，搅拌均匀，上浆，再取小瓷碗，放入盐、醋、酱油、味精、葱姜末、水淀粉，调成糖醋汁；然后将炒锅烧热，放入花生油，烧至八成熟，逐个投入里脊条，炸成牙黄色，倒入漏勺，沥去油；最后将原炒锅烧热，放入植物油，烧五成熟，倒入糖醋汁，投入里脊条，翻炒几下，淋入芝麻油，出锅。这是一道"糖醋里脊"。

将菜花去把，掰成小花瓣，放入开水锅内烫一下，捞出，沥干水分。炒锅置于火上，加入油，下肉片煸炒变色，加入葱末搅炒一下,下菜花,烹料酒、酱油、加白糖、味精,把菜花汆透,淋入花椒油,出锅。这是一道"肉片烧菜花"。

将大虾洗净,用剪刀把虾嘴去掉,再把虾背破开,挑出虾线待用。锅内热油,将虾肉倒入锅内翻炒,待锅中的大虾变红,放入姜末和蒜末,再放盐、鸡精、料酒调味。锅中加适量的水,放入白糖调味,盖上锅,用中小火焖制,待锅中汤汁收干,点上香油出锅。这是一道"油焖大虾"。

将胡萝卜洗净,切成细丝,置于一旁;锅内加油,用葱和姜丝炝锅,加入肉丝小炒,再加入胡萝卜丝、醋、酱油、盐,炒熟后加味精、香油,翻炒均匀,出锅装盆。这是一道"胡萝卜炒肉丝"。

将红灯笼辣椒洗净,在煤气炉上烧熟,去皮,撕成条状,放入味精,加适量的盐、酱油、陈醋,略作搅拌。这是一道不辣的"红烧辣椒"。

在炒锅内放油,烧红,将洗净去帮、剩余下来的白菜叶切成段,炒熟加盐、适量的水和红椒丝煮片刻,保持白菜叶的绿色,看起来油光可鉴。这是一道"小白菜"。

十二点了。饭菜上了桌。叶奶奶、林总编、叶校长、佳佳来到餐厅,见八道菜中有荤有素,有红有绿。尝一尝,有甜有酸、浓香扑鼻,格外诱人。

一家人把饭菜一扫而光,个个吃得饱饱的,都庆幸家里来了一位厨艺高超的好保姆,这使全家人高兴不已。

洗完碗筷,彤云走进自己的卧室,把行李袋里的衣服全掏出来折叠好,换上干净床单。见佳佳还在玩玩具直升机,便说:"佳佳,该休息了,快睡觉吧!"

佳佳上了床，诡谲地眨了眨眼睛，用乞求的目光望着彤云："阿姨，你给我讲个故事，好不好？"

彤云满足了佳佳的正当要求，给她讲了一个"孔融让梨"的故事。

"孔融是个很懂事的孩子。在他四岁那年，有一天，他父亲的朋友给他家送来了一大筐梨子。父亲把洗好的梨摆在桌上，老大立刻从盘子里拿了一个最大的。其余四兄弟也互不相让，几个人乱哄哄地吵成一团。只有最小的孔融静静地站在一边，等他的哥哥们都挑完了，才走上前，从盘子里拿了一个最小的。父亲看到后，觉得很奇怪，问孔融：'你为什么要拿最小的？'孔融仰着小脸天真地说：'因为我年纪最小，所以应该拿最小的梨呀！'"

听完故事，佳佳很兴奋，觉得孔融是个好孩子，值得自己学习。一会儿便睡意蒙眬，很快就进入了梦乡。

彤云初来乍到，没有睡意。她双手枕着头，思考着下午应该做的事。要给佳佳清理一次衣服，穿脏了的要洗，穿烂了的要补。晚餐一家人习惯于吃面条，她要把寒菌和肉片炖烂作面汤，再炒几碟口味菜。

下午，她在清理佳佳的衣柜，洗衣机里的水翻腾着，缝纫机不时"嚓嚓"作响。

林总编在忙于修改一篇社论，没时间逛超市。叶校长从超市回来，提着一袋梨和一袋苹果，还有祝贺女儿四岁生日的大蛋糕和玩具。

晚餐吃的面条不多，待一会儿还要吃一个大蛋糕呢！全家人围着餐桌，高兴地拍着手，唱起"祝你生日快乐"的歌。佳佳鼓起腮帮，一口气把蜡烛全吹灭了。

吃完蛋糕，彤云开始削梨。她拿出五个梨洗净，用毛巾擦干，梨子在她手中徐徐地转动着，削下的皮渐渐成了长长的、圈状的带子。盘子里的梨大小不一。佳佳把梨分给外婆、爸爸、妈妈和彤云阿姨，留下一个最小的给自己。这个细节深深感动了彤云。她想："一个'孔融让梨'的故事，对四岁的佳佳将会产生长远的影响。"

夜幕渐渐降临，月正圆，四周没有一丝云彩，万籁无声；月光从窗口泻进来，照在油光瓦亮的地板上，如同秋霜。彤云在带着佳佳吟诵唐代大诗人李白的诗《静夜思》：

床前明月光，
疑是地上霜。
举头望明月，
低头思故乡。

"阿姨，'静夜思'是什么意思？"

"'静夜思'是在静静的夜晚引起的思考。"

"'疑'是什么意思呢？"

"'疑'是好像、怀疑的意思。"

"'举'是什么意思？"

"'举'是抬、仰的意思。'举头'就是'抬头'。全诗的意思是：'床前一片银色的月光，好像地上铺着一层秋霜。抬头仰望碧空中的明月，低头思念自己的故乡。'"

彤云领着佳佳将这首诗朗诵了三遍后，佳佳便能流利地背诵出来。

"阿姨,你的故乡在哪里?"佳佳产生了联想。

"我的故乡在赤霞河,离省城五十公里。"

"我的故乡在哪里?"

"记住,就在省城,现在居住的地方!"

佳佳明白了《静夜思》这首诗的大概意思。彤云见佳佳连打了几个呵欠,便叫她上床睡觉。自己坐在写字台前,写下了当保姆第一天的日记。

二

上弦月挂在天上,长空一碧如洗。阳台上的夜来香发出浓郁的芳香,随着微风飘进卧室,令人感到舒适、陶醉。

佳佳已经把扶手椅放在卧室靠窗口的地方,旁边放着一条小凳。她还在床上玩碰碰车。

彤云阿姨刚洗完澡,把换下的衣服放入洗衣机内,开动洗衣机,便进走卧室,看见扶手椅和旁边的小木凳,她立刻明白了是怎么回事。

"佳佳,你想听哪方面的故事呢?"

"什么故事都想听。"

"狼是动物里的坏蛋,好像人里面也有坏蛋一样。我给你讲狼的两个故事。"彤云说。

"先讲'狼与小羊'的故事。

"一个夏天的中午,天气很热,一只小山羊实在太累了,就到小河边去喝水,真是倒霉,正好碰上一只恶狼在那里徘徊……"

"'徘徊'是什么意思？"

"'徘徊'是来回走动的意思。恶狼瞧见小羊，顿时眼露凶光，想要捕杀小羊。可是总要做到'冠冕堂皇'……"

"'冠冕堂皇'是什么意思？"

"'冠冕堂皇'就是形容表面上庄严、正大的样子。狼冲着小羊喝道：'你好大的胆子，竟用你的脏鼻子让泥沙把我这里的水搅得浑浊不堪。你还敢笑？我干脆就把你的傻瓜脑袋摘下来！'

"小羊这时吓得浑身发抖，壮着胆子说：'要是狼大王准许，我斗胆报告，我是在距离大王一百步的下游喝水，河水是从您那儿流到我这里来的，而不是从我这儿流到您那儿去的。我根本没有错儿，我无法弄脏大王的水，即使我存心弄脏也不成！'

"狼有些愤怒，于是说：'这样说来，倒是我撒了谎？你这混蛋！过去好像是谁说过这样无礼的话，你从实招来，对，我想起来了，两年前我从这里走过的时候，就是你站在这里说的，你这家伙，我可忘不了。'

"'但是狼大王，的确是你错了，我现在还不到一岁。两年前，我还没有出生呢。'不幸的小羊答道。

"'那么，一定是你的哥哥。'

"'我没有哥哥，大王。'

"'哦，那就一定是你的朋友什么的，再不然就是你的亲戚。可不是吗，只是你们羊类，还有你们的猎狗，老是寻思要谋害我，老是找机会要害死我。为了这个，我一定要算账！'

"'可是，我哪儿得罪了你？'

"'别废话!你讲了半天的废话了。你以为我有闲工夫听你胡说,小畜生,你的罪状就在这儿,我要把你吃掉!'

"狼边说着边把小羊拖到树林深处去了。"

"这个故事说明什么呢?"彤云望着佳佳说。

"坏人干坏事,总得有个借口。"佳佳说。

"对!狼把罪过强加给小羊,为的是要吃掉它。小羊把道理辩得一清二楚,也难逃厄运。能够与狼讲清道理的,只有比狼更厉害的猎枪。"彤云说。

月已偏西,彤云让佳佳上床睡觉,答应明晚再讲一个狼的故事。

翌日夜,月照中天,净无云翳,万籁俱寂,卧室里传来夜来香浓郁的芳香。窗口放着一把扶手椅,旁边放着一张小凳,佳佳在等着听故事了。今晚讲的是"狼和七只小山羊"的故事。

"从前,有一只老山羊生了七只小山羊,它非常爱自己的孩子。有一天,老山羊要到森林里取食物,就把七只小山羊叫到跟前说:'亲爱的孩子们,我要出门到森林里去,你们一定要提防狼,要是让它进来,它就会把你们连皮带毛地吃掉。那个坏东西经常乔装打扮,不过它的嗓门粗,爪子黑,你们一看就可以认出来的。'

"小山羊们说:'亲爱的妈妈,我们会提防的,你放心去吧!'

"于是,老山羊咩咩地叫着上路了。

"没过多久,就有人在外面敲着门喊道:'亲爱的孩子们,开门吧,你们的妈妈回来了,给你们每人带了一点东西。'

"但是,小山羊听出那声音是粗哑的,知道它是狼。它们喊道:'我们不开门,你不是我们的妈妈,妈妈的声音又细嫩又好听,你的声音那么粗,你是狼。'

"狼跑到一个小商店里,买了一大块粉团,把它吃下去,嗓子变细了。然后它又跑回来,敲着门喊道:'快开门,亲爱的孩子们,你们的妈妈回来了,给你们每人带了一点东西。'

"狼的黑爪子扒在窗户上,小山羊们看见了,大声说:'我们不开门,我们的妈妈没有你那样的黑脚,你是狼。'

"狼又跑到一个面包师那里,说:'我的脚扎伤了,你给我涂点生面粉吧。'

"面包师给它的爪子上涂上生面粉,狼又跑到磨坊主人那里,说:'你给我爪子上撒点面粉吧。'磨坊主人想,狼又要骗人了,不给它撒。可狼说:'你要是不撒,我就把你吃掉。'磨房主人害怕了,就给狼的爪子上撒了些面粉。

"这只坏东西第三次来到房子跟前,敲着门说:'快开门,孩子们,你们亲爱的妈妈回家来了,从森林里给你们每人带来了一点东西。'

"小山羊们说:'先把你的爪子伸过来,我们就知道你是不是我们亲爱的妈妈了。'

"狼把它的爪子伸过窗户,小山羊们看到爪子上是白的,以为它说的都是真话,就把门打开了。可是谁进来了呢?是狼。小山羊们吓得赶紧躲藏起来:第一只钻到桌子下面,第二只跳到床上,第三只藏进炉子里面,第四只跑到厨房里面,第五只躲到柜子里面,第六只藏到脸盆下面,第七只藏到挂钟壳里面。可是狼把它们中的六只找到了,一只接着一只吞到肚子里。只有最小的那只藏在挂钟壳里，没被发现。狼满足了自己的欲望，摇摇摆摆地走到一块草地上，睡起觉来。

"没过多久，老山羊从森林里回来了。啊！它看到的是多么悲惨的情景呀：门敞开着，桌子板凳倒了一地，脸盆也打翻了，被子和枕头从床上拖到地上。老山羊急于找到它的孩子们，可是一只也没找到。它开始逐个地喊它们的名字，也没有一个答应，最后，它喊着最小的山羊时，一个细小的声音叫道：'亲爱的妈妈，我藏在这钟壳里。'老山羊把它抱出来，它告诉妈妈，狼已经来过，把其他六只小山羊狼吞虎咽地全吃了。'可以想象，老山羊为它的孩子们哭得多伤心啊！

"老山羊万分悲痛地走出来，剩下的那只小山羊跟在它的后面。它们来到草地上，看见狼躺在树下睡得正香，鼾声打得响极了，震得树枝直颤动。老山羊仔细地打量着它，发现它那圆鼓鼓的肚子里有东西在不停地蠕动。老山羊想：'啊，天啊，难道我那些被它当晚饭吃下去的可怜的孩子们还活着吗？'

"小山羊急忙跑回家去拿剪子、针和线。拿来之后，老山羊把狼的肚皮剪开，刚剪一下，一只小山羊就把头伸了出来。接着剪下去，六只小山羊一只接一只地蹦了出来。它们全都活着，小山羊拥抱着亲爱的妈妈，高兴地蹦啊跳啊。老山羊说：'你们赶快找来一些大石头，趁这残忍的畜生还在睡觉，我们把石头填到它的肚子里去。'

"几只小山羊很快扛来许多石头，塞进狼的肚子里，老山羊又很快把它缝上。狼一点也没觉察，想走到井边去喝水。可是它刚迈一步，就东摇西晃，石头在它肚子里互相撞击着，咕咚咕咚地响，它叫道：

什么东西在我肚里

咕咚咕咚响？

我以为是六只小山羊，

原来尽是石头。

"它走到井边，低下头去喝水，沉重的石头把它坠下了井。七只小山羊看见了，跑过来大声喊道：'狼死了！狼死了！'高兴地和它们的妈妈围在井边跳起舞来。"

听完"狼和七只小山羊"的故事，佳佳长长的睫毛一眨不眨，久久地沉浸在故事里。

彤云问佳佳："听完这个故事后，你有些什么感想呢？"

佳佳说："狼很凶恶，动不动就要吃小羊，还威胁要吃磨房主人。狼很狡猾，把自己粗哑的声音变细，让爪子也变白了，趁老山羊不在家的时候进行欺骗。老山羊爱自己的孩子，千方百计地保护它们，救它们。我们要时刻警惕像狼一样的坏人，不要受骗上当。"

彤云想："佳佳爱听故事，从中受到了不少启发和教育。这孩子悟性高，听完故事后，就能用自己的语言表达出故事的思想内涵来。"

三

"教育好孩子是一门博大精深的艺术。把孩子禁锢在家里，将孩子们的聪明、智慧、天性都抹杀了。要让他们经常到户外活动，开阔视野，多见世面，多结交朋友，增强思维能力、适应能力、表达能力和社交能力……"彩霞的这些想法被她的同伴们采纳,也得到家长们的积极支持。近几天,彩霞、丹霞、彤云、巫丹和豆豆商量好,带领孩子们到附近的滨江公园开展一次户外活动。时间定在周六下午,内容是"击鼓传花"。孩子们知道后都引颈期盼,跃跃欲试,为自己参加这项活动积极做准备。

初冬的午后,雾已经散尽,长空一碧,一目千里。来自赤霞村的保姆们带领孩子们唱着、跳着、欢笑着,来到了滨江公园。

公园里花木扶疏,很多树叶有的绿油油,有的红艳艳,有的金灿灿,树上的果子也红的红了、黄的黄了,整个公园变成了五彩斑斓的世界。草地上掉下一层落叶,踩上去软绵绵的,橐橐作响。喜鹊在枝头"叽叽喳喳"地叫着,在树枝上跳来跳去;黄莺、画眉、红嘴鸟和一些不知名的鸟儿在林中穿来穿去,唱着婉转动听的歌。

他们选择了一块落叶的地方,围成一个圈,席地而坐。主持人彩霞宣布活动规定:击鼓人鼓声一停,花刚接到手还未传出去的,就要唱个歌,或者跳个舞,或者讲个故事,或者做一个滑稽动作。坨坨被毛巾蒙上了眼睛,开始击鼓。鼓声一响,传花开始,孩子们心里像揣着一只兔子,"扑扑"地跳,生怕花落到手里传不出去。

花第一次停在彩霞阿姨的手里。她从容不迫地站起来,向大家鞠了一躬,说:"小朋友们,请允许我讲刘胡兰姐姐的一个故事。"

故事在热烈的掌声中开始。彩霞好像进入了深深的回忆之中。

"一九四六年,十五岁的刘胡兰姐姐加入了中国共产党。

一九四七年，由于叛徒出卖，她和她的好几个战友被阎锡山匪军逮捕。敌人中的大胡子张全宝是个刽子手——专杀好人的坏蛋，他要被捕的一些人'彻底坦白'，否则就用铡刀铡死他们。匪军把坚强不屈的石三槐拖出来，打得半死，最后用铡刀铡死。接着，又把宁死不屈的石六儿、石世辉、张年成、刘树上、陈树荣也都铡死了。一具具烈士的尸体被扔到乱草丛中，头颅抛在一旁，鲜血染红了枯草，染红了大地。

"大胡子猛推了刘胡兰一把：'现在轮到你了。你是要死还是要活？两条路随你挑！'

"刘胡兰姐姐愤然不语。大胡子又小声向刘胡兰姐姐央求似的说：'只要你向民众说以后不当共产党了，就算你没事了！'

"'怕死不当共产党！'刘胡兰姐姐斩钉截铁地说，'我是怎么个死法？'

"大胡子恼羞成怒，吼道：'怎么个死法，一个样！'

"刘胡兰姐姐踏着烈士的鲜血，走到铡刀跟前，恋恋不舍地看着乡亲们，然后从容地躺到铡刀床上。铡刀落下了，刘胡兰姐姐英勇就义。她用宝贵的生命挫败了敌人的阴谋，保持了一个共产党员的节气。一九四七年三月，毛主席为刘胡兰写下了'生的伟大，死的光荣'八个大字。"

彩霞阿姨说完，向大家鞠了一躬，说了声"谢谢"。

听完这个故事，大家都感到难过，表示要学习刘胡兰姐姐听党的话，宁死不屈的革命精神。

鼓声响起来，花停在巫丹阿姨的手上。巫丹阿姨站起来，向大家鞠了一躬，讲起下面的故事。

"相传唐代大诗人李白在小的时候很贪玩,不爱读书,不求上进。

"有一天,他在屋子里读书,刚读到一半,心烦意乱,又打呵欠,又伸懒腰。他觉得读书没有意思,作诗又太难,而且坐得腰酸腿痛。看看屋里没人,他就悄悄溜出了门,跑到山下的小河边捉蜻蜓。

"走啊,走啊,他终于来到了小河边,忽然他发现小河边蹲着一个老太婆,手里拿着一根铁棒,在一块大石头上使劲地磨呀磨呀,干得十分卖力,汗珠从那花白的鬓角流下来。

"李白站在那儿看了很久,很纳闷,始终猜不出老太婆要干什么。于是走上前问道:'请问您磨这根铁棒干什么?'

"老太婆擦了一把汗,回答说:'我要把它磨成绣花针。'

"李白很吃惊:'这么大的一根铁棒,怎能磨成针呢?'

"老太婆看到他惊异的样子,笑呵呵地说:'孩子,铁棒总是越磨越小,只要我下决心,天天磨,月月磨,还怕磨不成吗?'

"李白听了,若有所悟,对自己逃学的行为感到十分惭愧。从此,他勤学苦练、坚持不懈,后来成了中国历史上伟大的诗人。

巫丹阿姨说:"这件事告诉我们:任何事情要想取得成功,必须下苦功,坚持到底。"

巫丹阿姨向大家鞠了一躬表示感谢。大家为她响起了热烈的掌声。

鼓声响起来了,花停在丹霞阿姨手上,丹霞阿姨站起来,向大家鞠了一躬,清了清嗓子,开始讲故事。

"森林里有一只老虎,各种动物见它就四处逃窜。有一天,

老虎抓到了一只狐狸,这狐狸不但不怕,还对它说:'我是百兽之王,你不敢吃掉我。否则你违反了天帝的命令。'

"狐狸见老虎半信半疑,便说:'你如果不信,就跟在我后面到森林里走一圈,看看各种野兽是不是一见到我就逃走。'

"老虎以为狐狸说得很有道理,就跟着狐狸上了路。狐狸摆出一副威风凛凛的样子走在前面,老虎亦步亦趋地跟在狐狸后面,只见所有动物看见它们转身而逃,连头都不敢回。老虎始终不明白,动物们是见了自己才吓跑的,而不是那借了它的威风而吓跑的狐狸。这个故事叫'狐假虎威',说明借别人的权势恐吓、欺压别人。"

讲完这个故事,丹霞向大家鞠了一躬表示感谢,大家拍手称快。

鼓声响了起来,花停到豆豆阿姨怀里。豆豆阿姨站起来,向大家鞠了一躬,她开始讲"螳螂捕蝉"的故事。

"有一次,一只知了高居枝头,不知疲倦地高声唱歌,时不时吞下一口露水,十分悠然自得,一点也不知此时正有一只螳螂躲在它后面。那只螳螂猫着腰,弯着双臂,正悄悄靠近知了,准备一下抓住它。

"可是,螳螂也不知道自己身后还有一只黄雀伸长脖子准备一口吃掉它呢。然而,黄雀也太专注了,没有发现一个少年正用弹弓瞄准它,马上就没命了。

"这个故事告诉我们什么呢?"豆豆问小朋友们。

"知了、螳螂、黄雀,只看前面,不顾后面。"佳佳说。

"佳佳说得不错,知了、螳螂、黄雀只顾损人利己,却不知道自己也在别人的算计之中。"豆豆阿姨说。

豆豆阿姨向大家鞠了一躬表示谢意，大家又响起热烈的掌声。

鼓声响了起来，花落在佳佳手上，佳佳诚恳地向大家鞠了一躬，朗诵了唐代诗人骆宾王七岁时写的一首诗。

咏 鹅

鹅，鹅，鹅，
曲项向天歌。
白毛浮绿水，
红掌拨清波。

"'曲项向天歌'是什么意思呢？"彩霞阿姨问。
"'曲项向天歌'是弯着脖子向天歌唱。"佳佳回答。

佳佳赢得了热烈的掌声。她向大家行了一个鞠躬礼表示感谢。

鼓声响了起来。花绕了一个圈，停在涛涛手上，涛涛来不及传出去。他毫不推诿地站起来，向大家行了一个鞠躬礼，开始朗诵一首北朝民歌：

敕 勒 歌

敕勒川，阴山下。
天似穹庐，笼盖四野。
天苍苍，野茫茫，
风吹草低见牛羊。

涛涛朗诵时,表现了敕勒族人民豪放的精神风貌。

"'敕勒川'是指什么呢?"彤云阿姨问涛涛。

"是指敕勒族人居住的平川。"涛涛回答。

"'天似穹庐'是什么意思呢?"彩霞阿姨又问。

"天像敕勒族人民居住的帐篷。"涛涛说。

大家报之以热烈的掌声。涛涛向大家行了一个鞠躬礼。

鼓声响了起来,花停在小茜手上。小茜站起来,向大家鞠了一躬,朗诵了一首儿歌。

四季的风

春天里,东风多,

吹来燕子做新窝。

夏天里,南风多,

吹得太阳像盆火。

秋天里,西风多,

吹熟庄稼吹熟果。

冬天里,北风多,

吹得雪花纷纷落。

朗诵完毕,她向大家鞠了一躬,表示感谢。又是一阵热烈的掌声。

鼓声响起来了,花儿停在彤云阿姨手中。彤云阿姨站起来,向大家鞠了一躬。她没有讲故事,也没有朗诵诗歌。只见她弯腰捡起身旁一块木板当磨刀凳,猫着腰,模仿现代京剧《红灯记》里磨刀人的动作,唱道:

磨剪子嘞……抢菜刀！

磨剪子嘞……抢菜刀！

磨剪子嘞……抢菜刀！

唱毕，彤云阿姨向大家鞠躬致谢。掌声大作，孩子们笑得前俯后仰，有的笑痛了肚子，有的笑出了眼泪，连其他阿姨也忍俊不禁。

最后，大家要求坨坨也表演一个节目。坨坨站起来，向大家行了一个礼，说："我做一个猫找老鼠的游戏。"

他趴在地上，眸子四下里张望，终于发现涛涛身边有一只老鼠。坨坨像猫似的冲上去，口里"咪呜咪呜"地叫着，可老鼠逃到了佳佳的脚底下。坨坨像猫一样跳到佳佳面前，伸出爪子抓到了老鼠，松开手让老鼠跑几步；又松开手，让老鼠再跑几步。猫在逗着老鼠玩哩！最后，猫把老鼠塞进嘴里，"呜汪呜汪"地吃掉了。

坨坨的动作是他自己想象出来的，使得大家掌声雷动，笑得前俯后仰，下气不接上气。

坨坨表演完毕，向大家鞠了一躬，说了声"谢谢"。

活动结束了，他们兴高采烈、谈笑风生地穿过公园。只见人工湖上，人们坐在白鹅般的游船上，踏着桨叶，游来游去；海盗船上坐满了人，在空中荡漾；乘着人的小火车沿着轨迹，在空中飞速翻腾；碰碰船在水里自由地旋转着，不时碰撞一下，溅起浪花和泡沫。

在这个公园里活动，孩子们感到有趣极了！

第七章　天怒

为父的，欠下了几百万元赌债，到处躲藏；为母的，孤零零、凄惨惨远走他乡。留下破茅屋风雨飘摇，风吹郎当。电闪雷鸣，天理难容，最可怜丹丹受骗上当……

一

　　刻苦耐劳、任劳任怨、敬老尊贤的品质，是巫丹心灵上美丽的、永开不败的花。每天做早餐、中餐、晚餐，茜茜读幼儿园每天四次的接送，还要给茜茜洗澡，替家里人洗熨衣服，搞卫生，按摩，晚上给茜茜讲故事，带她睡觉，她都是勤勤恳恳、全心全意、小心翼翼、面带微笑。

　　这几天，她感到有些疲倦，昏昏欲睡，不思食，尿频，有时恶心、呕吐，嗜酸性食物，这是什么病呢？开始，并没有引起她的注意。后来，她渐渐疑虑重重，诚惶诚恐。一天下午，她挤出时间赶到一家妇科医院看病。病人很多，给她看病的是一个不到三十岁的女医生，戴着眼镜，穿着白褂，个子不高，讲着普通话，大大咧咧，漫不经心。她简单询问了一下病情，然后进行了尿检，把检查结果写在病历上："怀孕早期，一切正常。"医生把病历退还给了她，说这些属于正常反应。巫丹还要继续询问，医生已经叫了下一个号。巫丹顿时感到五雷轰顶，眼前一片漆黑。她撑着桌子慢慢站起身来，扶着墙壁，摸着门框，跟跟跄跄地走出诊室，走出了医院的大门。这对于一个十九岁的纯真少女来说，即将受到一场难以启齿、难以想象、难以承受的巨大打击，好像天要塌下来一般。

　　雨，唰唰地下着，北风呼呼地吹，她一点也没有感觉到。她的眼前立刻出现了那个"马部长"万分可恶的形骸，出现了那双贪婪好色的葡萄眼。她感到自己受到了奇耻大辱,周围有千万双手在指斥她,有千万双目光在鄙夷地斜乜她,有千万张嘴在议论她、在嘲笑她、在讥讽她、在咒骂她。他那视赌如命的爸爸债台高筑,为了躲赌债,不知去向,说不定死在哪里了。她那忍辱负重的妈妈为了彻底解脱自己,摆脱种种羁绊,嫁到一个不知名的地方了。最疼爱她的外婆已经在两年前因患肠癌撒手人寰。在这芸芸众生的大千世界,她再也没有亲人了。她过去温暖的家现在变成了一座风雨飘摇、破烂不堪、家徒四壁、空空如也的破茅屋……

她想起了自己的孩提时代。穿着短裤衩,和村里的男孩子们一道,在赤霞河清凉的河水里游泳、打水仗、摸鱼捉虾。爬上岸,在桑树林里摘桑葚,吃得嘴里紫红紫绿。那时候,小河成了她向往、欢乐的大世界,给了她无穷无尽的乐趣。

她想起了自己的学生时代。每天背着书包走过木桥去上小学,老师还没有到,她先把黑板擦得干干净净,把课桌整理得整整齐齐。老师亲切地抚摸着她的头赞扬她"热爱集体"。她在公路上拾到钱包,里面装着厚厚的一叠人民币,她很着急,站在路旁等上半天终于等到了失主。到了豆蔻年华,她出脱成一个沉鱼落雁、闭月羞花的少女。她开始警惕起来,小心翼翼地与男人交往,横眉冷对那些轻佻、纨绔、淫荡子弟眼里投过来的龌龊之光。上了高中,她期期被评为校"三好学生"。可以说,她整个的少女时代淳朴天真、白玉无瑕,不了解的人还以为她有些傲气。

时光荏苒,遇到的麻烦苦恼越来越多,这个世界并非原来想象的那么美丽如画。这与她的家庭背景的变迁有着密切的关系。现在,她已经无父无母、无兄无弟、无姐无妹,变得孑然一身,形影相吊。她敬爱那位杜老师,不仅有高超的学识,而且为人真诚正直,毕生孜孜矻矻,深孚众望。可惜世界上这样的人太少了!

她恨那双葡萄眼,使她忍辱含垢,毁灭她的青春、名誉,也毁了她的锦绣前程,逼得她走投无路。一个充满自尊心的少女,被迫走出破烂的家,被迫走出那个小饭店,被迫走出按摩医院,甚至被迫走出曙光花园……受到别人无情的羞辱,受到生活无情的折磨和摧残,连一条逼仄的路也找不到,对未来完全失去信心时,她会绝望起来。这种状况,是巫丹从前万万没有想到过的。现在,她已经万念俱灰,想到离开这个罪愆的人世……

她不知不觉地冒着雨,趔趔趄趄地走着,回到了曙光花园——她的第二个家,面门而立。好一会儿,终于开了门。茜茜见阿姨站在门外,浑身湿透、披头散发、脸色蜡黄的样子,吓得直哆嗦。

巫丹走进门,对茜茜说:"阿姨有事,你到厅里去玩一会儿。"

茜茜点点头。

巫丹将水淋淋的长发在胸前擦干,换上干净的衣服,丢三落四地做完晚饭,把做好的菜全盖上,又把床单铺好,把被子叠整齐,将小茜的一件新编织的毛衣打上结,折叠到衣柜里,把房间里收拾干净,然后叫茜茜进来。

泪水在巫丹的眼眶里流连。她抱起茜茜,问道:"茜茜,阿姨要是离开了你,你会想阿姨吗?"

"想!"茜茜干脆利落地说。

"阿姨也会想茜茜。"巫丹说完,在茜茜的小脸蛋上吻了一下,然后让她到爷爷房里去玩。

丹丹把湿衣服丢到曙光花园的垃圾站里,什么也没有带,门钥匙放在窗前的写字台上,下面留下一张字条:"永别了,我第二个家的亲人们!"她像告别似的环顾了一下四周,好一阵,终于走了出去,轻轻地带关了门。

她坐公交车到通往赤霞河的汽车站,再乘上通往赤霞河的最后一班车。天快要黑了。巫丹在到达赤霞河的前一站下了车,然后步行,她不愿意在赤霞河车站碰到赤霞村的任何一个熟人。

北风呼啸,电闪雷鸣,大雨滂沱。浑身湿透了的丹丹徒步走了五公里路,终于在闪电中看见了赤霞河的大桥和桥边的大樟树。

蜿蜒曲折的赤霞河,抚今追昔,在你宽阔的怀抱里,用你甜美的乳汁,养育过多少赤霞儿女;在你的身边,沐浴过多少璀璨的阳光。又有多少勤劳善良、含冤带屈的妇女,把美好的身躯、青春和生命悲惨地投入你的怀抱!而今天,一个曾经吮吸着你的乳汁长大的无辜的少女,满怀悲愤地回到你的身边,你为何北风啸啸,电光闪闪,雷声隆隆,黄水奔流呢?这难道是为怜惜这个无辜少女发出的硕大无朋、天理难容的天怒?大桥旁苍老的大樟树啊,你这身经百岁的老人,请见证眼前的一切吧!

北风啊,你呼啸吧!

闪电啊,你照亮眼前的这个世界吧!

雷声啊,你咆哮吧!

赤霞河啊,你怒吼吧!

一辆轿车从省城方向疾驰而来,开车的是严副局长,同来的有钟医生。车灯一亮,他们看见一个披头散发的少女木然地往大桥上走去。

是丹丹!严副局长和钟医生都看清楚了。轿车"嘎"的一声急停在丹丹身旁。富有经验的严副局长猛推车门,猛扑过去,紧紧抱住丹丹往车里塞,把她从死亡的门口拉了回来。

"丹丹,你浑身湿透了!"钟医生扶住她的臂膀,关心地说。

严副局长说:"别的不谈,得赶紧换衣服。你家里还有没有你的衣服?"

丹丹的家离大桥近在咫尺,一条大路直通那里。为了把轿车开到屋前,必须打开前面的车灯。车灯照亮了眼前那个风雨飘摇的破茅屋。茅屋的墙是土砖砌的,东面的墙好像要倒塌了,不知哪位好心人临时用几根木柱支撑着,墙上用石灰写着"危房"两个大字,门窗被风吹得"吱吱"作响。窗上的玻璃全掉光了,有的窗格子钉上了塑料薄膜,被风吹得"呜呜"作响,村委会正准备拆掉这座危房。

严副局长摁开手电筒,走进屋里,只见地上到处是水,两间破旧的房,木板床上铺着湿淋淋的稻草,水从稻草里往下滴。靠壁有个立式柜,柜旁放着一个摇动活挪的桌子。丹丹把柜门打开,换上几件破旧的衣服。厨房很小,里面有一个灶台、一个破碗柜和几件旧家具。

回到这个风吹郎当、破烂不堪的破茅屋,丹丹像万箭穿心，忍不住失声痛哭。严副局长与钟医生看到眼前的一切，恻隐之心油然而生，眼眶里噙满了泪水。

走出危房不久，只听到"轰隆"一声，危房倒塌了。这个家庭到此画上了一个句号。大家冒雨上了车，轿车急忙地摆动着雨刷，箭一般地向省城开去。

二

大雨时急时缓，公路上到处是流水，轿车前面的雨刷刷个不停。众所周知，此时此刻谈话将分散注意力，影响行车安全。一路上，三个人都缄默不语。

回到家，钟医生先让丹丹洗完发、洗完澡，换上衣服，把茜茜叫到自己床上睡，然后和严副局长走进了丹丹的卧室，给了她几片感冒药。

丹丹精神萎顿，坐在床沿上，低着头，泪水双流。

"今天到底出了什么事，丹丹？"严副局长望着丹丹苍白的脸，大惑不解。

丹丹唏嘘啜泣地把事情的原委诉说了一遍。

"你醒来的时候，发现身旁有什么可疑之物吗？"严副局长问。

"钱，两沓百元一张的人民币。床单上弄得脏兮兮的，还有血迹。"

"钱你拿动了没有？"

"没动它。"

严副局长双眉紧锁:"你记得摧残你的人的外貌特征吗?"

"只记得一双葡萄眼,其他当时没有留意。喝了香槟后就什么都不知道了。"

"那是在哪家宾馆?"

"那时天下着大雨,我是打的去打的回的,来去匆匆,我顾不上记宾馆的名称。"

"给你手机打电话的人是谁?"

"他说他是马部长的秘书。"

"你手机上显示那边的电话号码是什么?"

"对方用的是公用电话,我没有去记那个号码。"

"他怎么会知道你的电话号码?"

"按摩医院的所有手机号码是公开的,谁的手机号码医院内部的人全知道,并且传到了外面。"

面对这涉世未深的少女,严副局长沉思着。根据记忆所及,省市党政干部中没有一个马部长,也没有一双葡萄眼。

沉默了一阵,严副局长坚定地说:"我们一定要找到那个'马部长'、那双'葡萄眼',将他绳之以法。"严副局长又亲切地补充道,"丹丹,你在按摩医院和在我们家里做事,一样的勤劳诚恳、胼手胝足、任劳任怨,你没有半点错,是那个叫'马部长'的罪犯摧残了你,使你受害。你应紧密地配合我们将犯罪分子缉拿归案。这是一场真理与谬误、正义与邪恶、执法与犯法、好人与坏人之间的较量。"

丹丹点了点头。由于严守秘密,丹丹的事只有严副局长和钟医生知道。严副局长严肃地走出了她的卧室。

钟医生轻言细语地说:"怀孕了,也不必着急,进行无痛人流,几分钟就解决问题,而且首次人流对人体不会带来多大损害的。我是妇产科主任医师,由我给你做手术,你尽管放心。"

听了这些话,丹丹心里渐渐减轻了重负,眼前出现了希望。她终于想到了:大千世界,好人毕竟大大多于恶人。一个少女面对厄运应该努力抗争,何必去走人生最后的绝路?

钟医生从厨房里拿出两个加了热的面包和一杯热牛奶,放在床头柜上,叮嘱丹丹吃。丹丹吃了一个面包,一杯牛奶。她感到头痛、发烧、浑身颤抖着,再也支撑不住了,服了感冒药便躺倒在床上了。

冥冥之中,她感到自己走在暴风骤雨中,周身异常寒冷,北风呼啸,电光闪闪,雷声隆隆,大雨滂沱,四周黑茫茫一片。她拄着一根木棒在漫无边际的原野上踽踽独行,每迈出一步都显得那么艰难,她趔趄着,终于倒在深深的泥水里,爬不起来。爸爸呢,你到哪里去了?妈妈呢,你在哪里?你们还记得孩提时代的丹丹吗?你们还会想到今天孑然一身的丹丹吗?忽然,在电光中,几条恶狼闯入了她的视野,而且越来越近,张开血盆大口,狂叫着,张牙舞爪地向她扑来。她不知从哪儿来的力气,爬起来,高高地举起木棒,大喊了一声,向它们扑去……从梦魇中醒来,她发觉自己出了一身冷汗……

到第三天,丹丹感冒明显好转,症状基本消失。下午,钟医生在医院亲自给丹丹做了无痛人流手术,并嘱咐她全休一个星期。回到家,钟老听说阿丹病了,前来看她,从阳台上搬来一盆花红似火的天竺葵,放在丹丹窗前的花架上。钟医生领着茜茜从花店里买来一盆正在开花的瑞香，放在丹丹的床头柜上。顿时，房间里增添了光彩，飘逸着阵阵诱人的芳香。丹丹的精神状态好转了，她感到人间的温暖和爱，感到生活中洋溢着春天的气息。

窗外的枝头上，停着一只红嘴鸟，对着窗内"叽叽呱呱"地叫着，好像在和丹丹说话，还不时用爪子梳理着自己浅黄色的羽毛。丹丹想："它在叫什么呢？也许是问自己吃过早饭了没有？也许是问自己的病好些了没有？也许是要自己面对厄运必须坚强一些……"

翌日早饭后，巫丹房门推开了一条缝，茜茜贴着门站着，对着床上的巫丹，轻轻地叫了一声："阿姨，你好些了吗？"

"我好了，没事了。"

丹丹叫她进来，但茜茜不肯进来。她说："妈妈怕我打搅了你。"

"你进来，不会打搅我的。你今天为什么没有上幼儿园？"

"没人接送。爷爷身体不好，妈妈不让他接送；爸爸昨晚加班还没有回来。"

"早饭是谁做的？"

"妈妈。她还买了今天中餐和晚餐吃的菜，自己准备回来做饭。"

丹丹想，钟医生腰痛还这么忙，自己感到过意不去，决定从今天上午起，自己开始做饭。现在还不到九点，她有足够时间给茜茜讲个有趣的故事。她记起自己有好几天没给茜茜讲故事了。

"茜茜，你进来，阿姨给你讲'狐狸和牧羊犬'的故事。"

小茜立刻高兴起来，搬来小凳靠床而坐。

"一天晚上，羊群都入了圈，一只狐狸乘机混进了羊群中，也进入了羊圈。狐狸看见一只又肥又嫩的小羊羔，心想：这只小羊羔当我的晚餐正合适。于是扑上前去，把小羊羔按在爪子下。

"'咩……咩……'小羊羔吓得不停地叫。叫声被牧羊犬听到了，它立即跳进羊圈里。狐狸见牧羊犬来了，连忙抱起小羊羔，假装怜爱地抚摸它的脑袋。

"牧羊犬见了，问：'狐狸，你这是干什么呢？'

"'狗大哥，你瞧，这只小羊羔多可爱、多漂亮啊，我抱抱它，逗它玩哩！'狐狸笑着说。

"'放下它！马上放下它！'牧羊犬口气很坚决。

"'干吗这么严肃，我逗它玩玩还不行吗？'狐狸仍在嬉皮笑脸。

"'我命令你放下它！如果你不立刻放下它，我就要抱起你来玩玩了。'

"狐狸见阴谋败露，只好放下小羊羔，溜走了。

"这个故事是说，对于强盗与恶棍，只能用更强硬的态度对付它。"

丹丹和茜茜似乎各自从中领悟到了一些什么。

茜茜笑着，高兴地鼓掌。

丹丹看看表，已经十点半了，她起床穿好衣服，叫茜茜到厅里玩，自己走进了厨房，系上了兜肚。

三

　　下午，巫丹正在给茜茜缝补裤子，缝纫机踩得"嚓嚓"响。电话铃急骤地响了，丹丹拿起话筒一听，原来是严副局长打来的，希望她到市公安局去一趟。

　　"好，马上就来。"

　　丹丹把缝纫机放回原处，乘上公交车往公安局赶。

　　"请问你找谁？"公安局警卫人员向她敬一个礼，问道。

　　"我找严副局长，是她打电话叫我来的。"

　　"他在一办公楼三楼副局长办公室。"

　　"谢谢！"

　　丹丹一口气跑上三楼，找到了严副局长的办公室。她轻轻地敲敲了敲门。

　　严副局长叫了一声："请进！"

　　严副局长看着满头大汗的丹丹，将办公室里自己用的毛巾打湿拧干，递给她，说："叫你来，你怎么跑得这么急呀？"

　　"我估计是有重要事情。"丹丹一边擦汗，一边气喘吁吁地说。

　　严副局长叫她坐下来，泡上茶，递给她一张照片，问道："你认识这个人吗？"

　　丹丹接过照片，仔细端详了一会儿，义愤填膺地说："我认识！他就是我说的那个'葡萄眼'！"

"经调查,他是一家大型国有企业的老总。他姓朱,不姓马,四十多岁,利用职务之便,贪污四亿多元公款,包养了两个情妇,手下有好几个得力的干将,四周还牵涉一些不三不四的人。案件是情妇之间钩心斗角引发出来的。情妇们不知道他的真实姓名,都叫他'马部长'。他还经常通过按摩、洗脚勾引一些女人。此人现在已经被捕,受到审查。"

"那需要我做些什么呢?"丹丹吃惊地问道。

"他不是摧残过你吗?他承认了,但需要证据,包括人证、物证。没有证据,就是他承认了,到时候还可以翻案的。"严副局长双眼严肃地望着丹丹。

丹丹双目移开严副局长的眼睛,双眉紧锁。此刻,她到哪里去找人证、物证呢?

"那么让我请两天假,我去找找看。"

"不要请假。你现在不是还没有休完假吗?不过,案情紧迫,你会辛苦一些。"

丹丹走出了严副局长办公室,尽可能回忆事件发生前后的情景。她后悔,当时大雨倾盆,来去匆匆,打的去打的回,从来没想到要记住宾馆的名称和方位。她到报刊亭买了一张新版的省城地图,在市中心逐一寻找可疑的宾馆。

突然,一个瞬息萌生、稍纵即逝的"华"字掠过她的心头。"大华"?不对!"美华"?不对!"丽华"?不对!"中华"?不对!"兴华"?不对!"振华"?"好像不对!""大中华"?好像也不对……

她决心从南到北,凡是有"华"字的宾馆、酒店,一一找遍。每走到一个服务台,便问:"国庆长假第六天有个马部长来这里住过没有?"

她根据地图,走进"大华"宾馆,旅客登记簿上没有马部长的名字;她找到"丽华"宾馆,旅客登记簿上没有马部长的名字;她找到"大中华"酒店,旅客登记簿上没有马部长的名字;她找到"春华"大酒店,旅客登记簿上没有马部长的名字!这样找下去,找遍省城所有的大宾馆、大酒店,旅客登记簿上恐怕也找不出马部长这个名字来!

丹丹没有灰心。不管这条狼怎样狡猾,总会露出它的尾巴。有家酒店的旅客登记处有一位中年人见她满面愁容,汗涔涔、急巴巴的样子,说:"你仔细想想,那家宾馆或酒店里有没有熟人,熟人叫什么名字,说不定能给你帮点什么忙。"

"心有灵犀一点通。"她记起做按摩师的时候,治好过一个农村老大爷的耳病,他的女儿自我介绍在一家宾馆工作,名字叫张什么来着,对,叫张倩!

丹丹决定在市内大宾馆逐家逐店地找,一定要找到张倩,尽可能早摸清一些线索,掌握一些证据。

丹丹走进解放大道的一家大宾馆,感到似乎有点儿熟,进去如入迷宫,出进都很不容易。她问一位服务员:"请问,你们这儿有个叫张倩的服务员吗?"

"有。她在B座十八楼上班,你快点去,她快要下班了。"

丹丹记起事情好像是在B座十八楼内发生的。丹丹坐电梯到十八楼,刚走出电梯,拐个弯,听到后面突然有人叫她:"巫丹医生!"

丹丹回头一看,是张倩!丹丹紧握住她的双手,生怕她跑掉似的。

"你还在按摩医院吗？"张倩眼睛疑疑惑惑地看着她。

"不在，有人欺负我，我改行当保姆了。"

"难怪，后来我到按摩医院去过一次，他们都说你不在那儿了。"

"我有件事想问问你。在这儿问，行吗？"丹丹压低声音说。

"行。问吧！"

"国庆长假的第六天晚上，是你值晚班吗？"

"是。"

"你看见有个姓马的部长来过吗？"

"有。他不姓马，姓朱。"

"眼珠鼓鼓的，像葡萄一样。他的秘书叫他'马部长'。"丹丹把那天晚上发生的事重复了一遍。

"那天晚上我值班。你走后，我发现床上放着两叠人民币，共两万元，我保管下来了。我把弄脏了的床单也保存好了，放在人家看不见、摸不着的地方；床单上还掉了一片药，蓝色的，不知叫什么药，我也放在瓶子里留着；还有一只香槟酒瓶，都放在别人不知道的地方。我知道你受害了。我想，这都是些你用得着的物证。"张倩心里燃烧着同情与愤慨的火焰。

丹丹心里平静些了，心里感叹道："踏破铁鞋无觅处，得来全不费工夫。"

"你准备报案吗？"

"当然报案了呀！"丹丹说。

丹丹给严副局长打了电话，警车马上赶到了这家宾馆，把所有的人证、物证都带走了。那片蓝色药叫"酣××"，是一种短时速效安眠药。

"问题都浮出了水面,这会对你带来影响吧?"在警车上,丹丹担心地问张倩。

"我不怕。宾馆里出了这种事,够丢人的,宾馆有责任,甚至牵连到老总。老总是不会让我再干下去了。好在天无绝人之路。"

这一对相濡以沫的农村姑娘,相互记下了对方的手机号码。

公安机关经过周密侦查,胡立本犯有行贿、敲诈勒索、造成他人精神伤害、限制人身自由、危害治安、在社会上打架斗殴、包养情妇等违法犯罪行为。在一桩桩铁的事实面前,胡立本和他的几个得力干将供认不讳。经市检察院复核,向市中级人民法院提起诉讼。

市中级人民法院进行了审判。来自赤霞村的保姆们出席了审判大会。胡立本和他的几个得力干将穿着囚服,逐个坐在被告席上,耷拉着脑袋,没有一个律师愿意为他们进行辩护。

法院经过审议,判处胡立本有期徒刑三年,共赔偿精神伤害费和肉体损伤费等四十万五千元。其中,包括赔偿赤霞村的保姆和茜茜五万元。胡立本的秘书和其他四个得力干将也受到了轻重不一的惩罚。

第八章 南国

小佳佳江边被拐,彤云去南国寻人。踏遍两个大都城,不见佳佳身影。纵有乡亲相助,引起众人关心。孤身一人卧底,有如大海捞针……

一

到了秋季，午后的太阳晒在人身上，暖洋洋的。加上礼拜天，滨江风光带游人如织，木凳上坐着的大都是老人和孩子。滨江风光带十分宽广，石榴树上开着最后一批花，成行的柳树摆动着落叶的柔条，一排排紫薇树已经花谢结子，成团的九里香和铁树的叶子绿得流油，不少新栽的香樟枝叶还不够繁茂，很少能遮住阳光。

叶奶奶带着佳佳在风光带散步，佳佳高兴地吹着肥皂泡，蹦跳个不停。

走近公厕时，叶奶奶对外孙女说："外婆去上一趟厕所，你就坐在木凳上玩，不要离开这里。"

佳佳"嗯"了一声。但是，好一会儿，还不见外婆从公厕出来。有个中午男子走过来，惊奇地对佳佳说："你怎么还坐在这里？你外婆早就走了。快，我带你去找你外婆。"说完，抱起佳佳就走。佳佳将信将疑，朝公厕喊了一声"外婆"，没听到回答，心想："莫非真的走了？"

那男子抱着佳佳说赶快追，没追上，便打开停在滨江大道旁的一辆轿车的车门，说了声"我们坐汽车去追"，把佳佳往车里塞，轿车开了约半个小时，一直开到一般人从来没去过的偏僻地方。

叶奶奶从公厕出来，没有看见佳佳，觉得这孩子很淘气，便四下里喊,眼观六路,耳听八方,但见不到佳佳的身影,听不到她的声音。叶奶奶急急忙忙向周围的人打听,没有一个知情的。她错愕不解,一摸口袋,没带手机,便魂不附体地往家里跑。她气喘吁吁地开了门,对彤云喊道:"彤云,佳佳不见了!佳佳不见了!"

彤云说:"是不是玩丢了?"

"我去上公厕,叫她在外面等。我从公厕出来,已经不见她的人影。我向四周喊,到处寻,喊不应,寻不到。"叶老太太急得热泪双流。

彩云说:"让我去找找。"

她放下手中正在切片的莴苣,奔到滨江风光带的公厕附近,喊无回应,目不见人。问路人,谁也不知道。她心慌了,用手机告诉了林总编和叶校长。林总编叫彤云迅速上网、报案。彤云汗涔涔、泪淋淋地跑回家,上了网,报了案。不一会儿,林总编和叶校长急匆匆地赶回家。林总编打了电话给严副局长。严副局长认为,佳佳是被拐走了,省城近两天被拐走的还有四个孩子。

市公安局掌握佳佳和另外被拐孩子的相貌特征后,派人扼守了通往外地的火车站和各公共汽车站,彤云则关注电话和网络。就这样守了三天三夜,也没有任何消息。叶奶奶五内俱焚,已经急得饭也不吃、觉也不睡、神魂颠倒了。

严副局长来到林总编家,说:"这个拐骗犯很老到,可能是开私家车或货车逃离了省城。分析案情,北上的可能性小,南下的可能性大,比如广州、深圳、南宁、海口、昆明等地。许多被拐儿童肢体被摧残,然后带到全国各城市去乞讨。为了让这些被摧残的儿童看上去更可怜，有些人犯子把孩子的手、脚、身体、脸部割伤，甚至泼硫酸烧伤、毁容，取得人们的同情，多讨几个钱。逼迫他们白天乞讨，晚上把乞讨得来的钱上交'老板'。甚至白天乞讨，'老板'远远地跟在后面盯着。还有些小孩被迫在餐馆洗碗、当童工。长得漂亮的女孩，一般先让她当童工，到了豆蔻年华，开始逼迫卖淫、当妓女。"

"到那些几百上千万人口的大城市找一个被拐卖的孩子，无异于大海捞针，有多难啊！"叶校长心疼万分地说。

"难也要找。只要有希望，就要找下去。"林总编双眉紧锁，态度坚决，语言掷地有声。

彤云说："让我去找吧，找不到佳佳我不回来！听说广州有个'寻亲会'，先到那里找找看。"

林总编和叶校长商量，认为让彤云去找比较合适：她高中毕业，有一定的文化；佳佳是她带的，相互稔熟，感情深厚；彤云头脑聪明，遇事能灵机应变；她刻苦耐劳，不惧艰难。

经彤云同意，方案就这么定下来了。彤云把要换洗的衣服、袜子等放入行李袋，将手机、身份证、放大了的佳佳的近照和几十张小照、三千元人民币放在内衣口袋内，一切准备妥当，给彩霞、丹霞、巫丹、豆豆打了告别电话，便出发了。彩霞将她送到火车站，送上月台，讲了许多送别的话，一直看到列车身影渐渐消失……

二

翌日清晨,彤云到达了南国最大的都市——广州。她第一个到达车站出口处,看熙熙攘攘的人流里有没有佳佳。但是,看到最后,人流里没有佳佳。她在火车站对面的面食店买了两个馒头、一瓶矿泉水,蹲在地上,吃完一个馒头,留下一个馒头中午吃。她走到报刊亭买了一张广州市地图,在地图上找到了自己的位置——车站北路。她在附近一家叫"丽华"的旅社寄存了行李。她想,第一个要去的地方是寻亲会,那里可能有几分概率。她用普通话向几位老人打听寻亲会的地址,几位老人拨浪鼓似的摇着头,他们是广东老人,听不懂普通话。彤云用普通话问几个中年人,他们都说不知道寻亲会的地址。彤云改问交警,交警详详细细地告诉了她寻亲会的地址和所去的路线,彩云查看了一下地图,马不停蹄地赶到了那里。

这个寻亲会址树木扶疏、红绿掩荫,是一所旧小学改建而成的,共有八间教室专门用来安置丢失了的亲人。左边四间用于男性,右边四间用于女性。每间教室里有十几个人,有老人,也有小孩,还有一个负责看守、接待的女服务员,胸前挂着工作证。

彤云走进右边第一间教室,仔细看了一遍,不见佳佳。她拿出用小塑料袋里装着的放大了的佳佳的近照,问这间教室的服务员:"请问,你见过这个女孩吗?"

服务员接过照片，仔细端详了一会，无可奈何地摇了摇了头。

彤云走进第二间教室，仔细查看了一遍，不见佳佳。她又掏出放大了的佳佳的近照，询问这间教室的服务员："请问，您见过这个小女孩吗？"

服务员接过照片，认真看了一会儿，摇了摇头。

彤云走进第三间教室，仔细一看，不见佳佳。她照样拿出佳佳的近照，询问这间教室的服务员。服务员摇摇头，抱歉地说："没见过。"

彤云走进第四间教室，瞄了一眼，不见佳佳。她拿出放大了的佳佳的近照，双手递给这间教室的服务员，问道："请告诉我，您见过这个女孩吗？"

服务员细心地端详了照片，摇摇头说："没见过。"

"请问，是谁具体负责寻亲会的工作？"

"具体负责的是林会长。要我带你去见见她吗？"

"好。谢谢！"

彤云跟着进了二楼林会长的办公室。见里面坐着一位年近五十的女同志，戴着眼镜，正埋头看一份资料，一边用铅笔在资料上画记着。彤云先打了个招呼，作了自我介绍，然后掏出放大了的佳佳的近照，彬彬有礼地递给林会长，问道："林会长，您见过这女孩吗？"

林会长细心地看了一会儿，说："没见过。这女孩长得很漂亮！叫什么名字？"

"叫林小佳。"

"噢，与我同姓啊！几岁了？"

"四岁。右耳后面有一颗小黑痣,左边屁股上有一块铜钱大的胎记,不注意看不出来。"

"我给你一张登记表,你把详细情况填在上面,贴上一帧小照片。"

一会儿,林会长见登记表上各方面的情况填写得一清二楚,便安慰着说:"你放心,只要发现了,我们会及时打电话给你的。"

彤云怀着感激的心情,走出了寻亲会。

已经是中午了,许多机关单位都午休,要到两点半才上班。彤云坐在寻亲会外面的台阶上,从挎包里摸出那个又冷又硬的馒头,就着矿泉水,吃了起来。

下午两点半,她准时赶到孤儿院。孤儿院在一座天主教堂旁边,周围被叶绿花红的夹竹桃和花石榴交相掩映,三间教室分别坐着二十来个孤儿。彤云走进第一间教室,挨个地看,没有佳佳。她掏出佳佳放大了的近照,递给这间教室的老师:"请问,您见过这个女孩吗?"

这位老师拿起照片仔细端详了一阵,摇摇头说:"没见过。"

彤云走进第二间教室,朝孤儿们仔细看了一遍,其中没有佳佳。她掏出佳佳放大了的近照,递给这间教室的老师,问道:"请问,您见过这个女孩吗?"

老师仔细端详了佳佳的照片,抱歉似的摇摇头:"没有见过。"

彤云走进第三间教室,见里面坐着二十来个孤儿。彤云仔细看了一遍,其中仍然没有佳佳。她照样拿出佳佳的近照给老师，老师照样摇摇头。

彤云找到孤儿院的一位年约四十、神采奕奕、红光满面的女院长。彤云简要地说明了来意。女院长仔细地看了看佳佳的近照，摇摇头说："没见过。"

她从抽屉内拿出一张表，说："请将孩子的姓名、年龄、住址、联系电话、相貌特征等全填上，并贴上一张照片。"

彤云照办了。院长说："这孩子如果被我们看见了，或者到了我们这儿，我们会立即打电话通知你的。"

"谢谢您！"

彤云走出孤儿院，心想，事情发生才几天，佳佳几乎不可能到寻亲会、孤儿院来。不过，留下姓名、性别、年龄、照片和联系电话对今后不无裨益。

彤云经过一所幼儿园，已经是下午五点，幼儿园正放学，每个幼儿都有家长、保姆来接，出口两边像仪仗队似的站着两排长长的队伍。她发现一个女孩很像佳佳，快步上前一看，酷似佳佳，可这女孩嘴下边有一颗黑痣，不是佳佳。

天快黑了，佳佳找到"丽华"旅社，开了一个廉价的临时铺，然后到旅社外面给叶校长打电话汇报了今天的情况。最后，回到房中写下了今天的日记。

三

彤云在丽华旅社住了一个星期，白天去附近打听一些情况，认识了一些湖南老乡。

现在是十月十五日下午，一位叫张老的湖南老乡邀请彤云去参加老乡会，与会的大都是五十岁以上的湖南老乡，共二十余人，住在鳞次栉比的几条街道上。"老乡见老乡，两眼泪汪汪！"他们天涯羁旅，远离故土，情意缠绵，思乡心切，坐在一家茶馆里，泡上一杯浓茶，无所不谈，无所不论，说不尽的温言款语。既谈天文，又谈地理；既谈政治，又谈经济；既谈国事，又谈家事；既谈纸票子，又谈菜篮子；既谈扑克麻将，又谈养老健康。时间定在每月一日和十五日下午三时。

彤云第一次参加这样的老乡会，感到无比亲切，无比诚挚，无比温馨。散会前，她把佳佳失踪的事向同乡们说了，又掏出放大了的佳佳的近照给大家看，并且特别强调了右耳后面有一颗小痣这一特征，请老乡们留意一下。

坐在彤云身旁的一位姓周的老乡小声对彤云说："我认识一个叫张兰的江西女子，经常看见她带不同的孩子从我家门前走过，可能是个人贩子。这件事散会以后我再个别跟你商谈。"

彤云再无心思听老乡们漫无边际的高谈阔论了。一门心思在想："如果这个张兰真的是人贩子，也许能从她身上找到佳佳甚至其他孩子的下落。"

散会了，老乡们步出了茶馆，周老把张老和彤云留下来，商量对策。

周老说："这个女人如果带了佳佳出来，我根据照片留下的记忆，便能认出佳佳来，那时我会马上打电话告诉你。你和我们商量着办，千万不可简单急躁、鲁莽行事。你快把你的手机号码告诉我。"

彤云把自己的手机号码告诉了他。

张老问周老:"你回忆一下,这个张兰常去些什么地方?比如某公园、某餐馆、某面食店、某商店……"

周老想了想,说:"附近的大华餐馆是她经常去的地方。早餐常在那儿买包子、卷子,晚餐常在那儿吃粉丝、面条。"

彤云说:"我今天看见大华餐馆的橱窗上贴了张招聘启事,我干脆到那家餐馆去打工,接触张兰的机会就多了。不过,还得请周老介绍一下。"周老和张老都赞成这个主意。

周老把彤云带到大华餐馆,在那里吃了中餐。周老认识这里的老板,问餐馆里是不是还需要人,比如厨师和服务员。

"需要!"老板瞥了彤云一眼,见她桃子脸,头发齐肩,浓眉大眼,脸色嫣红,落落大方,长得非凡脱俗,颇有兴趣地问道:"您想介绍的是不是这位小姐?"

"是的。"

"餐馆包食宿,月工资一千六百元。你愿意干不?"老板说。

"愿意!"彤云点点头说。

"今天下午就到,先了解一些情况,明天一早上班。"

"好的。"彤云高兴地说。

彤云告别了周老,回到丽华旅行社,付清了住宿费,提着行李袋,来到了大华餐馆。餐馆不小,看上去堂而皇之,装饰得非凡脱俗。房内却很挤,开的是通铺,每个人只能睡一米宽的地方,否则会因为"侵占"别人的"领土"而遭到"反击"。彤云选择了适合自己的工作:早晚餐卖面食,中餐负责接待。这样,彤云接触张兰的机会便比较多。

翌日清晨，张兰来到大华餐馆买包子，正碰上周老来买卷子，两人亲切地打了招呼。周老顺便让彤云和张兰作了自我介绍，彤云说自己是从中山路一家饮食店来的。彤云望着三十多岁的张兰，甜蜜蜜地笑着说："兰姐，生意上的事请你多多关照啊！"

"你是哪里人？"张兰莞尔一笑，问道。

"她是我的同乡，湖南益阳人。"周老抢在前面回答。

"哦！"张兰似乎悟出了一点什么，笑着说："我们今后相互关照！"

周老走了，张兰也走了，买包子、馒头、卷子的寥寥无几。彤云尽最大的努力、最快的速度和最热情的态度打发着每一位顾客。中晚餐，彤云对来往的顾客也特别热情，总是彬彬有礼，笑脸相迎。不到一个星期，这家冷冷清清的餐馆出现了勃勃生机。

此后，彤云几乎每天清晨都见到张兰来买包子，一次买两个，多的买十来个。彤云感到好生奇怪，为什么有时候买一两个，有时候一次买十来个呢？每次见到张兰，彤云总是"兰姐、兰姐"地叫个不停。卖包子、卷子也总是拣大的挑。几天后，张兰也开始亲热地叫彤云为"云妹"。

今天是礼拜日，彤云轮休，张兰约彤云下午到她家去玩。这是彤云梦寐以求的事。她买了一瓶剑南春酒、几斤优质苹果和梨，又买了一大把鲜艳艳、香喷喷的百合花，插在瓶子里，由张兰领路，来到太平路十四号楼张兰的住处。这是一个六十多平方米的套间，一室一厅一卫一厨。两人谈得很投机。彤云忌讳询问张兰的情况，只谈自己做厨师、做服务员遇到的事，特别是一些离奇古怪的笑话,比如吃了包子和茶忘记带钱或忘记付款啦,付款时无意中夹着一张假钞或几枚假币啦,将五十元一张的人民币当十元一张的人民币付款还争着说自己没弄错啦,付款时随身带的狗抬着头吃掉了主人的包子啦……这些事,引得张兰捧腹大笑,有时笑得前俯后仰。

谈到生意,彤云对张兰说:"兰姐,我们的生意请多关照。中午来吃饭,我亲自给你做菜,价钱打七折,准叫你满意。"

张兰听了这话,心里乐滋滋、甜蜜蜜的,深感彤云这个姑娘的重情重义、亲切可爱,但她只字不提"欢迎你今后常来"之类的话。

又过了一个星期,彤云买了两瓶酒鬼酒、两个大蜜柚去张兰家。走出电梯,来到门口,正要按门铃,听见里面有男人的声音。她停住了,贴耳倾听,里面是男人粗犷的声音:

"我讲过,我抓来的那两个丫丫最漂亮,几年来难抓这么两个,价格不能少于四十吊。"

"这次算你走运。其余的,统统不能高于三十吊。"张兰说。

他们是人贩子,言语中夹杂着黑话,正在讨论分赃的事。彤云意识到一个人站在这里很危险,很可能前功尽弃,便迅速下了电梯,走出了大楼。她想到佳佳很可能落在他们手里,事情正在恶性发展。

中午,张兰带领那声音粗犷的人贩子到大华餐馆用餐。彤云满面笑容地接待了他们,亲自给他们做了六道菜,上了一瓶酒鬼酒。人贩子出来说话很谨慎,酒也喝得不过量。又因为打七折,真可谓机会难得,价廉物美。他俩吃得红光满面,用牙签挑着塞在牙缝里的残渣，兴高采烈，宽衣解带，一边向彤云道谢，一边走出了餐馆。

此刻，彤云想到报警。如果报警，证据不足，信心也不足，这个团伙人多，可能还是找不到佳佳，到适当的时候再报警不迟。彤云对这个窝点已经很熟悉，跑得了和尚跑不了庙。

"谢谢！"两个接待员向这一男一女鞠了一躬。

"欢迎再来！"彤云招呼道。

几天后的一个早晨，彤云见张兰来买早点，只买一个包子，心想："今天可能只有她一个人在家，何不邀她去一次酒店？多敬几杯酒，也许能从她口中套出些什么话，引出些什么线索来？"

想到这里，她拉住张兰走到门外，贴耳低语："兰姐，今天是我的生日，我邀请你去珠江大酒店吃晚饭。你六点在我店门口等我。记着，中餐就随便点。"

"就我们两个？"

"就我们两个。"

张兰很兴奋，也很激动，满口答应了。

六点整，张兰准时来到丽华餐馆前，彤云和她打的来到珠江大酒店，乘电梯进了四楼一个包厢。彤云将菜谱往张兰一推，说："兰姐，今晚由你点菜，你爱吃什么就点什么，我们好不容易姐妹一场。"

张兰感激地说："是的，世逢一知己足矣！"

张兰点了西汁牛扒、肉丝炒洋葱、香菇肉丝、三丝木耳、姜芽炒鸡片、糖醋鲫鱼。

服务员飞快地在菜单上记录着。

"再加一份雪里蕻。"彤云说。

"上什么酒？要什么饮料？"服务员问。

"一瓶剑南春，一瓶橙汁。"彤云说。

服务员走了。很快就上了酒、饮料和姜芽炒鸡片、香菇肉丝。

"兰姐，开始吃吧，边等边吃，边吃边谈。"彤云说完，叫服务员打开酒瓶盖，向张兰敬酒，并说明自己不会喝酒，只能以橙汁代酒。

"妹子，你家里有些什么人？"张兰喝了两杯酒，脸上有点发烧，打开了话匣子。

"家里有父母，病的病，残的残，还有一个弟弟在上大学。我出来打工快半年了。"彤云说完，又敬上两杯，自己则喝着橙汁。

菜上齐了，彤云又是敬酒，又是敬菜。张兰正中下怀，应接不暇，脸红得像关公。

彤云说："兰姐，人生如梦。今日，我来个饭饱菜足，你来个一醉方休。"

张兰五杯酒下肚，话也多起来，渐渐语无伦次，脸变成了猪肝色。

"如今……在外打工……端别人的……饭碗，不……容易啊！"张兰期期艾艾地说，"我……打过工……做过服……服装生意……都混……混不下去，后来……又……又改行……"

"改行做什么呢？"彤云笑嘻嘻地问道。

"改……改行做……小孩……的生意……最近……和别

人……一道，推销了……一批货……"

"这货往哪儿销呀？"彤云笑哈哈地问道。

"销到……深圳……海口……算是赚……赚了……几个钱……"

"具体销到哪里呢？"

"我记……记……不起来了。"

彤云已经用随时携带的MP4将张兰的话录了音。她想，张兰已经酩酊大醉，再从她口里套出一些关于去深圳、海口的细节已经很难，张兰也可能不知其具体下落，也就不再追问。下一步，应顺藤摸瓜，去深圳和海口。

彤云向服务员付了款，在酒店服务员的帮助下，将醉烂如泥的张兰搂到的士上，搀扶着送回了她的家。

彤云跟叶校长通了电话。叶校长心里亮起来，感到有了希望。她想，彤云身上的钱可能已经用完，想寄点钱来。

彤云说："别寄钱来，我口袋里还有钱呢！没钱了，我自己也会想办法的。"

第二天，彤云向张兰谎称母亲病危，要立即赶回老家去。

彤云的下一步，是踏上深圳那片神奇的土地。

睡前，她写下了一篇难忘的日记。

四

午后，彤云到达了南国最新兴的城市——深圳。她从报刊亭买了一张深圳市地图,在一家私人旅社寄存行李袋后,从河北路往西走,挨家挨户地寻找,不放过任何一条街道,一条胡同。

前面有一位老大爷,坐在扶手椅上休息。彤云掏出佳佳的近照,双手伸到他面前,彬彬有礼地问道:

"请问大伯,您见过这个女孩吗?"

大伯从上衣口袋里掏出眼镜盒,取出眼镜,架在鼻梁上,仔细端详着这帧照片,寻思良久,摇摇头说:"没见过。你是丢失了孩子吗?"

"是的。"

"你是哪里人?"

"湖南人,从湖南来。"彤云说。

"深圳这么大的地方,找一个丢失了的小孩有多难哪!"大伯说,"不过,我会留意的。你留一张照片、一个手机号码给我,我看见了,马上打电话给你。"

彤云见每找一个人,都需要照片和电话号码,干脆到打印社制作了一些名片,上面有佳佳的姓名、地址、照片和彤云、佳佳父母及家庭的电话号码。

此刻,彤云双手递过一张名片,交给这位老人,说了声"谢谢",便继续朝前走。

走到另一条街,彤云看见一位大妈牵着一个女孩在慢腾腾地转悠,估计她是本地人,就住在附近,便掏出放大了的佳佳的近照,上前恭而敬之地问道:"请问大妈,您见过这个孩子吗?"

大妈停住脚,凝神注视着这张照片,反复端详,然后摇摇头，说：" 没见过。" 大妈说的是东北话。

"您住这儿多久了？"

"二十年了。"

"您见有人常带不同的孩子走过的情况吗？"

"没见过。" 大妈说，"你是哪里人，出了什么事？"

"我是湖南人，当保姆，雇主家的小孩一个月前失踪了，据打听，可能拐卖到深圳来了。"

"你报了警没有？"

"报了警，还上了网。"

大妈关心地说："你留下照片和手机号码给我。如果出现了上述情况，我会立即打电话给你。我建议你注意找街道办事处，他们了解的情况比我多。"

彤云双手呈给大妈一张名片，深深地道了谢，便告辞了。

彤云挨家挨户地寻问，看到一处大门口挂了好些单位的名牌，其中一块上面写着"××街道办事处"。

她走了进去，找街道办事处负责人。一个中年的妇女主任停下话来，接待了她。

"你有什么事吗？" 妇女主任收束了一下自己的思想，问道。

"我家孩子一个月前失踪了，据说被拐卖到了深圳，您见过这个女孩没有？" 彤云边说边掏出佳佳放大了的近照给她看。

妇女主任小心翼翼地看着这帧照片，然后说："没见过。这是一个很漂亮的女孩，人贩子可能早就盯上她了。"

"你们这地方有没有人贩子？"

"不能说没有，"妇女主任稳重地说，"但是现在还没有发现。"

妇女主任收下彤云给的名片，把它压在桌上的玻璃板下面。彤云道了谢，走出门来。

一家幼儿园放学了，家长、保姆们在校门外排起了"仪仗队"。孩子们高高兴兴地拉着家长们或保姆们的手，说着，笑着，蹦着，跳着，往前走，但其中没有佳佳。

天快黑了，彤云舍不得花钱，平时吃的都是馒头、烧饼，今天在附近一家粉店吃了一碗加码的粉条——这是她除招待张兰之外最丰盛的一顿美餐，用手机跟叶校长互通了信息，然后回到原来的旅社。

来广东已经一个多月了，带来的钱快用完了。在深圳这样的城市，没有钱寸步难行。彤云看见一家小店铺，掏出剩下的最后两块钱，买了一个烧饼。她舍不得吃，吃了两口，便小心翼翼地放进小食品袋里。她掏出佳佳的近照，双手递给店主，问他曾经看见过这个孩子没有？店主细心看了一阵，摇了摇头，收下了一张名片，答应今后留意。无意中，彤云看见这家小店铺的废品堆里有一条抢刀磨剪用的小长凳，想起在家逗佳佳玩时，每呼一声"磨剪子嘞……抢菜刀！"时，佳佳都要抱着彤云的大腿笑个不停。如果向小店铺借了这套工具，掀一下喇叭，在一公里远的地方，都可能让佳佳听出彤云的声音；二是通过来抢刀磨剪的人，打听佳佳的下落；三是通过抢刀磨剪，解决经济上的拮据。叶校长两口子挣钱，叶奶奶靠退休金养老，现在请了个临时保姆，还有一个佳佳，如果把自己也搭进去，负担太重了。主意一定，她莞尔一笑，向店主人开口了：

"大叔，这套抢刀磨剪的工具能不能借给我用一用？"

店主一步一瘸地瘸到废品堆前，用下巴指着废品堆说："你拿去吧！我的腿瘸了，用不上了。"

"谢谢大叔！"彤云十分感激地说，"大叔，深圳这地方来抢刀磨剪的人多不多？"彤云恳切地问道。

"不少。一天能碰上十来个。"

彤云莞尔一笑，向店主请教了抢刀磨剪的方法，又问清了价格，借用抹布把整套用具抹得干干净净，将喇叭配上了自己的吆喝声，每揿一次按钮呼唤三声，采用这种方法寻人，对于一个花季少女来说，简直是匪夷所思的。

"你们女孩子干吗不打工，非要抢刀磨剪呢？"店主疑惑不解。

"大叔，我是个保姆，孩子失踪一个多月了，听说拐骗到了深圳，我是来找小孩的。"又说，"如今男人干的事，女人也能干，男女都一样，同时还能解决生活费用。好，谢谢您了！"彤云向大叔深深地鞠了一躬。

"不用谢，不用谢！祝你好运！"大叔一边目送这个少女，一边想："这女孩非同一般，长得漂亮，吃得苦，耐得劳，人也很聪明！"

从此，彤云以磨刀人的身份，出现在深圳市的大街小巷。

五

彤云已经来到了深圳市人民北路。她扛着小长凳,一边按扩音喇叭,一边向前走。

磨剪子嘞……抢菜刀!

磨剪子嘞……抢菜刀!

磨剪子嘞……抢菜刀!

这吆喝声音量大,可传到一公里远。

"磨剪子!"前面有个中年女子招呼。

彤云从容不迫地走上去,把小长凳放在附近一棵大树下。中年妇女看见磨刀人是个少女,感到格外新奇和疑惑不解,问道:"你会磨剪子、抢菜刀吗?"

"磨不好、抢不好不要钱。"彤云说。

"磨把剪子多少钱?"

"两元。"彤云很干脆地答道。

"抢把菜刀呢?"

"三元。"

"价格可以优惠点吗?"中年妇女讨价还价。

"阿姨,我这算是最便宜的了。人家磨把剪子要收三到四元,抢把菜刀要收四到五元呢!"为了维持最基本的生活,彤云不肯让步。

"好，您说两元就两元，您说三元就三元！我不还价了，但你一定要磨好剪、抢好刀，保证质量。"中年妇女认真地说。

彤云很熟练地磨好了四把剪子、抢好了两把菜刀。

中年妇女用手试了试锋芒，差点割破了手，十分满意地付了十四元钱，彤云站起身来，从口袋里掏出放大了的佳佳的近照，双手递过去，问道："请问阿姨，您看见过这女孩吗？"

中年女子接过照片，目不转睛地看了一阵，说："没见过。这是怎么回事？"

"孩子被人贩子拐卖了，很可能卖到了深圳。"

中年女子索取了彤云手中的一张名片，记住了小孩右耳背后有一颗小痣这一特征，说一发现情况就打电话。彤云道了谢，捎着小长凳继续往前走。

磨剪子嘞……抢菜刀！
磨剪子嘞……抢菜刀！
磨剪子嘞……抢菜刀！

"抢菜刀！"前面有位老人招呼。

彤云走近一看，是位六十岁左右的老大爷在招呼，手里提着一把菜刀三把剪子。

彤云放下小长凳，对大伯说："大伯，磨把剪子要两元，抢把菜刀要三元。"

"我知道这个价格便宜，但一定要磨好、抢好。"大伯说话通情达理。见到这个女磨刀人长得年轻漂亮，温文有礼，感到其中有些蹊跷,问道:"女孩子家,怎么不去工厂打工,非要干抢刀磨剪这一行?"

"我就爱干这事,想干就干,想歇就歇,自由自在嘛!"彤云在一棵不影响交通的树下,一边磨剪刀,一边笑着说。

大伯也笑了笑。彤云突然停下手中的活,用围裙擦干手,从口袋里掏出放大了的佳佳的近照,双手递给大伯,彬彬有礼地问:"大伯,您见过这女孩吗?"

大伯眼睛直愣愣地盯着照片,在记忆所及的范围内,没有出现这个孩子。他摇了摇头,说:"没见过,这女孩长得很漂亮!我家里开了几桌麻将,玩麻将的都是本地老人,心地善良,我能不能拿照片给他们看看?"

"可以。麻烦您了。"彤云见大伯走了,又开始磨剪子,她盼望着有好的消息。

不一会儿,大伯拿着照片走出来,摇摇头:"他们都说没见过这女孩。"

大伯向彤云索取了一张名片,记住小孩右耳后面有颗小痣这一特征。然后忠告说:"我看你,磨刀是假,寻人是真。"大伯见彤云莞尔一笑,又说,"女孩子家,干这活儿,真是千载难逢。我劝你,深巷子里不要去,一个人不安全。收工要早一点,晚了怕遇上坏人。"

"多谢大伯的关心与教诲!"彤云感激地说。

中午时分,彤云肚子饿了,到旁边一家烧饼店买了一个烧饼,又到隔壁食品店买了一瓶矿泉水,就坐在小长凳上,一边吃、一边想,化装成磨刀人,最容易接近群众、打听消息,便于寻找佳佳。因此,虽然没找到佳佳,她一点也不气馁。

天气阴沉起来,好像要下雨了,彤云看了看地图,自己还在人民北路,得赶快往西走。她扛上小长凳,继续吆喝:

磨剪子嘞……抢菜刀!
磨剪子嘞……抢菜刀!
磨剪子嘞……抢菜刀!

"磨剪子!"前面有位大妈在叫喊。

彤云不紧不慢地走过去,将小长凳放在一棵大树下。

"磨把剪子多少钱!"大妈瞅着眼前的这个年轻女磨刀人问。

"两元。"

"抢把菜刀呢?"

"三元。"

"在深圳这地方,算便宜的。重要的是保证磨抢质量。"

"质量不好不给钱。"彤云笑着说。

大妈拿来四把菜刀,四把剪子,用藤篮装着,放到彤云面前。彤云一看,有把菜刀缺了几个口子,不能抢。大妈通情达理地说:"这刀是砍肉骨头的,抢不好没关系,抢一下总比不抢要好。钱我照样付。"

彤云开始磨剪子。大妈在一旁看,一边搭讪:"姑娘是哪里人?"

"湖南人。"

"从口音听出你是湖南人,我们是同乡啊!"大妈笑着说,"你怎么跑到深圳来抢刀磨剪呢?"

"家里一个小女孩被拐卖了,很可能到了深圳。"说完,停下手中功夫，从口袋里掏出放大了的佳佳的近照，双手递给大妈，问：

"您见过这孩子没有？"

大妈看着这张照片，笑着说："这孩子多漂亮啊！"她仔细地回忆着，最终摇了摇头，"没有见过。"

"你报过警没有？"

"报过了。"

抢磨完了，彤云少收一把抢菜刀的钱，但大妈不肯少付。

大妈收下了一张名片，记住了右耳背后有一颗小痣这一特征，然后说："我如果发现了，会立即打电话给你。"

乌云从北到南，渐渐布满了天空，柳树的柔条在空中飞舞，天淅淅沥沥地下起雨来。彤云站在大树底下躲雨。大妈对她说："姑娘，下雨了，等雨停了再走吧！"

彤云看看天，心想，这种雨不可能马上停下来，她决定沿着街边走。大妈见她执意要走，关爱之情与恻隐之心油然而生，跑回家拿来一把半新半旧的布伞，递给彤云，叮嘱道：你要保重身体。人地两生，你病了谁来招呼？"

彤云向大妈深深地鞠了躬。她打开地图，下一条路是人民公园路。她把小长凳扛在肩上，撑开伞，继续往前走，口里吆喝着：

磨剪子嘞……抢菜刀！

磨剪子嘞……抢菜刀！

磨剪子嘞……抢菜刀！

声音如泣如诉，传得很远很远……

第九章　发奋

　　小小哥哥十八龄，八年辍读学无成。阿姨带他找学校，如泣如诉进校门。如饥似渴学书画，志气高高别样情。诗词歌赋细心教，可敬阿姨一片心。

一

　　由于彩霞无微不至地照顾，江教授术后的康复进展得很顺利。到了三个月，已经能自穿衣服，扶着桌椅、门框慢慢地走动了。于教授扶着他来到久违的客厅。客厅被打扫得干干净净，玻璃、窗户、桌凳、沙发一尘不染，原来只悬在一口钉上歪斜了的大幅山水油画已被钉正，木地板擦得晶光瓦亮，并打上了蜡，卧室里都抹得干干净净，被子叠成了豆腐块，厨房里经过擦洗的用具放得整整齐齐，有条不紊。他坐到阳台的一把扶手椅上——平常他习惯于坐在这儿看书看报，看到米兰、茉莉的叶子返青转绿、厚实了一些，枝干粗密了一些，眼看又到了花期，开始散发出沁人肺腑的馨香；红紫薇也在盛开，枝头沉甸甸、密匝匝的球形花朵在迎风摇曳；耐旱的虎刺梅伸出布满锐刺的新枝，吐出鲜红艳丽的小花朵；天竺葵度过炎热的夏天，增长了枝叶，长势喜人，开出了第一批硕大的红花；君子兰对称地舒展着又宽又厚的绿叶，显得那么恬静、高雅，富有生气和力量。有几盆花在她来时已经干死了，彩霞将泥土从花钵里磕了出来，加了些有机肥料。将洗干净的花盆放在阳光下杀了菌。又从花卉市场买来好几种花苗，栽到盆里，现在已经发枝吐叶，有的开始打花苞了。多么细心能干的保姆啊，只要她的心到、眼到、手到，大千世界里许多的美能够创造出来！

　　江教授想到儿子为了孝顺父母，给他俩买了一辆上海大众牌轿车，可是长期停在车库里，没有用过，上面布满了灰尘。省城变了样，许多马路拓宽了，建了一些隧道，高楼林立，大小公园星罗棋布，物资异常丰富，垂钓场所大大增多……人越老，越想到省城以及附近一些改模变样的地方去转一转，看一看，散散心，开开眼界。和老伴商量，决定让彩霞马上学习开车。

彩霞异常高兴，上书店买了本《汽车驾驶知识》，翻开一看，主要内容是汽车驾驶方法的掌握、交通标志的辨认和对交通法规的理解。彩霞夜以继日地阅读着，在书上重要的地方画上了许多曲线和圈圈点点。几天几夜工夫，她把其中的图弄得一清二楚，能把其中的文字倒背如流。到医院体检，双目视力为1.5，辨色正确率达到百分之百。

彩霞怀着兴奋的心情到飞鹰驾校报了名，交了两千元培训费，开始进行机考训练。由于她对《汽车驾驶知识》里面的知识了如指掌，无论是对单选题还是多选题，她都对答如流。答完，一按鼠标，得到的尽是满分。她顺利地通过了机考关。

接下来是桩考训练。学员们几乎每天都要到桩考训练场参加训练。彩霞所在的训练组有四名学员，训练用的是吉普车。头发谢顶的庄教练是个中年人，为人正直，要求严格，心直口快。他不厌其烦地介绍了驾驶室内的机关及其所在部位，然后给学员们做示范动作：先踩离合器，再轻点油门，然后松开离合器，车子便开动了。庄教练让每个学员学试车。有个学员坐上驾驶台时，胸口像揣着只兔子，怦怦地跳，手慌脚乱，踩了离合器，却忘记了踩油门，汽车老是开不动，心里很纳闷。教练提醒他要踩油门，这个呆头呆脑的学员一踩油门，吉普车

"吱"的一声猛往后退,车上的人吓得尖叫起来。

这个学员蹙了蹙眉,噘了噘嘴,离开了驾驶席。

"你油门踩重了!"庄教练乜了他一眼,提醒说。

轮到彩霞试车。她从容自如地坐在驾驶席上,先踩离合器,后轻点油门,动作是那么协调,用力是那么适度,吉普车像匹被驯服了的马,徐徐地开动了。庄教练向她投过满意的一瞥。

庄教练叫大家抓紧时间练进库和倒库——把汽车倒进车位里面,然后在规定的几个动作内将车从一个车位移到另一个车位。彩霞不厌烦地反复练习这几个动作。车子常常压线,甚至倒不进去,移不出来。庄教练给她设置参照物。经过几天的刻苦训练,她已经能驾车进库和移库了。训练小组中,彩霞第一个过了桩考关。

礼拜天,到驾校来训练的人特别多,练车的机会少了。彩霞想:"自己为何不去练冷盘?"所谓"练冷盘",就是在驾校一楼走廊上设置了一排固定的驾驶盘,让那些上路行驶前不熟练的学员坐在凳子上,握着方向盘来回打盘子,使转方向盘的动作熟悉而连贯,让手的动作规范化。

一天午后,秋末和煦的太阳开始偏西,照得大地暖洋洋、金灿灿的。庄教练带着彩霞和另一位女学员上路了。那名女学员鬈发如云,眼戴墨镜,神色紧张,登上了驾驶台,踩动了离合器,又踩动了油门,连踩了好几次,吉普车一动不动。她焦躁起来了,脸涨得通红。

"忘记松离合器了!"庄教练大声提示。

这名女学员畏畏缩缩地松开了离合器,吉普车慢慢开动了，但是在公路上摇摇摆摆，走着"S"路，无法走出直线。她心慌了，庄教练直愣愣地盯着她，提醒说："像骑单车那样，朝前看！"

吉普车上了新修的六车道公路。路上阒无人迹，车子却开得慢腾腾的。庄教授皱了皱眉，说："动作不熟练，要领也掌握得不好。要练冷盘，要多看书。"

轮到彩霞试车了。她从容不迫地上了车，坐在驾驶席上，踩动离合器，轻点油门，然后松开离合器，吉普车继续在大道上行驶，时儿走着直线，时儿练习定点停车。

庄教练对她平静的心态、冷静的思维和灵活的手感感到十分满意，并示意她目视前方，还可加快速度。

"车速打到八十迈！"庄教练有把握地下达着命令。

"停！"吉普车"嘎"的一声骤停了。

"启动！"

吉普车又启动了。

"朝前看！"

"车速打到九十迈！"

"车速打到一百迈！"

路旁的房屋、树木、电线杆风驰电掣般地飞驰而过，吉普车好像在乘风破浪，飞跃向前。

前面是交叉路口，吉普车放慢了速度，拐了一个弯，走上了有行人和车辆的公路。一辆十轮大卡车装着满厢的钢条摇摇晃晃、慢慢腾腾地阻拦在公路中间。

"按喇叭！超车！"

彩霞揿动了喇叭，大卡车让出左边的一条道。吉普车迅速从左边超过了这辆大卡车。接着,又超过了好几辆货车和公交车。

吉普车开回了训练场,彩霞汗水涔涔地下了车,眼戴墨镜的那名学员也下了车。庄教练容光焕发、神采奕奕,对彩霞竖起大拇指,嘿嘿地笑着问道:"你过去学过车吗?"

"没有学过。"彩霞摇摇头。

"你是我最满意的学员。评优秀学员,我投你一票!你可以领到驾照了!"

五天后,彩霞到驾校兴趣盎然地领到了汽车驾驶执照,驾校领导还给她戴了一朵丝绸做的大红花。

回到家里,她把新车开到洗车场,洗刷一新,车身黑黝黝、亮铮铮的,人见人爱。

二

江教授病愈以后,彩霞最担心的,是坨坨今后怎么办?这是关系到他一生的大事。一个优秀的少先队员,人见人爱,见义勇为,一马当先,头部被歹徒砸伤,出现了学习障碍,老师说通过大量补课也无法跟上班,整天待在家里,已经八年了!一个人的一生有几个八年?一个人青少年时代有几个八年?不图他将来有多大的出息,但是做长辈的从舐犊深情、从亲情道义上讲,总得给他多一些爱,让他活得愉快,有意义,有长进,有奔头,以至于不虚此生。她决定去找江教授和于教授认真谈一谈。爷爷和奶奶也认为，问题的解决应该提到议事日程上来了。

江教授与相隔万里的儿子、儿媳通过几次电话，他们认为最好让儿子学点美术、书法、音乐，不要好高骛远。爷爷、奶奶也同意这个意见。

彩霞想：学些什么，应征求坨坨自己的意见，学起来才会有兴趣，大人可以启发，但不能越俎代庖。

为此，召开了一个家庭会。爷爷说："学音乐，要有感受音乐美的耳朵；学美术，离不开感受形式美的眼睛。"他记得坨坨小时候不大爱唱歌，也不爱器乐，而是爱画画。征求坨坨的意见，坨坨提出到音乐会听一听，到新华书店看一看。他被书店那些精湛的美术作品迷住了，特别吸引他的是那些精湛迷人的国画，包括十分引人的现代仕女图。他想，要是把彩霞阿姨这样心灵美、外表也美的女性描绘成现代仕女图该多好啊！还有一些书法，一些诗词歌赋，也是十分吸引人的。他决定将绘画、书法、诗词作为今后瞻望鹄立的方向，心心念念地成为一个美术工作者。

彩霞想，十八岁了，要入学了，不能老是叫"江坨坨"，应该有个好名字。江教授和于教授觉得彩霞说得有理，暂名为"江涛"，江教授喜欢单名。

彩霞说："取'江涛'不大合适，侯奶奶家有个'涛涛'，两人又经常玩在一起，叫起来会打混。"江教授和于教授觉得彩霞说得有理。

晚饭后，一家人到湘江边散步，望着涛涛向前的波浪，彩霞说："何不取名为'江波'呢？江波有江水不断向前的意思。

昵称'波波'也好听，富于音乐美。"江教授打电话征求儿子、儿媳的意见，他们认为取"江波"好。于是，彩霞带江波去派出所办理了更名手续。

　　彩霞领着波波到了悲鸿美术学校。这所美术学校是由一所小学改建而成的。学校规模不很大，但四周林木掩映，枝繁叶茂。花红叶绿的夹竹桃靠着围墙，紫薇花已经结籽，只有绿油油、红艳艳的石榴在开最后一批花。大门两边各长着一棵巨大的球形红檵木。整个环境优美宜人，像小公园似的。到传达室打听，是所全日制私立学校，上午上文化课，下午上专业课。全校二百多名学生，分成六个教学班，起点是初中毕业。校长姓杜，是一位胡子巴楂、为人淳善、忠诚厚道、乐于助人的著名美术家。

　　"是孩子想读书吗？"传达人员眼盯着江波问。

　　"是的。"彩霞点点头。

　　"开学已经三个多月了，想转学插班，难啦！刚才一位母亲带孩子来要求插班，恐怕也是白跑了一趟。你们进去问一问杜校长，他在办公楼校长室。"

　　彩霞带着江波穿过操场去办公楼，碰上那对母子从办公楼出来。他们在操场中擦身而过。母亲对儿子呵斥："十八岁了，书也不认真读，上课吵吵嚷嚷，晚上和双休日专门玩电脑，常常跟别人打架斗殴，严重扰乱了校规和教学秩序。你这样的学生，哪个学校也不会要，只好待在家里了。"

　　那个孩子横着眼睛，噘着嘴，一脸不服气的样子。

　　彩霞和江波来到校长办公室门口，见里面坐着一位胡子巴楂的壮年人，正在全神贯注地审视一幅图画。

彩霞轻轻敲了一下门。杜校长头也不抬地说:"我已经再三跟你们说了,我校不收插班生,坐不下。"

彩霞心里一惊:"我们还没有找校长,校长怎么会知道波波要插班呢?他也许以为我们是刚才要求插班的母子还在纠缠他吧。"于是她大胆地推开门,毕恭毕敬地问道:"请问,您是杜校长吗?"

杜校长这才抬起头来,仔细打量了一下来客,便放下手中的画,说声"快请进",忙着沏茶,然后问道:"你们找我,是关于孩子读书的事吗?"

"是的。"彩霞担心会被他否决,从江波入小学的时候讲起,一直讲到他见义勇为、勇斗歹徒、脑部负伤,如泣如诉地讲完了八年来的坎坷历程。

杜校长产生了怜悯之心,但心里冒出一个疑问:"既然脑部内伤失聪,学习障碍,怎么能学得进去?再说,开学时间超过了三个月,也跟不上班呀!"

彩霞猜出了杜校长心里的疙瘩,说:"江波这孩子很听话,规规矩矩,文文静静,爱画画,他会努力的。家长不抱过多的希望,但求学业上有进步,不让他蹉跎岁月,浪掷光阴。至于学费,该交多少交多少。"

双方沉默了好一阵。

"是这样,先进来试试,把上午的文化课改成专业课,由学校安排一位专业教师手把手地教,这样事半功倍。首先学素描。下午在家自学点文化课,诸如诗词歌赋和书法之类的内容,学完这个学期再说。"杜校长用征询的目光望着彩霞。

"学费呢?"

"暂时缓交。等学完这学期再说。从下星期一开始学素描。"

"谢谢杜校长。"他俩向杜校长深深鞠了一躬。

彩霞和江波走出校长室,走出校门。他们乘公交车到了一家大文具店,买了两把1B至8B、1H至8H的黑色铅笔,几把削皮刀、炭笔、木炭条、钢笔、几块软橡皮和硬橡皮、一叠素描纸、一块画板、一个画夹、几个文具盒,还买了一本学生字典、一本字帖、几本描红字帖和毛笔、墨汁,走出了文具店。然后,他们到新华书店买了几本关于素描和诗词歌赋方面的书。

彩霞原来读初中、高中的时候,就酷爱诗歌、书法和画画。她参加过全市中学书法和绘画比赛,几乎次次获得第一名。高中毕业后,她考上了一所美术学院,因为交不起学费,便辍学了。江波入学,彩霞自然成了他的语文、书法和美术的家庭辅导员。

三

初冬的早晨,省城笼罩在淡淡的雾里,太阳迟迟不肯出来,大地充满了寒意。

今天是星期一,彩霞和江波都起得很早。吃完早餐,江波背上昨天准备好的书包,由彩霞陪着,乘公交车到达了悲鸿美术学校。今天是八年来第一次上课,看来,学生的水平与教学的内容相差甚远，江波是否听得懂，是彩霞最关心的问题。

教室设在一间办公室内，一块黑板，一个讲台，下面有几张单人课桌和与之相配的木椅。看得出来，这间小教室是专为个别或少数学生上课或补课用的。

一堂奇异的美术教学课即将开始。教学是一对一：一位四十岁的女教师教一个十八岁的大男孩。彩霞是特地抽时间来旁听的，走进教室，看到墙壁四周挂的画，她仿佛回到了酷爱美术的青少年时代。

上课铃声响了，老师提着一篮讲课用的教具走进了教室。

"老师早！"彩霞和江波从座位上站起来，很有礼貌地招呼。

"你们早！"老师压压手，做了个请坐下的手势。

"你就是江波同学吧？"张老师微笑地看着江波，问道。

"是。"江波站起来，有礼貌地向老师介绍，"这是我阿姨。因为我八年来第一次上课，她特地送我来了解我上课的情况的。"

"欢迎你！"老师走下讲台，热情地向彩霞伸出了手。

"谢谢！"彩霞很有礼貌地握了握张老师的手，说道。

"我姓张，弓长张，叫张茜。校长委托我担任江波的专业课教师。"张老师微笑着作了自我介绍。

在彩霞的目光里，张老师一副鸡蛋形脸，一头乌黑发亮的鬓发，眉清目秀，两目熠熠发光，流露出慈祥、善良和母性的爱心；上穿大披领米黄色罩衣，下着深蓝色西裤，讲话从容不迫，面带微笑，对人和颜悦色，一副很有知识、很有修养的模样。

张老师给江波发了一本《素描基础知识》，讲课开始了。

"我们从今天开始学习素描。"张老师在黑板上写了"素描"两个大字，仿佛要把"素描"二字深深镌刻在江波心上似的。

"什么是素描呢？素描是指以线条表现物体、人物、风景、象征符号、情感创意或者构思的艺术形式。"张老师把这个定义写在黑板上，逐词逐句地讲解。

她怕江波听不懂，然后换个角度浅释了一下定义："素描是绘画的手段和门类，是用线条或明暗来塑造物象的一种表现形式。凡是用单一颜色绘成的作品都可以称作素描。"张老师拿出《素描基础教程》中的很多素描作品作了点示。

"素描是学习国画、油画、版画、雕塑、工艺美术等一切造型艺术的基础。学绘画，想当一个画家，首先要打好素描这个基础。"张老师把挂在教室墙壁上的国画、油画、版画和放在桌上的雕塑、工艺美术作品一一点示给江波看。"不想当画家的人，绘画没出息。"

"素描的工具是笔、纸张、橡皮。铅笔的笔芯有软硬之分。软的有1B至8B，硬的有1H至8H，HB是中性铅笔。素描纸要选择一定厚度、纸面坚硬、有利于擦改的纸张。素描用的橡皮一定要软，它去污力强，而且不容易损坏画面和纸张。"

"有问题没有？"张老师和颜悦色地望着江波，希望他能提出问题来。

她见江波没有举手，继续说下去："现在讲线条。素描主要靠线条来完成。线条大致可分为长线、短线、粗线、细线、软线、硬线、大弧线、小弧线、中锋线、侧锋线等种类。"张老师在黑板上画出一些线条给江波看，然后坐到江涛身边，按照书上的画法，手把手地教着画。江波花了三十分钟，在画纸上画出了若干线条。

张老师指着江波画的线条，微笑着说："左边这四组线条画得比较好，两头轻，方向一致，疏密匀称；右边的四组线条，相对差一些，第一组线画得太乱，第二组线上大下小，第三组线涂得太重，第四组线——布纹线画得呆板。握笔要注意方式，一般是把笔横放在拇指与其他四指之间。"张老师做出握笔的手势给江波看，一直让他掌握好为止。

"有什么问题吗？"张老师向江波扬了扬眉毛，问。

"没有。"

"说明你听得很认真。"张老师鼓励他。

"下面讲构图。一是静物构图。"张老师把黑板上的字和线条抹掉，在黑板上写下"静物构图"几个字，说，"一般要采取大配小、长配短、高配低，圆配方、深配浅的构图搭配方式。二是风景构图。"张老师把"风景构图"四个字写在黑板上，"一定要有起伏变化，要避免制高点如山崖、树木等出现在画面正中间，不要出现对称……"

"张老师，什么叫制高点？"江波问。

"绘画中的制高点，是指风景画景物最高的地方。这些景物不要出现在画面的正中间，要自然一些。"张老师指着挂在壁上的几幅风景画的制高点解释着说。素描的理论知识，暂讲到这里。下面休息二十分钟。

……

上午第三、四节课，开始学习动手。张老师提着一篮有一定造型意义的静物，放在讲台上，叫江波搭配。江波用了十种搭配方法，其中有一种是错误的，用又粗又短的木头搭配了大小一致的木头。张老师帮助他进行了纠正，改为长短搭配。

张老师在讲台上放了一个正方形木头，要求江波根据自己的视角，用线条描绘出来。江波画了十几个，都不成功。最后两组线条才画得比较好。对其余的，张老师都细心地、手把手地进行了修改。

张老师在讲台上放了一个椎形木头，旁边放了一只碗，要求江波根据自己的视角，进行素描。江波画了十多次，画了又改，改了又画，画出来也不逼真。最后还是张老师手把手地教，才画了出来。

张老师提醒江波，修改时，用口吹气和用手打掉的方法都不可取。因为吹气会有唾液喷出，用手打会留下手印和汗珠，只能用柔软的棉布轻轻掸打。

课讲完了，下面布置家庭作业：把教材上今天讲的内容复习两遍，一定要弄懂，记住重点。按排线要求，画出十组不同的线。

……

下午，波波在聚精会神、冥思苦索地复习功课。

彤霞问他："今天有没有不懂的地方？"

"有。"

"什么问题。"

"平行透视是什么意思？"

彩霞说："任何形态复杂的物体，都可以归纳成一个立方体。这个立方体的正前面与视平线平行，这种透视现象叫作平行透视。我们眼睛前面假设有一条水平线,我们称它为视平线。我们站得高,视平线也高。相反,我们蹲下来时视平线也随着低了。"

彩霞的话犹如醍醐灌顶,使波波幡然醒悟。

"你课堂上听不懂的地方,为什么不问老师呢?"

"我怕问错了。"

彩霞想,一对一的教学方式,最便于提问了。不过也难怪波波,他有八年没上课,没跟老师打交道了。今后,要克服他思想的畏怯心理,鼓励他敢于向老师提出问题来。

晚饭后,江教授和于教授向彩霞询问波波听课的情况,彩霞微笑着说:"波波并不笨。尤其在一教一的情况下,进步会很快。只要有恒心,素描、速写乃至国画都是可以学会的。"

晚上,江波在做家庭作业。他根据教材上讲的长线、短线、粗线、细线、软线、硬线、大弧线、小弧线、中锋线、侧锋线一组一组地逐一画出来,有的画了又改,改了又画。彩霞在一旁帮助他如何下笔,如何排线。十组不同的线画完,已经十二点了。江波感到收获不小。

月挂中天,月色溶溶,万籁俱寂。江波感到有点累,打了一阵太极拳,欣赏着"床前明月光"的优美意境,才开始上床睡觉。

四

这是第二天的美术课。张老师首先检查江波的家庭作业。十组不同的线条,大体上两头轻、方向一致、疏密均匀、自然有序、没有头重脚轻、方向不一、呆板等现象。张老师肯定,江波画这些线条是下了不少工夫的,而且看得出来,彩霞阿姨起了重要的指导作用。张老师对江波完成的这些作业感到满意。

"今天,讲单个石膏几何体的作画步骤。"张老师说。

"张老师,什么叫几何体?"江波一开始就遇上了拦路虎。

张老师见江波问中了一个关键问题,非常高兴地解释说:"几何体是指中间的有限部分,由平面和曲面所围成,如棱柱体、正方体、圆柱体、球体,也叫立体。"张老师从篮子里拿出这些形体各异的几何体给江波看,说明它们是立体而不是平面。

"先讲正立方体。"张老师拿出一个正立方体的石膏放在讲台上,指点着说:"一个六面体通常可以看见几个面?对,三个面:受光的亮面、背光的暗面、半明半暗的中间面。画好三个面,再加投影。投影往往离物体越近越深,边线也越清楚,渐远渐淡,边线也就逐渐模糊。是不是这样?"

"是这样。"

"第一,定点定位。考虑构图,确定正方体在画面中的位置,整体观察比较和分析结构中的画出比例。第二,大体轮廓。根据正方体的比例关系,用轻淡的长直线画出基本形状,注意透视关系。"

"张老师,这种透视关系是什么?"

"这种透视关系是:靠前边的面要宽一些、高一些,靠后面的面要窄一些、低一些。第三,形体的结构关系。从形体的立体空间出发,进一步分析正方体的结构。运用线条的轻重、粗细、虚实来表现形体的连接关系。第四,明暗调子。从整体的明暗关系中明确受光的亮面、背光的暗面、半明半暗的中间面。从正方体的明暗交界线入手铺设暗面和阴影,画面表现出大的明暗关系。第五,深入刻画。从局部入手,画出背景的灰调子,衬托出正方体,使形象的黑、白、灰层次丰富,虚实关系更明确。第六,调整。从整体的色调中塑造出准确的形体,使色调和谐,表现出强烈的体积感、空间感。"

张老师一边讲解,一边在黑板上画,还不时进行指点,一个正立方体便出现在黑板上。江波基本听懂了,心里很高兴。

休息二十分钟后,再讲球面体。

张老师从篮子里拿出一个大家都熟悉的圆球放到讲台上,把江波叫到台上,将黑板当画纸,一边说,一边手把手地教。"圆球体的作画步骤:第一,定点定位。从整体观察和分析圆球体的结构。画球体,第一步要画出一个正方形,根据构图需要用直线在画纸上定出最高点、最低点以及等量长度的宽,注意构图的位置重心在纸张的中心偏上。"张老师讲得慢,一边说,一边在黑板上指导定点定位,并指出构图位置的重心。

"第二,大体轮廓。圆的长宽比例相等,只要画出中心轴线，再用轻淡直线依法逐步削去共角。注意，画图一定要用直线来画，不能用弧线来画。画出中心轴线，然后用轻淡直线依法削去正方形的角。"张老师示范着说。

"第三，形体的结构关系。从圆的立体空间出发，进一步分析它的结构。运用线条的轻重、粗细、虚实来表现出圆的结构和明暗，并画出投影的形。在球体上明暗交接线是一个弧形，同样用短直线相衔接来表现这一弧形明暗交接线。"张老师讲一步，让江波在黑板上画一步。

"第四，明暗调子。在光线的作用下，从球体整体的明暗关系明确受光的亮面、背光的暗面、半明半暗的中间面。在施加明暗时，把处于暗部的包括明暗交接线、暗面、反光和投影统一起来画。

"第五，深入刻画。从局部入手，从明暗交接线等地方逐步加以强调，使之在统一中寻找变化、对比关系。在亮面靠近明暗交接线的地方，其表现应由靠近明暗交接线到高方向依次减弱，并始终使其明暗度高于暗面，高光的地方留白，使形象的黑、白、灰层次更丰富，虚实关系更明确。"

画到这里，黑板上的圆球体便表现出来了。

"张老师，在画的过程中，用怎样的办法体现球的体积效果呢？"

"这个问题提得好。"张老师夸奖道，"为了表现球的体积效果，可以强调明暗的对比，特别是明暗交接线的表现。事实上往往画得比看到的调子要重些。这是因为铅笔的表现力度远远达不到光照的效果。调整在整个绘画中是很重要的一步，在前面局部的刻画中，难免会出现和整个调子不和谐的地方。"

"这种不和谐的地方有哪些？"

"这种不和谐的地方，或者是刻画不足，或者是刻画太多，甚至是某些局部的形体不够准确。在调整过程中，要针对这些进行修改。

"最后，完成。画面色调和谐、造塑准确、刻画生动，表现丰富而细腻。"

"今天的课就讲到这里。还有什么问题吗？"张老师向江波扬了扬眉毛问。

"张老师，用圆规画圆既简单，又准确，不是更好一些吗？"

"圆规是机械几何用具，用圆规不能锻炼眼力和塑造形体的能力。谁要是用圆规塑造形体，我就用教鞭敲谁的脑袋。"张老师微笑着，装出要用教鞭敲脑袋的样子，引得江波和彩霞笑了起来。

张老师布置了家庭作业：画一个正方体和一个圆球体。

五

周六上午，江波要练毛笔字，学习一首诗歌；下午要开展一次户外活动，枯水季节，一般是去湘江捡垃圾，保卫母亲河。

现在，彩霞正检查波波上次的临摹。看完以后，开始讲评。

"'春'字上部要求三横渐长、撇捺开张；你写的'春'字上部三横一样长。'目'字要求间距相等，你做到了，但上重下轻。'月'字应上紧下松，你写出来的'月'字上下都一样。'皮'字应撇带钩，呼应下笔，内紧外松；你写的'皮'字内外松紧一个样。'吏'字应三横一翘、竖撇靠紧，反捺尽可能靠上；你写的'吏'字三横平展，反捺也没有靠上。'广'字应横向上翘一撇外拓；你写的'广'字一横没有上翘，一撇也没有外拓，多难看！'门'字两竖要内敛，这一点没有做到。'黑'字四点中，除外面两点略粗，中间两点略小以外，一点比一点高；你写出的四点大小一样，写成了一样高。这些地方要改正。不过，总的来说，比上次临帖有进步。

"今天，学习字体结构，包括独体字、左右结构字、左中右结构字，上下结构字、上中下结构字、包围结构字和合体结构字的结构方式和运笔方法。

"先说独体字。如'元'、'天'、'石'、'水'、'下'等字，要多关注间距相等、上紧下松、重心对称。二、左右结构。如'野'、'相'、'取'、'那'、'好'等字，都是左右结构，写的时候，注意向内的笔画缩短，向外的笔画加长，并注意左右对称。三、左中右结构。如'挺'、'谢'、'鸿'、'聊'、'准'等字，注意的方法仍然是内短外长、左右对称，在左右结构的左边或中间或右边加一个边旁。四、包围结构。是指一个偏旁的两边、三边或四边包围起来。如'同'、'日'、'南'、'周'、'田'等字，包围的偏旁要加主导作用，而被围的部分要配合，这样才能收放自如，张弛有度。

"书法讲究苍劲有力，入木三分。我国晋朝著名的书法家王羲之的字苍劲有力，俊秀挺拔。他少年时天资聪颖，练字极为刻苦，走路时也想着字体的结构与气势，而且不停地在衣襟上比画。天长日久，连衣服都画破了。据说，他每次写完字后就到池塘边洗笔砚，时间长了，连池塘里的水都变黑了。

"一次，皇帝到北郊祭祀，让王羲之写好祭辞，并派人雕刻。雕刻家在木头上雕刻时非常吃惊，王羲之写的字，笔力竟然能进入木头三分多深。雕刻家赞叹道：'将军之字，真是入木三分！'后人用'入木三分'来形容书法笔力强劲。"

彩霞叫江波临摹她例谈的各种结构的字体，每字各写十个。

……

休息半小时后，彩霞给波波讲授一首汉乐府诗。

长歌行

青青园中葵，
朝露待日晞。
阳春布德泽，
万物生光辉。
常恐秋节至，
焜黄华叶衰。
百川东到海，
何时复西归？
少壮不努力，
老大徒伤悲。

"'乐府'原是汉代朝廷设置的音乐官署,主要收集民间诗歌和乐曲。后人把这类民歌或经由文人仿作的诗歌称为乐府诗。"

"'长歌行'是什么意思?"波波问。

"'长歌行',古代诗歌的一种体裁。'长歌行'是歌声较长的一种。'汉乐府'是汉代乐官从各地采集的民歌。"

"'葵',指向日葵。'青青园中葵':园里的向日葵长得郁郁青青。'晞':晒。'朝露待日晞':早晨的露珠等待阳光来晒干。'阳春':阳春三月,泛指春天。'布':散布。'德泽':恩德,指大自然赐给万物以阳光雨露。'阳春布德泽':阳春三月,雨露滋润,阳光普照。'万物生光辉':世上的万物阳光普照。'恐':担心。'常恐秋节至':常常担心寒冷的秋天到来。'焜':明亮。'华':花。'焜黄华叶衰':到那时草木花叶都要衰败。'川':河流。'百川东到海':所有的河水向东流入大海。'何时复西归':什么时候能够向西流?'少壮':年轻的时候。'少壮不努力':年轻的时候不努力。'徒':白白地。'老大徒伤悲':到老了、年纪大了只有白白地伤心后悔。"

"现在,你把这首诗歌朗读三遍,然后用白话解说一遍,说出它的主要意思。"彩霞说。

"用白话文解读,就是:'园里的向日葵长得绿油油的,非常茂盛,清晨的露珠亮晶晶期待着太阳。温暖的春天雨露滋润阳光普照,世上万物欣欣向荣。常担心寒冷的秋季就要到来,那时草木花卉都衰败枯黄。所有的河流都向东流入大海,什么时候能向西流?如果年轻的时候不努力,到老了只有白白地伤心后悔。'"波波解说道。

"解读得好。"彩霞鼓励道。

"这是一首……"波波翻动着眼珠在想。

"这是一首劝学诗,是借什么来比什么?"彩霞补充道。

"是借百川归海一去不回,比喻时光匆匆流逝,劝世人要珍惜时光,有所作为。"

彩霞说:"回答得好,说明你读懂了,记住了。"

下午三点,开始户外活动——保卫母亲河,这是彩霞阿姨和丹霞阿姨规定的。涛涛提着一只塑料袋,拿着一把火钳,来到江波家门口,对着门缝里吹了声口哨,江波立刻从门口蹦出来,手里拿着火钳和一个大塑料袋。

眼下正是严冬,河水不断下降,不少地方露出了沙滩,各种朽木、罐头筒等随着露出了水面。朔风一吹,太阳一晒,泥沙干了,上面可以走人了。

今天天气特别冷。为了御寒,两位阿姨事先叫江波和涛涛准备好羽绒服、手套和口鼻罩。到了下午,乌云满天,天空黑沉沉的,北风呼啸着,不时"叮叮当当"下起了冻雨,在地面上打着滚。波波和涛涛的手脚都冻僵了,他们蹦着跳着,与寒冷顽强地斗争着。一个多小时,大小垃圾袋装满了垃圾。他们背着沉重的垃圾袋,回到岸上,把垃圾倒入垃圾站,又拿着空袋往河滩上走。

一会儿,波波发现河沙上面有一枚古币。他高兴极了,用火钳把沙扒开,从河沙里挖出二十几枚铜钱。他小心翼翼地把这些铜钱倒到涛涛的小垃圾袋里。接着,他们发现河沙上露出一个碗底,用手慢慢地挖,挖出了六件瓷器,有瓷碗、瓷杯、瓷壶、瓷瓶等,里面塞满了河沙,他们把这些河沙倒出来,把瓷器外面的泥沙抹干净，可以看见外面蓝色的花纹，还有几个对称的字，但他们一个也不认识。

一会儿，江波在拾垃圾的时候，发现有一件东西被河沙埋住了，河沙外面露出一个角。波波抓住角往上一提，扯出一个荷包来。波波把荷包擦干净，但拉链生锈了，拉不开，只好把它丢入涛涛的小垃圾袋里。那些瓷器装进了波波的大塑料袋，波波怕它们碰坏，把塑料袋口扎紧，不让它们碰撞，小心翼翼地扛在肩上，扛回了家。

彩霞把瓷器和荷包洗净擦干，将荷包剪开，发现里面有百元一张的人民币共一百零二张，两个金戒指金光闪闪，一大串钥匙大都生锈了，只有一张身份证秋毫无损。上面的照片很像张茜老师，姓名也是"张茜"，年龄也相当。这是怎么回事？……这古币是什么时候的？中间几个是什么字？这瓷器是什么时候的？上面是些什么字？波波和涛涛看了一阵，两人面面相觑，谁也说不出来。彩霞阿姨说："这是清朝乾隆时代的瓷器和铜钱。"波波问爷爷，爷爷也说是乾隆时代的，铜钱上有"乾隆通宝"四个字，瓷器上有"乾隆御瓷"四个字，都很有收藏价值，也可以拿到古董商店卖钱。

彩霞和丹霞在一家小古董店打听了一下这些瓷器的价格，做到心中有底，然后由彩霞开车，和丹霞来到一家大古董商店，将瓷器和铜钱拿出来卖。古董商店老板反复观赏了这些瓷器，又用指头弹了弹，瓷器发出清脆悦耳的声音。

"你们愿出什么价钱？"彩霞问。

"十万。"

"这是乾隆御瓷，十万我们不卖。"彩霞摇摇头说。

"最多十二万。"老板让了一步。

丹霞说:"我们去过一家古董店,他们愿出二十万,我们还不肯卖呢,我们走吧!丹霞做出收拾瓷器的样子。

"好,作十四万卖出,总可以吧?"老板急了,又让了一步,问道。

"十四万元我们也不卖!"彩霞摇着头。

"十六万,总可以了吧?"老板不想放弃这笔生意。

"十八万我们也不会卖!"彩霞说完,和丹霞把瓷器往袋子里装。

"好好好,就二十万。这样,我赚不到几个钱了。"

彩霞把丹霞叫出古董店,两人咬了一阵耳朵,然后又走进古董店。

"二十万就二十万,卖了算了。"彩霞说。

老板拿出二十万元现金交给彩霞。俩人告别了店老板,开车往回走。

到了家,波波和涛涛听说瓷器、古币共卖了二十万元,高兴不已。

"这些钱怎么办呢?"涛涛问。

"交给家长吧?"丹霞说。

"十万元每人一半。这是波波和涛涛第一次的劳动成果,应该奖励他们。建议分别以波波和涛涛的名义存入银行。波波的存折由彩霞保管。涛涛的存折谁来管,由丹霞她们决定。"爷爷说。

"我存的钱请丹霞阿姨保管,奶奶是不会反对的。"涛涛说。

波波和涛涛一下子成了十万元"富翁",看他们兴高采烈,张口大笑!

第二天上午,彩霞到悲鸿美术学校找到了张茜老师,彼此热情地打了招呼后,彩霞面带微笑地问道:"张老师,你过去丢失过什么东西没有?"

"丢失过。一万零二百元现金,两个金戒指,一个身份证,还有一大串钥匙。是在轮船上丢失的。事隔半年了,你们怎么问起这件事?"

"昨天下午,江波和他一个六岁多的小朋友到湘江里面捡垃圾,保卫母亲河,捡到一个荷包……"彩霞把整个过程讲述了一遍。

"那是我回老家探亲,在开船后发现丢失了荷包。估计是在上船时丢失的。当时,我急得六神无主,至今还没去补办身份证呢!太感谢你们了!说起来,这简直是'天方夜谭'!我拿出两千元给波波还包括那位小朋友,表示感谢!"张老师笑着说。

"拾到不认识的人的钱,应该千方百计交还失主,何况是学生捡到老师的钱,更应该交还了。"彩霞坚决谢绝地说。

张老师送走彩霞,心想:"天寒地冻,拾垃圾,保卫母亲河,这是别人想不到、做不到的,阿姨们想到了,波波和一个六岁多的小朋友做到了;拾金不昧,物归原主,别人很难做到,江波他俩也做到了。他们的心灵和他们阿姨的心灵都是很美的!"

第十章 迎春

北风吹，雪花飞。红梅花儿开，香飘云天外。大红灯笼高高挂，春联、窗花家家贴。家家户户贺新年，鞭炮齐鸣。举行迎春会，迎接新春来。

一

悲鸿美术学校在农历十二月二十四日放假。那天,彩霞特地到悲鸿美术学校拜访了张茜老师。张老师见彩霞到来,十分高兴,把她带到自己的办公室里,请坐,给彩霞泡上茶,笑逐颜开地说:"江波进步快。刚来时,学习很吃力,曾经躲到门后面哭过几次鼻子,但他毕竟坚持下来了。到校比别人早,离校比别人晚,素描一次比一次好。有人说他智力障碍,学不会画,事实说明,他能学会,只是下工夫比别人多一些。品行评定得满分,期终考试得了七十分,而且是校长亲自计的分,不错了啊!当然,你在家里辅导,功不可没!"说完,张老师乐呵呵地笑起来。

"书法也有进步。"彩霞高兴地说,"每周要练四个小时。开始是描红,现在临摹,效果不错。还学会了四十多首诗词歌赋,能理解、能背诵、能默写。"

"那当然是你教出来的成果啰!"张老师笑道。

"不是教,而是跟他一起学出来的。张老师,江波想学速写,可不可以?"彩霞笑着问道。

"当然可以。速写和素描是相通的。速写,顾名思义,就是快速写生,它是基本的造型手段。学了素描的人,想学速写是必然的。"张老师笑着答道。

"什么时候开始学习速写?"

"农历正月十五日开学,学校正式开办速写班,要波波提前三天来校报名,交三百元学杂费。"

"要先准备些什么学习用具?"

张老师怕彩霞记不全,把要添置的速写用具写在纸上,递给彩霞,说:"有这些东西就差不多了。用完了,还可以买嘛!"

彩霞谢过张老师,起身告辞,走出了张老师的办公室,走出了这所可爱的美术学校。

豆豆告诉爸爸妈妈,春节回乡休六天假,正月初六回到奶奶家。她想,她离开奶奶家之前,要做一次大扫除,交足电费、燃气费和水费,准备些米、面条、油、菜和各种佐料。

春节前几天,爸爸的园艺场来了一批苗木,要在春节前发到各订户。这批苗木中,最珍贵的要算日本樱桃和南京红梅。丁教授住十栋一楼,周围有六十平方米的"自留地",允许住户种植自己最喜爱的花木。丁教授与豆豆商量,在自己住宅前后栽植四株红梅和四株樱桃。丁教授坚持要栽种红梅的原因,除了她喜爱红梅优秀的品格之外,还有一点:她英年早逝的女儿跟母亲姓,叫丁红梅——为了纪念她英年早逝的爱女。

这批苗木名贵、整齐、土球大,树有三米多高,枝干粗壮,耐寒能力强,适合冬季栽植。

园艺场来了两名员工,运来了两种树木共八株。奶奶热情地接待了他们。他们根据奶奶和豆豆的设计,屋前栽四株樱桃,屋后栽四株红梅。两位员工用锄头挖了八个坑,植苗、填土、浇水,步步都十分细致周到,豆豆也累出了一身汗。

"请问两位师傅,这红梅什么时候开花?"奶奶含着笑问道。

"这种红梅春节期间开花。"

"这樱桃什么时候开花呢?"

"三、四月,两株早开,两株迟开。"一位年纪较大的师傅介绍说,"这八株树,树干粗壮,枝条繁茂,树形优美,长势喜人,不愧为优良品种。"

除夕的前一天,豆豆挽着菜篮子,跟奶奶到了菜市场,叫奶奶选自己最爱吃的菜。买下杀死并清洗干净了的两只鸡婆、前腿猪肉、五花肉、腊肉、鲢鱼、黑木耳、西蓝花、胡萝卜、红菜苔、大蒜等,整整一篮一袋,都是豆豆一个人提回来的。天寒地冻,一般菜都不必进冰箱,放到晒衣阳台上就行。从除夕开始,到初五的菜,都准备好了或者做好了。已经做好的菜,到吃饭前加热,再炒一两样小菜就可以吃,既省时又省力。

已经是除夕下午一点了,豆豆将奶奶给的钱放进提包,提着奶奶送给爸爸、妈妈的两桶中老年奶粉、两大瓶蜂蜜、一些蜂胶和自己买给父母的衣服、鞋袜、糖果,站在坪里一边等彩霞和丹霞,一边向后面的奶奶挥手告别。她舍不得走,舍不得离开亲爱的奶奶,舍不得离开这第二个家,她一走,就没人招呼奶奶了,只留下奶奶一个人,孤孤单单,叫人牵肠挂肚。

彩霞和丹霞在除夕前几天贴上了春联和窗花,又忙着采购过年的物资:猪肉、腊肉、鱼、腊鱼、鸡、鸭、做好的肘子、扣肉及各种蔬菜,还有过年招待客人的花生、瓜子、核桃仁及各种水果和点心。另外,自己也要给父母、孩子带些吃的、穿的、用的、玩的。临走前,丁教授、于教授和侯奶奶还给她们家里的老人和孩子赠送了各种各样的礼物。因此,除夕回家,赤霞村的保姆们背上背着、肩上扛着、手里提着吃的、穿的、用的、玩的各种东西。

车不等人。彩霞、丹霞走出门来,向目送她们的人们挥手告别,跟着豆豆一道,去赶省城通往赤霞河的午后第一班车。

……

在车上,豆豆告诉彩霞和丹霞:奶奶约定正月初七晚上七点半在她家举行一次小型迎春晚会,邀请江教授、于教授、严副局长、钟医生、叶奶奶、侯奶奶、林总编、叶校长、彩霞、丹霞、巫丹和波波、涛涛、茜茜参加,奶奶要豆豆初六回省城。

二〇〇八年的新春佳节像欢乐、慈祥的老人姗姗而来。赤霞村几乎家家户户贴上了春联和倒贴的"福"字。不少人家张灯结彩,迎接新春佳节的到来。大人们穿着新的、平时舍不得穿的干干净净、暖暖和和的衣服,孩子们穿上了温暖、漂亮的新装。几乎家家户户杀猪、宰羊、做糍粑、做年糕、做甜酒,自己享用和迎接外出归来的亲人。

赤霞村的保姆们带着孝敬长辈、疼爱孩子的礼物走进了各自的家门。顿时,这些家庭热闹起来。

彩霞的爸爸捧着一瓶茅台酒、一瓶五粮液笑眯眯的,一个劲儿地看,一个劲儿地闻,却舍不得喝;彩霞的妈妈穿着暖温温、软绵绵的羊绒衣笑得合不上嘴;丹霞的爸爸捧着一瓶茅台酒、一瓶剑南春小心翼翼地放进食品柜,加之穿上了崭新的棉皮鞋,夸奖女儿一片孝心;丹霞的妈妈穿上暖烘烘的新棉袄连声说"又合身、又暖和";灿灿、盼盼和蕊蕊穿上大红大绿的羽绒衣,脸上漾起了小酒窝;豆豆的爸爸妈妈捧着一瓶茅台酒、一瓶五粮液、两桶中老年奶粉、两大盒蜂胶和蜂王浆乐开了怀。蕊蕊手搂着玩具小熊猫，跟着彩霞转，要妈妈抱，要跟妈妈睡，要妈妈讲故事。

丹丹没有回赤霞河，因为她在赤霞村可以说没有家。她现在所在的地方是她的第二个家。春节前，她买好家里过年的物资，做好了一些过年的饭菜，还要给钟老和钟医生按摩，晚上要给茜茜讲故事，忙得不亦乐乎！

彤云还远在天涯海角，爸爸妈妈很想念她，她也很想念爸爸妈妈，自责过年没有尽女儿的孝心。通过几次电话，父母才放下心来，他们相信自己的女儿吃苦耐劳的优秀品德和聪明才智。

除夕之夜，外出务工的都回家了，家家户户欢聚一堂，吃团年饭，谈各自的收获和来年的打算，交换来自四面八方的信息，说不完的心里话，道不完的亲情。

下雪了，小雪花纷纷扬扬，洒满了地面，落满了枝头，赤霞村成了银白色的世界。梅树枝头绽开了红色花朵，香气洋溢在赤霞村这个美丽的世界。

忙碌的春节，欢乐的春节，喜庆的春节，祥和的春节！

二

正月初六下午两点，豆豆回到了奶奶家。她远在门外，就听到奶奶在弹钢琴，弹的是歌剧《江姐》中的主题歌《红梅赞》的曲子。她轻轻地开了门，亲切地叫了声"奶奶！"琴声停了。奶奶走到厅里,见豆豆被北风吹得面红耳赤,双手冻僵了,忙给她打开热水龙头,洗脸泡手,关心地问道:"家里的人都好吧?"

"都好。"

"今天车上的人很多吧?"

"多,大都是些外出打工的人。您这几天还好吗?"

"好!高兴!怎么又送来这么多东西?"奶奶望着豆豆带来的土鸡、土鸡蛋等土特产说。

"这些鸡没喂速效饲料,爸爸、妈妈要我带给您尝一尝。"

"太客气了!"奶奶笑着说。

"明晚的客人都会来吧?"豆豆关心地问。

"估计都会来。我已经把糖果点心准备好了。你抽时间练练琴,拉好晚会准备的几道曲子,如歌剧《江姐》中的主题歌《红梅赞》、李焕之的《春节序曲》、电视连续剧《一剪梅》中的主题歌《一剪梅》、茅沅的《新春乐》等。"

初七夜七点,天又下起了小雪花,红梅花对雪怒放,清香扑鼻。彩霞、丹霞和丹丹带着波波、涛涛、茜茜提前到达。他们是来准备场地的,将客厅里的沙发、桌子搬到一边,把钢琴搬到厅前一角。

厅里、卧室里、养花阳台里的灯光全都亮了,空调也已全部开放,屋子里变得暖温温、亮堂堂、香喷喷的。这种香,是大自然的精灵。

被邀的客人们到齐了,相互祝贺新年快乐,身体健康;孩子们亲热地叫着长辈,高兴地吃着糖果。丁教授向来的大人们一一打躬作揖,祝贺他们身体健康,新年快乐。

首先，她说了一些感谢友好邻居关心、照顾的话，表示为此开一个小小的迎春晚会。厅里响起一片热烈的掌声。江教授、林总编和严副局长也作了简短的、热情洋溢的讲话。

掌声中，开始表演文艺节目。

第一个节目是歌剧《江姐》主题歌曲《红梅赞》，首先由豆豆用小提琴独奏。豆豆将小提琴调好音，站到厅中央，向大家深深鞠了一躬，左手握住琴颈，用下巴抵住小提琴的腮托，随着奶奶的钢琴声，右手用力拉起琴弓，让它亲吻琴弦，左手手指轻巧灵活地舞动着。小提琴发出高亢悦耳的声音，那淡淡的清香仿佛飘上云天之外，呼唤着春天的到来，唤醒百花盛开。琴声进入了博大精深的情感意境，进入了物我两忘的精神境界。

接着，是叶校长的女高音独唱，丁教授的钢琴伴奏和豆豆的小提琴伴奏：

红岩上红梅开，
千里冰霜脚下踩。
数九寒天何所惧，
一片丹心向阳开。
红梅花儿开，
朵朵放光彩。
昂首怒放花万朵，
香飘云天外。
唤醒百花齐开放，
高歌欢庆新春来。

唱毕，叶校长向大家鞠了一躬。厅里响起热烈的掌声。

第二首是李焕之的《新春序曲》，丁教授和豆豆拉动琴弓，有力地描绘了陕北春节中热烈欢快的大秧歌概况，有闹秧歌的锣鼓声、歌声、秧歌舞，出现了灵巧自如的穿花场面。第一部分像陕北民间的唢呐和锣鼓声，第二部分为亲切悠扬的陕北秧歌调，第三部分再现了上述欢乐喜庆的情景。

拉完此曲，厅里响起了热烈的掌声。丁教授和豆豆向大家鞠了一躬。

接着，白洁、彩霞、丹霞和丹丹合唱电视连续剧《一剪梅》的主题歌曲，丁教授用钢琴伴奏，豆豆用小提琴伴奏：

真情像草原广阔，
层层冰雪不能阻隔。
总有云开日出时候，
万丈阳光照耀你我。
真情像梅花开放，
冷冷冰雪不能淹没。
就在最冷枝头绽放，
看见春天走向你我。
雪花飘飘北风啸啸，
天地一片苍茫。
一剪寒梅傲立雪中，
只为伊人飘香。
爱我所爱，无怨无悔，
此情长留人间。

唱毕,彩霞、丹霞、巫丹向大家鞠躬致谢。厅里响起了热烈的掌声。

接着,丁教授和豆豆用小提琴合奏了茅沅的《新春乐》。琴声欢乐的旋律表现了江南人民欢度新春佳节的热闹场面。奏毕,丁教授和豆豆向大家鞠了一躬。厅里响起热烈的掌声。

最后,林总编和严副局长演唱了电影《冰山上的来客》中的《怀念战友》,丁教授用钢琴伴奏,豆豆用小提琴伴奏。演奏完毕,林总编和严副局长向大家鞠躬致谢,厅里响起了热烈的掌声。

最后跳交谊舞。厅里的灯光暗下来。第一首是贝多芬《G大调小步舞曲》,速度中庸,风格雅丽,人们成双成对,步伐优美,舞速轻盈,难以言喻。第二首是华尔兹——约翰·施特劳斯的《蓝色的多瑙河》。旋律流畅,节奏鲜明,两人成双成对旋转,如波似浪,动作优雅,意蕴无穷。第三首是探戈,阿根廷的一首双人社交舞,行板速度,步调旋缓,动作优美流畅。三首曲子由丁教授用钢琴伴奏,豆豆用小提琴伴奏。

跳完交谊舞,厅内明亮起来。大家休息了一会儿,依次到养花阳台赏花。里面的米兰、茉莉花正在盛开,芳香扑鼻;天竺葵花红似火,绿叶扶疏;君子兰张开厚厚的、绿油油的宽叶,伸出硕大的金色花;茶花开得正浓,白兰花洁白如玉,大红和洋红的三角梅居高临下,俯瞰着下面的群花。阳台上可以调光、调温、调湿。这里没有四季之分,只有春天。阳台中央放着两把白色扶手椅,中间一张柚木圆桌,看书、看报、谈话、拉琴都很方便。江教授对豆豆说:"你奶奶这个家,一改昔日的寂寞,变得热闹起来,充满了朝气。你奶奶也变得年轻了,真是青春重返，梅开二度！"

彩霞、丹霞、丹丹、豆豆把钢琴桌椅物归原位。

送走客人，奶奶和豆豆兴致勃勃地在屋外徘徊。

小雪花还在飘，梅花正在报春……

三

农历正月十五日，悲鸿美术学校正式开学，师生团聚拜迟年，这也是迎春的尾声。

开学前，彩霞带领江波到一家大型文具店去买速写用具。彩霞从衣口袋里掏出张老师写的速写用具名单，来到文具柜买了铅笔、炭笔、木炭条、炭精条；接着又买了常用工具圆珠笔、钢笔和大小不同的毛笔；然后买了速写设计使用的绘画工具，包括彩色铅笔、色粉笔、油画棒、马克笔；最后买了硬橡皮、软橡皮、素描纸、速写纸、水彩纸、水印纸、打印纸、速写夹、速写本等。此外，到市新华书店选购了几本关于讲解速写知识的书，买回来就迫不及待地阅读。

速写工具买齐了，江波非常高兴，他又可以另辟蹊径，行将迈上学习速写的阶梯了。

悲鸿美术学校速写班授课时间是四个月，任江波速写课的仍然是张茜老师——南国出色的美术家。教室里三十名学生，清一色的少男少女。张老师高高兴兴地走上讲台，首先向大家祝贺新年快乐。然后，给每个学生发一本速写教材。

"同学们，我们开始学习速写。速写，就是快速写生，它属于基本的造型阶段。'速'指的是快速，描绘时间不宜长；过长就不是速写，而是慢写啰！'写'就是画，指的是描绘。既然如此，我们怎样解释速写呢？"张老师问道。

"我们可以将速写解释为运用简练概括的笔调描绘对象的形态、动态、神态等特征的绘画形式。"江波站起来严肃认真地回答。

"江波答得对，只是要说明'在较短时间内'。同学们再想一想，速写的目的是什么？"张老师用目光注视着大家。

"目的是培养自己对生活的敏锐观察力和得心应手能力。"又是江波认真地回答。

听到这个回答，张老师频频点头，脸上笑容可掬。她接着说："速写与素描有许多相同之处：使用工具绝大部分相同，画的颜色都是素色，都是基本的造型手段。它们的不同之处在于，速写直接从生活中取材，速写的对象动作不定，有的转瞬即逝；而素描对象基本上是不动之物，同学们弄清楚了没有？"张老师的目光在教室内转动着。

"弄清楚了。"同学们很有把握地回答。

"下面讲速写用具。铅笔：请同学们拿出铅笔来，看看我拿铅笔的姿势。"她走入同学们中让大家看，"这样握笔，能充分发挥手腕的灵活性。铅笔是最常用的速写工具，它具备了钢笔、炭笔、炭精条等工具的优点，表现力极强。"

"接着讲炭笔的应用。炭笔的握笔姿势与握铅笔相同，拇指、食指、中指紧握炭笔，手腕灵活转动。"说到这里，张老师做了一个灵活转动的手势。

"下面讲炭精条。炭精条没有外壳保护，只有一根细细的炭身。越是细的东西，握它的力气也就越大。熟悉炭精条的特点以后，再回到正确的握笔姿势。画出的线条，可粗可细。炭精条较粗，适合画大幅速写及头像。炭精条在质感方面显示出较强的优越性。"张老师叫大家用炭精条试画一种自己很熟悉的较大对象。

张老师在课桌间巡视着，有的画人头像，有的画牛头像，有的画狮子头像，江波画了彩霞阿姨的头像，张老师一一指点着，认为彩霞阿姨这个头像画得出奇的好。

休息了半小时，接着讲木炭条。首先看张老师的握笔姿势。"木炭条质感脆软，容易折断。因此，用力要小一些。由于木炭条容易脱落，因此它适用于绘画的初级阶段。"

"下面讲马克笔……"

"马克笔是不是马克思用过的笔？"一个男生疑惑地问，引起哄堂大笑，他自己也脸泛红云。

张老师拿起一支马克笔笑道："马克笔并非马克思用过的笔。它比一般的铅笔和炭笔要粗，拿起来很省力。可分为水性、油性、酒精性三大类。油性马克笔快干、耐水、耐光，颜色多次叠加也不会伤纸；水性马克笔颜色亮丽、清透，但多次叠加颜色也会变灰，而且容易伤纸。用蘸水的笔在上面涂抹，其效果如同水彩。马克笔更多地被运用于设计类的速写中，这种笔表现力强，画出来的线条流畅、生动。下面请大家仿照教材试画一张动态的'瑞雪图'。"

张老师在课桌间蹀躞，纠正学生握笔姿势，解答学生采用马克笔出现的问题。大家花了半个小时，画完了"瑞雪图"，大都近似教材上的这幅图。

"下面讲油画棒。"张老师说,"油画棒用大拇指、中指、食指抓住。由于它是油性彩色工具,手感细腻、滑爽,铺展性好,混色性能优异,使涂层更富质感,能充分展示油画效果,克服各种绘画技巧的难度。油画棒使用方便,价格合理,使用于一些小速写效果非常好。"

"再讲钢笔的使用。钢笔的握笔姿势,用大拇指、食指和中指指肚紧握钢笔的笔头。钢笔便于携带,适合小幅速写,没有明显的粗细、浓淡变化,绘画时应注意到用线条的疏密、虚实、刚柔来表现对象。"

"张老师,我用钢笔画为什么总是画得琐碎,很难画出层次来?"江波问道。

"钢笔速写一般可用单线和网线交织成明暗两种方法,要充分利用钢笔画肯定、明快、有力、细致的特点,才能避免琐碎和无层次感。"张老师一边说,一边在速写纸上画给大家看。

接着,张老师讲了擦笔、圆珠笔、软硬橡皮、速写纸、速写夹、速写本的使用方法和注意事项。

上午的课讲到这里。江波吁了一口气,想:"万里长征才走完第一步,无数困难还在后头!"

因为今天是元宵节,只上半天课,也没有布置家庭作业。张老师高兴地对大家说:"祝同学们元宵节快乐!"

"祝老师元宵节快乐!"同学们齐声说。

第十一章 天涯

千里迢迢到天涯，寻寻觅觅十万家。踏破铁鞋无觅处，搭帮一位老人家。警民团结一条心，天罗地网一齐撒。大海捞到针五口，顿时泪雨倾盆下。

一

今天是深圳初冬最热的一天,如同回到燠热的初秋一般。太阳快当顶了,热辣辣地照着大地。没有一丝风,树叶一动也懒得动,空气像凝固了似的;老天爷好像大魔术师,让人们不断地减着衣服。男人们穿着西装短裤,女人们穿起了裙子、凉鞋。冰棒和冰激凌也都上了市。大小饮料商店里的矿泉水被人们抢购着,站在街上,打开瓶盖,仰着脖子咕咚咕咚地往肚子里灌。想抢刀磨剪的人听到抢刀磨剪的喇叭声,也懒得动。彤云背着小长凳呼唤了半个下午,也没有一个人答理。

到了下午三点,起北风了,天气渐渐有了凉意。天空中出现了乌云,由北向南快速地移动着。柳树的柔枝开始随风舞动;紫荆树吹弯了腰;落叶被风吹着,在地上打着旋儿。乌云越来越黑,越来越低,越来越近,夹杂着骇人的闪电和雷鸣。天暗下来,一会儿,滂沱大雨铺天盖地地压下来。街上的行人抱着头,像落汤鸡似的从暴雨中穿过,躲到街边的屋檐下。彤云穿着牛仔裤,浑身上下都湿透了,唯有塑料袋内的衣服、手机、钱包等没有进水。她回到寄存行李的小旅社,洗了澡,换上了干净的衣服,擦干黑亮亮的头发,梳理了几下,想开个临时铺,但旅社规定白天不能开临时铺,她只好开了个正式铺位,躲进被窝里,浑身打着战。她感到疲惫不堪,早餐和中餐各吃了一个馒头,晚餐还空着肚子,体内没有热量。这个顽强的姑娘终于病倒了。

她望着白色的天花板，白色的墙壁，白色的日光灯，白色床单和被套……朦胧中，感到自己仿佛走在雪地里，大雪纷飞，大地白茫茫一片。她的双腿像灌了铅，冒着砭人肌骨的寒风，在雪深过膝的原野上踽踽独行，每前进一步都显得那么艰难。这到了哪里？怎么会到这里来的？噢，她是来寻找佳佳的，四个月没见到佳佳了。她手卷喇叭向四面八方大声呼喊：

"佳佳……"

"佳佳……"

"……"

四周没有人回答。

她又仿佛是站在奔腾不息的江河之滨，对着大河大声呼唤：

"佳佳……"

"佳佳……"

"……"

"阿姨，我在这儿哪！"这仿佛是从河面上传来佳佳的声音。

"阿姨，快来救我……"声音渐渐变得很小，变得很远，几乎听不见了……

邻床的一位大婶听到喊声，吃惊地起了床，用手背探了探彤云的额头，发现她在发烧，立刻从自己旅行袋里拿出两片退烧药，又端来一杯热开水，叫她喝下。

两个小时后，彤云的高烧开始退了，但仍然感到全身酸痛，软弱无力，疲惫不堪。

"你想吃点什么吗？"大婶关切地问。

彤云已经饥肠辘辘，摸了摸口袋，还好，留下的一个冷馒头没有被雨水泡散。她把它从塑料袋里拿出来，对大婶说："我还有吃的呢！"说完，就着大婶送来的热开水，嚼完了冷馒头，顿时感到舒服了一些。

"睡一晚会好起来的，"彤云慰勉着自己，"过一两天又可以照常抢刀磨剪了。"

翌日，彤云畏寒、酸痛减轻。她想：重感冒不可能很快好的，主要靠增强自己的抵抗力。再安心休息一天吧！她从行李袋里取出她来广州时带来的一本世界文坛泰斗泰戈尔的《新月集·园丁集》，坐在床上，用枕头垫着背。她立刻被其中的《对岸》一诗吸引住了：

> 我渴想到河的对岸去。
> 在那边，好些船只一行儿系在竹竿上；
> 人们在早晨乘船渡过那边去，肩上扛着犁头，去耕耘他们的远处的田；
> 在那边，牧人使他们哞叫着的牛游泳到河旁的牧场去；
> 黄昏的时候，他们都回家了，只留下豺狼在这长满着野草的岛上哀叫。
> 妈妈，如果你不在意，我长大的时候，要做这渡船的船夫。
> 据说有好些古怪的池塘藏在这个高岸之后。
> 雨过去了，一群群的野鹜飞到那里去。

茂盛的芦苇在岸边四周生长，水鸟在那里生蛋；

竹鸡带着跳舞的尾巴，将它们细小的足印在洁净的软泥上；

黄昏的时候，长草顶着白花，邀月光在长草的波浪上浮游。

妈妈，如果你不在意，我长大的时候，要做这渡船上的船夫。

我要自此岸至彼岸，渡过来，渡过去，所有村中正在沐浴的男孩女孩，都要诧异地望着我。

太阳升到中天，早晨变为正午了，我将跑到你那里去，说道："妈妈，我饿了！"

一天完了，影子俯伏在树底下，我便要在黄昏中回家来。

我将永远不像爸爸那样，离开你到城里去做事。

妈妈，如果你不在意，我长大了的时候，要做这渡船上的船夫。

对岸，有鸣叫的牛群、成群的野鹜、生蛋的水鸟、漫步的竹鸡，有月光照耀下的顶着白花的长草。孩子对对岸的世界充满向往，渴望长大了做一名船夫，为成百上千的渡者服务。正午、黄昏以及每次返回"此岸"时都回到母亲的身旁。

佳佳，四岁的佳佳，此时此刻，你在哪里？你是怎样离开自己的故乡和亲人，千里迢迢，想回到母亲温暖的怀抱？

彤云咳了几声，闭目休息了一会儿，翻到了另一首诗《告别》，便小声地朗读起来。

是我走的时候了,妈妈,我走了。

当清寂的黎明,你在暗中伸出手臂,要抱你睡在床上的孩子时,

我要说道:"孩子不在那里呀!"——妈妈,我走了。

我要变成一股清风抚摸着你;

我要变成水中的涟漪,当你沐浴时,把你吻了又吻。

大风之夜,当雨点在树叶上淅沥时,你在床上会听见我的微语;

当电光从开着的窗口闪进你的屋时,我的笑声也偕了它一同闪进了。

如果你醒着躺在床上,想你的孩子直到深夜,我便要从星空向你唱道:"睡呀!妈妈,睡呀。"

我要坐在各处游荡的月光上,偷偷地来到你的床上,乘你睡着时,躺在你的胸上。

我要变成一个梦儿,从你眼皮的微缝中,钻到你睡眠深处。当你醒来吃惊地四望时,我便如闪耀的萤火虫似的,熠熠地向暗中飞去了。

当普耶节,邻居家的孩子们来屋里游玩时,我便要融化在笛声里,整日价在你心头震荡。

亲爱的阿姨带了普耶礼来,问道:"我们的孩子在哪里,姐姐?"妈妈,你将要柔声地告诉她:"他呀,他现在是在我的瞳仁里,他现在是在我的身体里,我的灵魂里。"

孩子要变成抚摸妈妈的清风，变成亲吻妈妈的涟漪，变成溜进妈妈的瞳仁、钻进妈妈睡眠的梦里，更要融化成整日鸣响在妈妈心头的笛声里，而妈妈更要知道自己的孩子没有远去。他就"在我的瞳仁里，在我的身体里，在我的灵魂里"。

佳佳，四岁的佳佳，此时此刻，你在哪里？你是怎样地思念自己的家和亲人，日日夜夜，盼望回到亲人温暖的怀抱里？

诗集里，诗人以歌颂儿童、热爱儿童、同情儿童、替儿童说话为主题，呼唤着人类对儿童的爱、理解、想望和良知。

彤云又读了几首，感到热血沸腾，不能自持，为孩子们发出心灵的呐喊：

"救救孩子！关心孩子！热爱孩子！"

二

彤云的脚步遍布深圳的大街小巷，她的吆喝声也传遍深圳的大街小巷，可就是找不到佳佳，打听不到她的消息，仿佛她已从这个地球上消失了一般。她打电话把情况告诉了彩霞，彩霞说："根据你说的情况，佳佳很可能不在深圳，而在海口市，海口市更加偏远，易躲难寻。"彩霞的判断与彤云的判断别无二致。

于是，彤云购买了到海口市的船票，提着行李袋，扛着小长凳，登上了去海口市的海轮。

碧波荡漾的大海，浩渺无边。在雾茫茫的天际，有一叶孤帆，在闪闪发亮。她记起了俄国诗人莱蒙托夫的一首诗——《帆》：

在大海的蒙蒙青雾中
一叶孤帆在闪着白光……
它在远方寻找什么？
它把什么遗弃在故乡？……
风声急急，浪花涌起，
桅杆弯着腰声声喘息……
啊，——它既不是寻求幸福，
也不是在把幸福逃避！
帆下，水流比蓝天清亮，
帆上，一线金色的阳光……
而叛逆的帆呼唤着风暴，
仿佛唯有风暴中才有安详！

帆的祈求和愿望虽然违背常情常理，但正是在这"叛逆"中透露出它的勇敢不屈与坚强的灵魂。

日已西沉，华灯初上，彤云踏上了海口市这块美丽的土地。她在报刊亭买了一张海口市地图，买了一个烧饼，找到了一家小旅馆住下，一边吃着烧饼，一边查看着地图。她决定分区找，找完一个区再找另一个区，这样可防止疏漏。彤云现在是在美兰区，她就从美兰区找起。

磨剪子嘞……抢菜刀！

磨剪子嘞……抢菜刀！

磨剪子嘞……抢菜刀！

"磨剪子！"前面有个中年妇女在喊。

彤云掮着小长凳走了上去，笑道："是您要磨剪子吗？"

"是。"中年妇女说，"磨把剪子多少钱？"

"什么？讲海南话我听不懂，你会讲普通话吗？"彤云面带微笑说。

"我是问，磨把剪刀多少钱？"中年妇女改用带隆重海南口音的普通话说。

"两元。"

"磨把菜刀多少钱？"

"三元。"

"贵了，优惠点。"

"大姐，我这算是便宜的。人家磨把剪子要三元，抢把菜刀要四元呢！"

"你给我磨三把剪子，抢两把菜刀。要注意质量，质量不好不给钱。"

"好的。"彤云脸上漾起了微笑。

剪子磨好了，菜刀也抢好了。中年女子拿起菜刀想试试刀锋。彤云马上提醒道："小心划破手指！"搭帮彤云提醒得快，中年妇女才免受一刀之苦。中年妇女感到很满意，付了钱，提着刀剪准备走。

"大姐，我想向你打听件事儿。"彤云从口袋里掏出放大了的佳佳的近照,恭而敬之地递给中年女子,问道。

中年女子放下手中的刀剪,眼睁睁地盯着照片,在记忆所及的范围内仔细地搜索着,最终摇了摇头,说:"没见过。"她向彤云要了一张名片,答应发现情况就打电话。

彤云经过一个公园旁边,见几个小孩在玩耍、追逐。她向他们揿了一下喇叭:

磨剪子嘞……抢菜刀!

磨剪子嘞……抢菜刀!

磨剪子嘞……抢菜刀!

有个四岁左右的女孩笑着跑过来,笑道:"抢菜刀!"

这很像佳佳的声音。彤云放下小长凳,张臂迎了上去。是佳佳,是她昼思夜想,远在天边、近在眼前的佳佳。她抱着彤云的腿哈哈大笑。彤云把她紧紧地抱在怀里,生怕她离去……

原来,这只不过是一个幻觉。彤云用拳头锤了锤额头,用手揉了揉眼睛,让自己的头脑清醒一些。

春节已经来临,这是中华民族最喜庆的节日。彤云的父母要她回家过年,林总编和叶校长也叫她回去休息一下。不管怎么说,彤云都提不起回家的兴趣。春节前后南来北往的客流量处于高峰期,买一张回省城的火车票要提前十天,在家住三四天又要走。所以,她决定在海口市过年,到一些超市、公园、书店等公共场所走一走,看一看,说不定能碰上佳佳。

除夕之夜,彤云在餐馆里花十五元钱吃了一份具有湖南口味的盒饭。由于是除夕,饭店老板特地添加了好几样菜。饭菜一扫而光，连粘到手上的一粒饭也被彤云舔干净了。然后，在旅馆看中央电视台播出的春节联欢晚会。

海口市气温高于深圳市，仅次于三亚。春节来临，南来北往的游客熙熙攘攘，川流不息，旅社里同样挤满了人。

彤云躺在床上，兴奋得睡不着，双手枕着头，任思绪信马由缰。"每逢佳节倍思亲"，她给远隔几千里的双亲和已放寒假的弟弟以及叶奶奶、林总编、叶校长、彩霞、丹霞、巫丹、豆豆打了恭贺新年的电话。此刻，鞭炮繁响，彩云北飞，她的缱绻柔情便乘此彩云回到了美丽的故乡。

蜿蜒曲折的赤霞河，河水平静如镜。早春二月，大地返青吐绿，河南岸广袤的田野上开满了金灿灿的油菜花，漫无边际。到了阳春三月，白色的梨花、李花、樱花、粉红色的桃花和紫荆花、火红的杜鹃花争妍斗艳，新起的白色农舍散布其间。果林那边是普山普岭的茶山，茶叶远销国内外。夏天，男孩子们光着屁股在赤霞河里打水仗，玩耍嬉戏，捕鱼捉虾。南岸的一大片桑林碧绿如染，蚕妇们提着一篮篮嫩绿的桑叶，走进蚕房，撒在竹盘里，饲养着蚕宝宝；到了六月，一串串紫红色的桑葚悬挂在桑树枝头，令人垂涎欲滴；秋天，果树林里沉甸甸的梨、橘、橙、柚压满枝头，金桂和银桂开满金黄和银白色的花朵，香飘十几里。一马平川的绿油油的稻田，到了收割季节，变得黄澄澄、金灿灿的，收割机不分昼夜地收割着。北岸新修的宽阔的马路上车流如织，通向远方；北岸远处的山林林木茂翳，里面蕴藏着无数的秘密和宝藏。到了严冬，大雪纷飞，到处白皑皑一片；梅花迎风怒放，迎着冬末的阳光，唤醒春天的百花盛开；大人们围炉向火，算计来年的丰收；孩子们在雪地里塑雪人、打雪仗，庆祝春天的来临……

啊，魂牵梦萦的故乡！远在异乡的游子愿你加速发展，愿你快速开放，愿你更加进步！

彤云尽可能地收束自己漫无主角的思想，收束天涯羁旅的情怀……

新年伊始，要抢刀磨剪的几乎没有，好几天阴雨绵绵，彤云只好到省新华书店去消磨时光。她在书店里看完了好几本书。由于行李和磨刀工具重，不便于携带，她只购了一本俄国伟大作家高尔基的《童年》《在人间》《我的大学》三部曲和一本苏联著名作家奥斯特洛夫斯基的名著《钢铁是怎样炼成的》。这两本书在她读高三时看过一遍，由于高考在即，看得匆匆忙忙，印象不够深，但她铭记了保尔的一段名言：

人最宝贵的是生命。生命对于人只有一次。人的一生应该这样度过：当回忆往事的时候，他不会因为虚度年华而悔恨，也不会因为碌碌无为而羞愧；在临死的时候，他能够说：“我的整个生命和全部精力，都已经献给了世界上最壮丽的事业——为人类的解放而斗争。”

彤云准备利用近几晚认真读完这本书。保尔的英雄形象深深鼓舞和激励着彤云，她决心沿着眼前的路顽强地走下去。

三

转眼到了阳春三月,彤云捎着小长凳,提着喇叭,走遍了海口市的大街小巷,但是仍然没有找到佳佳。佳佳仿佛一座下沉的岛礁,消失得无影无踪。

"整个海口市都找遍了,就是没有见到佳佳的影子。眼下,只剩下海口市周围的乡镇没有去。"晚上,彤云给彩霞打了电话。

"注意,不要有疏漏的地方。城市周围的乡镇更要注意找,人贩子买到的孩子在市内很显眼,很容易暴露,放在附近乡镇有安全感,可能性比较大。另外,百分之九十九的地方没找到,在剩下百分之一的地方找,成功的概率反而大,决不要放过周围的乡镇。"

彤云觉得彩霞的话很有道理,说在点子上,决心连着海口市周围的乡镇一起找。她经过一个派出所,路过一个居民点,揿响了喇叭:

磨剪子嘞……抢菜刀!

磨剪子嘞……抢菜刀!

磨剪子嘞……抢菜刀!

没有人答理。她想,年前抢刀磨剪的人多一些,年后抢刀

磨剪的人少一些,这也是常情。彤云又路过一个居民点,继续掀响了喇叭:

磨剪子嘞……抢菜刀!
磨剪子嘞……抢菜刀!
磨剪子嘞……抢菜刀!

"抢菜刀!"前面有位老年男子喊道。

彤云加快脚步走了上去。

"是您要抢菜刀吗?"

"是的,磨把剪子多少钱?"

"两元。"彤云已经熟悉了简单的海南话。

"抢把菜刀多少钱?"

"三元。"

"我磨三把剪子,抢两把菜刀。"

大伯是个通情达理的人,知道靠抢刀磨剪挣几个钱不容易,没有还价,但他强调质量,双眼直愣愣地盯着她那快速灵活的双手。

剪子磨好了,菜刀也抢好了。

大伯试试锋芒,很满意,付过钱。

彤云从口袋里掏出放大了的佳佳的近照,双手递过去,彬彬有礼地问道:"大伯,您见过这个女孩吗?"

大伯放下刀剪,仔细端详着这张照片,说:"好像见过,我看你不像个磨刀人,倒像个寻人的!"

彤云急骤地说:"大伯,请快给我提供有关线索!"

"我向你提供一条重要线索！在一刻钟以前，一个中年男子带着两个小女孩从这儿走过。其中一个女孩说了句'我不去'的话，挨了一巴掌，还不准哭。刚才挨了一巴掌的女孩，很像照片上这个女孩。我想现在都是些独生子女，大人也不会轻易打自己的孩子。"

老人提供的情况非常及时，非常重要。彤云迅速往前赶，她看见前面约两百米的地方，的确有一个中年男子带着两个四岁左右的女孩，听到"抢刀磨剪"的呼唤声，其中一个女孩回过头来，她认出了揿喇叭的人是彤云阿姨，彤云阿姨也看清楚了回头一望的是佳佳。

彤云马上跑到附近的派出所报了警。派出所接警后，马上派出三名便衣警察对这个男人进行跟踪，看见那个中年男子带着两个女孩朝一家整形美容院走去。警察示意让彤云再揿了一下喇叭，喇叭立即发出了吆喝声：

磨剪子嘞……抢菜刀！
磨剪子嘞……抢菜刀！
磨剪子嘞……抢菜刀！

佳佳凭喇叭声进一步听出是彤云阿姨的声音，借口要解大便溜进了一楼的厕所。那个中年男子不以为然，带着另一个女孩往医院二楼走，边向一楼的厕所里喊："快点出来啊！"趁中年男子不注意，从一楼厕所里飞出一个女孩，魂不附体地奔向彤云阿姨。

中年男子发觉情况不对头，从二楼跑下来。佳佳吓得大声叫喊：

"彤云阿姨，后面有人追我来了！"

"佳佳……别怕……"

"佳佳……别跌倒了……"

彤云也向佳佳飞奔而去，双手抱起泪流满面的佳佳，自己也忍不住热泪双流。

二楼的中年男子追下楼，被追上楼的警察逮了个正着。另两名警察疾步冲上二楼，一脚踹开了手术室的门，只见一个主刀的中年男子带着几个青年男女开始给躺在手术床上的小女孩做面部整形手术。警察命令他们不许动，给院长和主刀医生戴上了锃亮的手铐。三名警察带着三名犯人，抱着两个小女孩回到了派出所。

派出所所长先抓住人贩子交代政策，然后突审。突审时彤云在场。

"你叫什么名字？"所长向人贩子投过严峻的目光。

"潘天云。"人贩子浑身打着战，不敢抬头。

"你是哪里人？"

"海……海南人。"人贩子嗫嚅着说。

"你知道自己犯了什么罪？"派出所长对着他双眉紧锁。

"拐卖儿童。"潘天云耷拉着脑袋说。

"你把两个小女孩送到整形美容院做什么？"

人贩子嗫嚅了一阵，讷讷地说："两个女孩，一个叫玲玲，长得很漂亮，要改变一下脸形，让任何过去熟悉她的人认不出来。另一个女孩虽然长得很漂亮，如花似玉，笑的时候特别漂亮，但是整天愁云惨雾，老噘着嘴，严重影响了美观，要通过做手术，让她成为不笑也好像在笑的笑面人。"

"谁给你们这个权利？"

"没有。"

"你们在海口市有几个人贩子？"

"就我一个。"

"胡说八道！"

"还有一个叫张山，住在解放大道一百二十八号。"

你们这一次拐来的有几个孩子？"

"没有……就这两个。"

"潘天云，你要老实些！到底多少个？"派出所长浓眉紧锁，言之凿凿。

"五个。"潘天云耷拉着头。

"哪五个？你彻底交代！"

"佳佳、玲玲、丽丽、敏敏，还有苗苗。"

"你们在这家整形美容院给拐来的孩子做过多少次手术？"

"大约……十来次吧！"潘天云轻描淡写地说。

"到底多少次？"所长霍地站起来，一拍桌子。

人贩子突然一惊，脱口而出："三十次。"

"这五个小孩你是从哪里买来的？"

"从广州一个卖主那里。"

"你彻底交代你同伙的姓名、性别、年龄、住址。"

人贩子心慌了，说："我只认识广州的一个'兰姐'，听说还有一个叫'牛仔'、一个叫'马仔'的，我都不认识，我们基本是直线联系的，真实姓名我不清楚。兰姐住在广州市车站路十四号楼四单元一七〇六号。至于长沙的人贩子，我没有接触过,对他们的情况一无所知。听说这五个小孩,是晚上塞在装猪的大卡车中间运到广州来的。"

突审告一段落。从当晚开始,海口警方与广州、深圳、长沙警方强强联手,向这伙人贩子撒下了天罗地网。住海口市的张山首先成了网中之鱼,住广州市车站路的张兰也成了瓮中之鳖。

彤云激动得热泪双流,走出审讯室,忙给林总编、叶校长、彩霞和父母打了电话,告诉他们在海口市郊找到了佳佳。林总编和叶校长高兴万分,立即决定亲自来海口接彤云和佳佳。海口警方顺藤摸瓜,找到并拨通了玲玲、丽丽、敏敏、苗苗家的电话。他们的父母也决定立即从长沙坐飞机到海口来接女儿。

同一天时间、同一个航班,五个孩子的双亲同时到达海口国际机场。孩子们很快就找到了自己的父母。十位父母和五个亲骨肉分别抱成一团,失声恸哭。他们原来想到与亲生骨肉很难有再重逢的一天。林总编和叶校长抚摸着彤云和佳佳的手脸,感到她们瘦多了,黑多了,粗糙多了,十分疼心;对彤云认真负责、吃苦耐劳的精神和聪敏过人的智慧赞佩不已。玲玲、丽丽、敏敏、苗苗的父母得知彤云寻人的事迹后,向彤云深深地鞠了三鞠躬,又各掏出三十万元作为酬金,但都被彤云婉言谢绝了。

在宾馆里,彤云写下了令人难忘的日记。

第十二章　力量

叶奶奶临危相救,三幼儿顿时脱险。可怜奶奶上天堂,留给后人力量。活着只为他人,心无半点痴想。榜样力量无穷,任凭后人思量……

一

佳佳失踪以后,叶奶奶感到自己负有重大的责任,虽然家里没有人批评她,埋怨她,但她自己感到极为难受,抑郁既久,大脑迟钝,精神渐渐失常了。当幼儿园放学时,她仍然按时去接佳佳,等到最后一个孩子走出校门时,她才默默无言地离开。有一次,幼儿园放学,一个四岁的小女孩孤独地立在校门口,叶奶奶以为是她的外孙女佳佳,她跑过去,大声喊着:"佳佳……佳佳……"猛地抱住了她,吓得那个女孩尖声叫喊。她还常到火车站和几个长途汽车站,去等每一班车,等到最后出来的人不是佳佳才离开。回到家里,夜里推开佳佳的房门,走到外孙女床前,抚摸着枕头,看外孙女睡好了没有。有一个晚上,月色溶溶,万籁俱寂,她抱着佳佳的枕头往外走,坐在滨江大道的石靠椅上,把枕头抱得紧紧的,她以为抱的是自己的亲骨肉。家里有好几块抹布,哪块抹布是做什么用的,她常常弄错。拣红菜苔,她常常将剥了皮的和未剥皮的混淆在一起。她坐在滨江大道的石椅上,经常听到耳边有说话的声音。是谁在喃喃低语?她听不准,有时感到是佳佳在哭诉,有时又感到是江水在微语。天黑了,在朦胧的路灯下,人们常常看见她一个人在唱歌、跳舞、呼唤、哭泣。为了防止走失,女儿在她口袋里放了几张特制的防雨的名片,上面印了她的姓名、年龄、头像、女儿、女婿的手机号码。吃了抗精神病的药以后,她会连续睡上一天一夜,然后昏昏沉沉地爬起来,在沙发上坐上半天。她体重减轻了,眼窝深陷,面色蜡黄,表情淡漠,寡言少语。春节后,住过两个月精神病医院,精神状态好转,脸色开始红润,思维恢复正常,脸上有了笑容,能正常发表自己的意见。

听说找到了佳佳,叶奶奶高兴万分!中年时她当过十多年的幼儿园园长,她对孩子们疼爱到无以复加的地步。女儿、女婿从家里出发去海口,她就开始倒记着时间。她高兴地走到幼儿园,把佳佳即将到家的喜讯告诉了佳佳的班主任和幼儿园园长,幼儿园的老师听到这消息后都惊喜不已。

放晚学了,孩子们排着队往校门外走,家长们、保姆们一个个前来接孩子。突然,祸从天降,一辆大卡车发了疯似的向人行道上冲来,眼看有三个孩子即将碾成齑粉。此时,她头脑异常清醒,面对死亡有一股难以言喻的力量,她使尽全力把三个孩子推开,自己却被卡车的前轮压过……

叶奶奶顿时头部、胸部、腰部受重伤,两腿被压断,浑身像散了架。人们把她从卡车下抬出来,她已经浑身血肉模糊,奄奄一息。幼儿园的老师们把她送到"120"急救中心。她头脑还相当清醒,偶尔能发出极其微弱的声音:

"佳佳……"

"三个孩子……"

"……"

市教育局长和党委书记、市报社社长和副总编辑、市一中党委书记和副校长、幼儿园的园长和几位老师闻讯赶到抢救中心。可是抢救室门上显示"抢救阵地,非请勿入"八个红色的

大字,他们只能从出进的医生、护士的口中听到只言片语:

"心跳异常微弱……"

"呼吸极为缓慢……"

"言语困难……"

"下肢粉碎性骨折……"

"生命垂危……"

"……"

叶校长一行四人由彩霞开车,已经由机场改道赶到了市抢救中心的大门口,医生正在给叶奶奶打吊针、输血,进行抢救。抢救中心负责人把林总编、叶校长、佳佳、彩霞和幼儿园张园长叫到抢救室外,低声说:"生命只剩下十来分钟的时间了,快进抢救室,把想说的话抓紧说完。"

叶校长泪流满面,俯首帖耳地说:"妈,佳佳回来了!"

"佳佳……我的佳佳……过来……"奶奶让佳佳站到自己身边,艰难地伸出一只瘦骨嶙峋、血肉模糊的手,轻轻握着佳佳的手,流着泪,喃喃地说:"奶奶想你!你要记住奶奶的话……好好学习……不断进步……"此刻,她想抱住佳佳恸哭,要把半年来积郁于心的悲愁忧愤统统喷发出来,但是几乎全身瘫痪,周身的剧痛被麻醉药控制着,不能动弹,一点力气也没有。

她对彤云说:"彤云,佳佳的事,让你受苦了……你爱孩子,无私无畏……刻苦耐劳,坚贞不渝……"彤云早已热泪双流。

"彩霞……"听叶奶奶呼唤着自己的名字,彩霞走上前。"你是保姆中的……一面旗帜。你从赤霞村带来的保姆……个个都是……好样的……"彩霞止不住泪流满面，说："您别说了，要挺住！……"

"三个孩子……还好吗？"叶奶奶望着张园长小声地问。

"他们都好，现在由家长带着看您来了。"幼儿园张园长附着她的耳朵说。

叶奶奶艰难地动了动那只瘦骨嶙峋、血迹斑斑的手，微语道："三个……"张园长马上知道老人要见那三个孩子。三个孩子被叫进抢救室，轻轻握着叶奶奶颤抖的手。

叶奶奶低声说："要听话……好好读书……不断进步……"

"叶飞回了没有？"叶奶奶有气无力地问。

"叶飞还在北京机场候机。"叶莉说。

"我这一辈子……没有留下什么物质财富，"叶奶奶用无力的眼神望着女儿、女婿和外孙女，"留下的财富……就是你们……你们要多保重……"

叶奶奶还有许多话想说，可气接不上来，鼻孔里只有出的气，没有入的气。最后，她像告别似的环顾了一下大家，眼里流出两行泪水，微弱地、留恋地说："我舍不得……离开你们……我要走了……"话没说完，叶奶奶停止了心跳，头歪到一边，安详地合上了眼帘。她的紫色的灵魂离开了这个世界，去到了美丽的天国。

抢救室内外哭声一片。抢救室的门开了。送终的人们站成两排，大声恸哭，给盖着尸体的轮式担架让出了一条道，停尸间增加了一具裹着白布的尸体。凝重的、令人肝肠寸断的哀乐在太平间婉然流转、如咽似泣、不绝于耳……

……

参加追悼会的有省、市、区党政领导的代表，省、市、区教育部门的领导，省、市妇联的领导叶奶奶生前的领导和朋友、市第一中学的师生代表们、幼儿园的老师们、赤霞村的保姆们、叶奶奶工作过的幼儿园的师生代表。追悼大会挤得水泄不通，场外还站了不少人。叶奶奶的儿子叶飞匆匆忙忙赶回来了。他抱着母亲的遗体大声痛哭。人人胸前戴着白花，表情严肃而凝重。

市教育局局长致悼词。

同志们、朋友们：

苍天有泪，大地含悲！昨天——二〇〇八年三月四日下午五点半，突然飞来一件始料不及、悲天悯地的横祸——一位伟大的母亲、一位伟大的奶奶，舍己救人，倒在车轮之下，与世长辞了！她就是叶青老人，享年六十岁。她，现在正安详地躺在我们身边，安详地躺在鲜花和翠柏之中。

青年时代，她的丈夫是一位建筑技术员，不幸以身殉职。她身为幼儿教师，拿着微薄的工资，要赡养年老的公公、婆婆，要抚养一对双生的儿女，多不容易！一天晚上，弟弟小声对妈妈说："妈，我饿，口水不停地流。"妈妈在认真批改作业，没有注意听。姐姐拿出自己第二天早晨吃的一个饼，小声告诉他："饿了就对姐姐说，姐姐给你想办法，千万不要找妈妈。妈妈白天要上课，要买菜、做饭、洗衣服，晚上要批改作业，还要利用节假日、星期日出外打工，收废品,太辛苦了。"这位母亲心心念念想让儿女高中毕业,后来又一同考上北京师大。妈妈向亲戚朋友筹措了部分学费,还卖掉了一只肾。两个孩子刻苦耐劳,学习发奋,期期被评为校"三好学生",期期领到奖学金。

叶青老师不仅疼爱自己的孩子,同样疼爱别人的孩子。

叶老师班上收留了附近一个叫李立的残疾学生,由于共济失调,步态摇晃,意向性震颤,走路不方便,每天上学和放学都由叶老师背着。一个北风呼啸、砭人肌骨的傍晚,叶老师打着雨伞,背着小李立在雪地里往他家走。李立不住地咳嗽、流鼻涕、发烧,明显的重感冒。这种病是共济失调走向死亡的通道。叶老师解下自己的围巾包着他的头和颈,抱着他改道往相距二里之遥的富雅医院跑。在抢救室吃了药,打完吊针,待病情好转,又背到这个父母双亡、只留下一个奶奶的家。自鸣钟提示已经十点了,家里一对六岁的儿女放学后还没人照料;女儿已腹痛近两天,没上课了。她急忙赶回家,发现女儿腹痛得缩成一团,双手紧捂着肚子,在床上打滚。妈妈从提袋里拿出一个烧饼给饥肠辘辘的儿子,叫他吃了就睡,自己背着女儿莉莉往富雅医院抢救室跑。抢救室的医生们很惊异:刚送走一个,怎么又来一个?叶老师浑身汗淋淋的,恳求说:"医生,这孩子腹痛快两天了,麻烦你们看一看,到底是什么病?"经过检查,叶莉患的是急性阑尾炎，急需马上开刀。手术后，医生对叶老师说："你再迟来一个小时，这孩子就很难救了！"叶老师心里十分自责，泪水双流，她愧对了自己懂事的女儿，说："莉莉，妈妈很对不起你，你今后有病，妈妈再不离开你了。"

一对儿女大学毕业后，儿子安排在北京一家报社工作，女儿被分配到省城教育局工作，便于照顾母亲。

做母亲的不管怎么忙，必须找出时间来教育和照管孩子，即使影响了自己的休息或者家务操作。叶青老人对子女要求严格，刻苦耐劳，勤奋努力，尊师爱友，知错必改。女儿担任市第一中学校长，有时难免要请客应酬，母亲叮嘱女儿，每次自己去吃饭，饭后要付自己的饭费，不能揩公家的油。担任重点中学校长这个职务，找她的人不绝如缕，母亲叮嘱她在任何情况下不收一分钱、不收一份礼。

"要爱所有的孩子，不管是别人的，还是自己的；不管是优秀的，还是落后的。"叶青老人常说。

爱，是一种奉献，也是一种付出。当一个人把自己的爱无偿地给予他人的时候，他同样会得到爱的回报。一位多好的母亲啊，一位多好的奶奶！把生的希望留给别人，把死的悲恸留给了自己！在她撒手人寰的最后几分钟里，她还用微微颤抖、青筋嶙嶙、血迹斑斑的手轻轻抚摸着佳佳和三个孩子的手。她爱孩子们，挂念孩子们，因为他们是祖国的花朵，是民族的希望，是人类的未来。

我们要学习她刻苦耐劳、勤奋努力的顽强精神！

我们要学习她严以律己、宽以待人的伟大胸怀！

我们要学习她热爱少儿、舍己救人的牺牲精神！

我们要学习她学雷锋、关心他人的崇高品德！

叶青老人永远活在我们心中！

三个孩子的父母为了感激叶奶奶的救命之恩，每家拿出三十万元人民币作为抚恤金，还有亲戚朋友送的礼金，全被叶校长婉言谢绝，她只收下了政府颁发的抚恤金和酒后开车犯罪司机的赔偿金。

第二天，是学习雷锋纪念日，省、市各报刊各电台以大量篇幅报道了叶青老人的感人事迹，给广大读者，给赤霞村的保姆们以巨大的鼓舞和力量。

二

佳佳回家了，带来了莫大的慰藉；叶青老人殒逝了，造成了重大的损失。

这段时间，叶校长家里喜忧参半。说平常事，很难提起兴趣来；只有见到佳佳，才满面笑容。

从佳佳失踪起，叶青老人患上了精神病，家务事没人料理，临时请了一个保姆，虽然为人忠厚老实，但做事呆板，手脚迟钝，与彤云相比，大相径庭。

彤云回来后，叶青老人入土为安。林总编想到彤云这样意志坚强、不畏艰险、殚精竭虑、天分甚高的少女，去年考取了北京大学，弟弟考上武汉大学。由于家境贫寒，姐姐主动弃学，以自己微薄的工资支持弟弟读书，还要赡养病残的父母。这样的女孩真是天下难寻，千里挑一。虽然凭毅力也可能独自走出一条璀璨的人生之路，也可能做出一番惊天动地的事业，但毕竟是极少数。

他和叶校长商量，叶校长说："像彤云这样的出类拔萃的孩子，有机会不去上大学，实在是人才上的浪费。对于她本人来说，无疑是一种损失。她救了佳佳，我们用助学来报答她，也合情合理。"

彤云回来后，翻开自己的日记本，浮想联翩，一天一晚一口气写出一万多字的文章，分四次连载在《中国青年报》上，引起国内年轻人的强烈反响，已经收到一千多封各种各样的来信。这是因为她写作能力强，又有实际体验，使她初露锋芒。她相信不上大学也能走出一条路来。这对彤云来说，并不是幻想。如果读上大学，情况当然更不一样了。

叶校长听完林总编的话，意见别无二致。于是，林总编把佳佳叫到她房里自个儿玩，自己和叶校长、彤云在客厅里商量这事儿。

叶校长对彤云说："佳佳的事，太辛苦你了。大海里捞针，凭借你的勇敢和机智，终于捞到了。作为佳佳的父母，真是感激不尽！你品德高尚，不畏艰苦，殚精竭虑，天分甚高，身体健康，还只有十九岁。老林和我商量，动员你参加今年的高考，估计你能考上一所好大学。读书期间的一切费用由我们承担，一直让你读到大学毕业。不过，现在离今年的高考时间只有三个月了，你在时间上来得及吗？"

作出这个决定，彤云毫无思想准备。她很感谢林总和叶校长，脑子里顿时浮现出去年高考前那如火如荼的情景。好一阵，她才说："谢谢你们的关心。高考的事，你们不提，我还没去想呢！如果考上了大学，我会尽力利用寒暑假和休息日去打工，虽然艰苦，但有乐趣，锻炼了自己。你们的钱来之不易。你们要负担佳佳，要请保姆，假如把我也搭进去，负担太重了啊！读书时，我还会争取领到奖学金。"

叶校长说："你南下广州、深圳、海口，将近半年时间，仅仅带上三千元就走了，其余都是靠嘴、靠双手挣点钱解决食宿问题。你有铮铮硬骨，这是当代大中学生难以具备的品格。你外出这段时间的工资和食宿费会全部补给你。经济上你不用担心，我们还有积蓄。奶奶走后，我们可拿到抚恤金和赔偿金，必要时可使用。"叶校长说，"你应该作出决定。从现在起，到高考结束，这段时间你准备怎么办？"

"我先回赤霞村看看父母，在家待两天，然后回到这里上班，边上班边复习功课。你们看怎么样？"彤云征询他俩的意见。

"不！高考前你一门心思备考，家里有个临时工做饭菜。佳佳读幼儿园接送问题，也由临时工负责。高考后再辞退。如果你考上了大学，我们再请彩霞帮我们在赤霞村找个好保姆。"叶校长说。

"佳佳最好早去晚归，中午在幼儿园吃午饭，在幼儿园午睡。这样可保证她的午睡时间，又能锻炼她的自理能力。"彤云说。

"对！这个问题就到此为止。"叶校长说，"我从学校买来一套复习资料和几套模拟试题，你拿着看看，校内文科班师生反映很不错。"叶校长说。

此后，彤云白天沉湎于紧张的复习之中；夜深人静了，街上的霓虹灯熄灭了，远近的市声消失了，城市上空万籁俱寂，时钟十二点过去了，彤云在灯下读书做题。

听说彤云把佳佳从天涯海角找回来了，侯小俊把它当作过耳传闻，这是侯小俊始料不到的事。他并不希望彤云在别人面前低三下四地去当保姆，甚至不希望她在大海里捞到这口"针"。他把找到佳佳当作一件蠢事、一件憾事。尤其反对在当保姆的工作中去"出风头"、去"冲锋陷阵"。他有一种难言之隐，尤其在某些人面前学会了假心假意，爱听些假语村言。后来听说林总、叶校长动员彤云参加高考并负担她读大学的全部费用，侯小俊难以置信。他多想找彤云推心置腹或者半真半假地谈一谈，尽量显得谦虚些、诚恳些、友好些、和谐些、重情些，给她留下好感，让彤云听起来句句是真言。听说彤云回到省城后，要回赤霞村住两天，这简直是天赐良机。

但是消息姗姗来迟。等侯小俊借口母亲病危、回家探母时，彤云已经离开赤霞村，回到了省城。

后来，侯小俊得知彤云的手机号码，打过去也不回话。侯小俊心灰意冷地回到学校，一个仰八叉倒在床上，痴望着天花板，长长地叹了一口气。

豆豆正在备考，但她把照顾奶奶的事放在第一位。每天买菜、做饭、打扫卫生都是她一个人顶着,而且让奶奶吃得舒服,吃得高兴,吃得富于营养,生活得愉快。尤其是买东西,豆豆决不让她提重物。

豆豆所在的班级学完了六级课程。艺术专业考试已经开始。奶奶叫她心里别紧张,要稳定自己的情绪。

上考场了。豆豆握着小提琴走上舞台。只见她,一头黑得发亮的头发,向后扎着,穿白色衣服,身材苗条,像一尊大理石雕像一般亭亭玉立,红扑扑的圆脸上充满了青春的光彩。她向评分的老师深深鞠了一躬,双脚稍微分开,腹部微收,左手握住琴颈,用下巴抵住小提琴的腮托,开始演奏。

第一步,自选题:演奏伊万诺维奇的《多瑙河之波》。她用右手用力拉起琴弓,让它亲吻着琴弦;左手手指在轻巧灵活地舞动着,全身运力,小提琴发出轻柔徐缓的声音。音乐带着强烈的抒情色彩,旋律气息宽广,富有节奏性和跳跃性,情绪较热烈,似溪水潺潺,给人以安静恬美之感。

第二步,自选题:中国现代京剧《红灯记》中的一段乐曲《都有一颗红亮的心》。乐曲简练精彩,曲式短小流畅,意味浓郁,人物性格鲜明,充满青春活力与聪明机智。乐曲开始处的演奏,运弓拉得开,拉得直,短弓灵活,发音饱满,还体现了京剧的韵味。

第三步,指名演奏《马扎斯》作品三十六第三首。她先把乐曲哼了一遍。运弓干脆利落,富有力度;双音的音准对音准确;中段的音阶式连弓流畅而连贯;节奏鲜明,不露痕迹。

评分老师们连连点头,表示赞赏。

波波的进步也不小,现在已经能速写人物了,并且在学习描绘现代仕女图。早上,他第一个到校;傍晚,他最后一个回家,每晚坚持到十二点。张老师知道他在学习描绘现代仕女图,因为他常常去张老师那里请教。

有一次,张老师看了波波画的一幅现代仕女图,惊讶不已,问道:"你画的这个现代仕女是彩霞阿姨吧?"

"是的。"波波说,"我是躲着她在画,这已经是第十九张了。"

"画得像!"张老师赞扬他,"视平线稍上一点,眼神要进一步突出,眉宇间还要清朗一些,手捧茶花要目视茶花。"张老师答应指导波波画好第二十张描绘彩霞阿姨的仕女图。

波波的毛笔字也很有进步,还能背诵和默写五十来首唐诗宋词。这些,除了张老师耐心、细致的教导和他本人的刻苦努力之外,与彩霞的指导、教诲、不断督促和耐心检查是分不开的。

波波的爷爷、奶奶逢人便夸:"八年来,别人都说波波有智力障碍,学习跟不上班,不能上学,白白地丢了八年时光,其损失不可估量,时间是不能用金钱来计算的!彩霞来了,坚持为他找学校、找校长、找老师,自己也亲自辅导他。现在,素描和速写水平达到了班上前十名,能说他进步不快吗?她来这里只一年,一家人健康状况变了样,家庭环境变了样,学习风气变了样,人的精神面貌变了样。说到底,真得感谢彩霞这位好阿姨、好保姆!"

三

三月五日,是学雷锋纪念日。电视台、广播电台和各种报纸都采用多种形式深表纪念。

傍晚时分,风雨大作,雨点打得房屋、瓦楞、树叶、地面咚咚作响,还不停地夹杂着闪电和雷鸣。月亮被乌云遮得严严实实,外面黑茫茫一片,只有屋子里亮着灯光。从赤霞村来的保姆们和她们带领的孩子们,还有邻居家的几位保姆和几个孩子,聚集在丁教授家的客厅里,听彩霞、丹霞讲雷锋的故事。

"一九四○年十二月十八日,雷锋出生于一个穷苦的雇农家庭。全家六口人,爷爷、爸爸、妈妈、正德哥哥、雷锋和他的小弟弟。

"一九四四年,日本鬼子侵入湖南,国民党反动派的散兵游勇四处烧杀抢劫。雷锋的爸爸被抓去当了挑夫……"

"挑夫是做什么的?"涛涛不解地问。

"挑夫就是旧社会以给人挑货物、行李等为业的人。旧伤、疾痛、长年的饥饿和劳累,他哪能挑得起一二百斤的重担?他说了句不满的话,被散兵游勇用枪托打得遍体鳞伤,大口大口地吐血。他挣扎着回到家里,已经奄奄一息。爸爸的伤越来越重,妈妈终日以泪洗面,家里天天吃了上顿没下顿,哪有钱给爸爸治病呢?一年后,爸爸含冤带恨离开了人世。爸爸的死,对这个苦难的家庭来说,好像塌了天。妈妈哭得死去活来,整天披头散发。家里今后的日子怎么过?三个孩子怎么拉扯大?

"这时,五岁的小雷锋抱着妈妈哭喊:'妈妈,我饿,我要吃饭!'

"就在雷锋刚会叫'爷爷'的那年年关,积劳成疾、久病不起的爷爷噙着泪花,用瘦骨嶙峋的手指轻轻地抚摸着雷锋的小手,咽下了最后一口气。

"正在这个时候,在外当童工的正德哥哥回来了,单薄的身子像寒风中的树叶瑟瑟发抖,一双珠黄无神的大眼睛深深凹在眼窝里,走进门轻轻地叫了一声'妈',便晕倒在地上。原来,他得了严重的'童子痨'……"

"'童子痨'是什么病?"佳佳问。

"'童子痨'就是儿童得的肺结核。"

"十二岁的哥哥进工厂当了童工,资本家不管他还是个未成年的孩子,每天安排他干大人一样的重活,每天长达十几个小时,但连饭都吃不饱。一瞬间,哥哥的手和胳膊被正在旋转的机器轧伤了,鲜血滴在机器上和地上。狠心的资本家知道再不能从这个童工身上榨取油水了,将他赶出了工厂的大门。由于没钱治病,正德哥哥的伤病一天天加重。雷锋六岁那年,病魔终于夺走了正德哥哥的生命。可怜的正德哥哥再也不能带弟弟到田里挖野菜,到村外去讨饭了。刚满三岁的小弟弟因为吃不饱、穿不暖,得了病没钱治,在妈妈怀里咽下了最后一口气。可怜的、无助的母亲为了养活小雷锋,顶风冒雨,沿街讨吃,后来被迫到地主家当了佣人。母亲起早摸黑,什么苦活脏活都干。可是,地主的儿子丧尽天良,污辱了她。一向贤淑自尊、恪守妇道的母亲遭受了奇耻大辱,却无处可诉,无处申冤，自己再也不愿活下去了。

"中秋节快到了，地主家宰猪、杀鸡、做月饼，妈妈却比往日回来得早。小雷锋轻轻走到妈妈身边，小声喊着'妈'，妈妈把小雷锋拉到怀里，哭得很悲伤，说：'苦命的孩子，你为什么要出生在穷人家里？要是妈不在了，你怎么办呀？'妈妈抚摸着儿子瘦小的手脸，说：'孩子，你一定要记住爷爷、爸爸、正德哥哥和弟弟是怎么死的。'然后，脱下身上的一件旧裈子，披在小雷锋身上，细心地整了整他的衣服，拉了拉他的袖口，把他领到六奶奶家，说：'妈妈出去有点事儿，你就在六奶奶家过夜吧！要听六奶奶的话，学会自己照顾自己。'妈妈的身影消失在夜色里。

"小雷锋在六奶奶家待了一夜，妈妈没有来接他。小雷锋心里懦怯不安地奔回家，推开门，只见可怜的妈妈悬梁自尽了！"

说到这里，彩霞忍不住泪水双流，厅里响起了一片抽泣声。停了一会儿，彩霞继续说："六岁的小雷锋拼命地哭着喊妈妈，可是妈妈再也不能回答他了。小雷锋从此变成了孤儿。好心的六奶奶收留了他。懂事的小雷锋为了减轻六奶奶的负担，常常躲着六奶奶到村外讨饭。一个地主婆唆使恶狗一口咬住了小雷锋的大腿，小雷锋的大腿顿时鲜血直流，疼痛难忍。小雷锋挎着篮子去挖野菜，拿着柴刀上山砍柴。有一次砍柴，被地主婆拦住了去路，还夺去了他的砍柴刀。小雷锋气愤地说：'你干吗抢走了我的砍刀？''这是我的山，你怎么敢砍！'地主婆说完，朝雷锋手背上连砍三刀，小雷锋的手背顿时鲜血直流，疼痛不已。小雷锋咬紧牙关，捂住伤口，怒视着地主婆，一滴眼泪也没有流。

"一九四九年八月,解放军打到了雷锋的家乡,雷锋加入了儿童团,参加了诉苦会,斗争恶霸地主,还经常站岗放哨。

"一九五〇年,雷锋家乡办起了小学。小雷锋上学要走十里山路,可他总是第一个到学校,放下书包,擦黑板啦,抹窗户啦,整理课桌和板凳啦,一刻也不闲着。雷锋很爱劳动,洗衣服、缝缝补补和田间地头割草、砍柴、拾粪等农活,他都去做。

"小学毕业后,雷锋被留在乡政府当通信员,后来又到县政府当公务员。有一次,他跟县委张书记下乡,在路上看见一个螺丝钉,他上前踢了一脚就走了。张书记一声不响地走过去,把螺丝钉捡起来,说:'我们国家底子薄,要艰苦奋斗,一个螺丝钉很重要。缺了它,机器就不能运转了。'张书记把这口螺丝钉放到雷锋手上,叫他送到了工厂,雷锋联想到,在自己的岗位上,一定要做这样一个螺丝钉。

"一九五九年,雷锋调到了鞍钢……"

"阿姨,鞍钢在什么地方?"涛涛问。

"鞍钢是我国一家大钢铁公司,在辽宁省。"彩霞说,"一天晚上,雷锋正专心看书,忽然外面下起了大雨。有人大声喊:'同志们,停在工地上的那列火车上,还有七千多袋水泥露天放着,得赶快去抢救!'雷锋赶紧叫来二十几个青年工人,给列车上的水泥抢盖上席子和雨布。可是席子和雨布不够,还剩下一些水泥没盖上。雷锋毫不犹豫地脱下身上的衣服盖在上面,又跑回宿舍卷起自己的棉被,盖住了最后几袋水泥。"说到这里,彩霞阿姨歇了歇,由丹霞阿姨补充了雷锋参加中国人民解放军后的一些故事，如亲手制服"耗油大王"啦，认真读《毛泽东选集》啦，为被盐酸水烧蚀裤子的战友打补丁啦，为节省开支只肯领一套军装啦，在沈阳火车站为丢失车票的大嫂买火车票啦，帮老大娘背大包袱、送老大娘到抚顺她儿子的家啦，一一生动地讲了出来。

"一九六二年八月，有一天，雷锋指挥一个战友倒车，汽车的左后轮突然滑进旁边的水沟里，车身撞倒了埋在路边的一根粗木桩。粗大的木桩击中了雷锋的头部，经紧急抢救无效，雷锋为祖国、为人民的伟大事业献出了宝贵的生命。他在一篇日记里写道：'对同志要像春天般温暖，对工作要像夏天般火热，对待个人主义要像秋风扫落叶一样，对待敌人要像严冬一样残酷无情。'一九六三年三月五日，《人民日报》发表了毛主席'向雷锋同志学习'的题词，号召全国人民向雷锋这位伟大的共产主义战士学习。"

雨，不知什么时候停了。天空的乌云已经消散，一轮银盆似的圆月升起来，银色的月光撒满了大地，周围一片宁静与和谐，像沉浸在动人的故事里。

彩霞对大家说："你们听了雷锋的故事，有些什么感想？"

波波说："我听完了雷锋的故事，很受感动。雷锋小时候很苦，长大了以后专为国家、为人民、为集体、为别人做好事。我已经逐步学会了速写，并开始学习国画，我要学习雷锋的钉子精神，用画来为人民服务。"

涛涛说："我童年的生活比雷锋好多了。我今后一定向雷锋叔叔学习，勤学苦练，待人热情，不追求吃穿，多做好事，如帮盲人过斑马线啦，在公交车上为老弱病残孕让座啦。"

佳佳说:"半年前我被人贩子拐卖了,是彤云阿姨和警察叔叔救了我。我一定要向雷锋叔叔学习,向警察叔叔学习,不听骗子的话,对坏人像严冬一样残酷无情。"

茜茜说:"我爷爷患颈椎病,我妈妈也经常腰痛,巫丹阿姨坚持为他们按摩,现在好多了。我也要向雷锋叔叔学习,做到不让大人操心。长大了当个好医生,治病救人。"

"雷锋叔叔小时被地主婆砍伤了手,可他没流一滴泪。我今后打针、摔倒,坚决不哭,做到勇敢坚强。"邻居一个小朋友说。

来自赤霞村的保姆们也谈了各自在的感慨。彤云阿姨说了救佳佳的几个细节,大家都敬佩不已。彤云阿姨表示要向雷锋学习,自己活着,是为了让别人活得更美好。

彩霞想:"榜样的力量是无穷的,淳朴是孩子的天性。今后要让孩子们逐步接触生活,热爱大自然,培养他们勇敢顽强、勤奋守纪、努力学习、力求上进的精神。"

丁奶奶给每人发了糖果,最后说:"今晚的故事会开得很好,对我也有深刻的教育。活到老,学到老。我们学雷锋,要创造性地学习雷锋的精神,保重自己的身体,为国家为人民多做好事。"

丁奶奶的话,获得热烈的掌声。

第十三章　童趣

清明时节下乡来，城里孩子心花开。故事会、儿童节，活动安排很精彩。让孩子们在故事中学习、成长，让他们在欢笑中变得聪明，懂得真、善、美……

一

"清明时节雨纷纷，路上行人欲断魂。"可是根据天气预报，今年清明节的三天假，都是晴天。风和日丽，莺歌燕舞，赤霞河好一派旖旎风光，多么引人啊！彩霞和丹霞曾答应清明节带波波和涛涛去赤霞河玩，盼望已久的日子终于来临了，他们手舞足蹈，兴高采烈，乐不可支。

江教授很喜欢从赤霞村来的保姆们。因为回乡扫墓的人川流不息，怕挤着她们和两个孩子，决定让彩霞开车，来去两便。

轿车在高速公路上飞驰，不到三十分钟就到了赤霞村。黑亮亮的新轿车一直开到彩霞的家门口，停在一棵梨树下。在车上，他们看见果树林里绽开了白色的梨花、李花、樱花和红色的桃花，美丽极了。下了车，彩霞的父母、丹霞的父母和女儿灿灿、豆豆的父母等都笑吟吟地出来迎接，连彤云拄着拐杖的父亲和病恹恹的母亲也笑着出来相迎。波波和涛涛尊敬地叫了他们"爷爷"、"奶奶"。他们抚摸着乌黑发亮的新轿车，心里有说不出的高兴。女儿们很忙，有时不能休假，做父母的最能理解。

丹霞家的小黄狗从梨树林里钻出来，高兴地摇着尾巴，围着丹霞、彩霞、波波和涛涛蹦着、跳着、兜着圈儿，显出乐滋滋、喜洋洋的样子。小黄狗已经长大了一些，毛光水亮，肥嘟嘟的,附近几户人家都把它当作宝贝。

彩霞和丹霞打开汽车尾箱,取出行李包和祭祀用品,然后分别领着波波和涛涛进了各自的家门。

波波见到嘉嘉的爷爷、奶奶,又连声地叫着"爷爷"、"奶奶"。奶奶笑呵呵地说:"坨坨又长高了,长结实了。"

"坨坨已经改名了,叫波波,是个很听话的孩子。"彩霞笑着说。

波波背着一块画板,提着奶粉、蜂蜜等跟着彩霞进了屋。

涛涛见了灿灿的公公、婆驰也不断地叫着"爷爷"、"奶奶"。

婆驰笑吟吟地摸着涛涛的头,说:"长高了些,开始抽条了。"

丹霞带回家的,也是些中老年奶粉、蜂蜜、蜂王浆和一些水果,还特地给灿灿买了双枣红色软面胶底皮鞋。

午饭以后开始扫墓。彩霞和丹霞领着波波和涛涛来到嘉嘉的墓地,墓地四周芊芊莽莽的柴草已经铲光,墓地打扫得干干净净。四株松柏树又长高了,郁郁青青,墓前放满了整齐的一束一束的映山红,旁边为义犬小白狗做的小墓地上也有人献上了映山红,这些花大都是赤霞小学的孩子们献的,献花的还有几个是被救的五个小学生和他们的家长。

"为什么会献这么多映山红呢?"涛涛问。

"嘉嘉哥哥舍己救人,在洪水中救出了两个同学,自己被木头撞伤了头部,被洪水卷走了。大家都很怀念他,所以献上了这么多象征革命精神的映山红。"

波波和涛涛也采来两大束映山红,放在墓前,深深地敬了三鞠躬。

墓旁不时响起噼里啪啦的鞭炮声。

公公把他父母坟墓周围的柴草全部铲光了，坟墓上打扫得干干净净。磕头、作揖、献花，响起一连串的鞭炮声。波波和涛涛也都上去磕了头。

悼念时，小黄狗趴在地上一动不动。

彩霞扫完墓，提着行李袋，翻过小山坡，穿过一段两旁开满映山红的小路，到了一座林木森森、翠竹掩荫的白屋——这就是彩霞妹妹方芳的家。大侄女盼盼见了彩霞，大声地叫着"姨妈"，小侄女蕊蕊见了彩霞，张开双臂，扑上去，搂住彩霞的脖子，亲切地叫了一声"妈妈"，眼泪扑嗒扑嗒地往下掉。孩子来到人间还只有三年，虽然不懂得"妈妈"、"女儿"、"爱"这些感情词典里面的词语，并且不能用语言表达出这方面的感情来，但总是用明亮的眸子、晶莹的泪珠、天真的微笑、稚嫩的表情来表达。多可爱的孩子啊！彩霞从口袋里掏出一块新手帕，给蕊蕊擦干眼泪，自己的眼泪也在不断地流。

灿灿扫完墓，带着波波和涛涛去后山玩，小黄狗跟在后面，那是孩子们的世界。站到后山上四下里张望，普山普岭的映山红，红得像燃烧的火焰。春天过去了一半，半春子由小变大，又青变黄，一根藤上多的结到二十来颗。涛涛尝试了一颗，感到甜蜜又略带酸味。波波试了一颗，也觉得好吃。灿灿和波波、涛涛把它们小心翼翼地摘下来，装进塑料袋里。

灿灿把波波和涛涛带到养蚕房，见蚕宝宝爬在用竹盘中的桑叶上，不停地咀嚼着桑叶。灿灿说："蚕宝宝可以用手摸，不咬人的。"涛涛轻轻地拿起一条，蚕宝宝真的不咬人，还可爱极了。

灿灿领着波波和涛涛去看采茶。好大的茶山哟，一片连着一片，一坡连着一坡，一山连着一山。有人用机器采茶，也有人用手工采茶，将嫩叶一片一片地摘下来，用揉茶机揉成条状，让它发酵，再放到烘干机里烘干，就成了绿茶。制茶有好几道工序啊！

下山时，穿过好大一片竹林，灿灿小心翼翼地说："别踩着竹笋，现在正是竹笋暴土的季节，凡踩过的竹笋都长不出竹子来。"

晚饭后，天渐渐黑下来。上弦月挂在天空，月色清朗，星星密布，还不停地眨着眼睛。

涛涛问："在乡村里，天上的星星怎么这么多？"

灿灿说："乡村的空气比城里新鲜，烟尘比城里少，所以看起来就多些、亮些。"

往草地上一站，远远近近有许多流萤，亮着灯笼飞来飞去。灿灿叫着"啊丽……啊丽……"便引来一些萤火虫。她用扇子朝萤火虫轻轻一托，萤火虫便落到扇子上，被捉到瓶子里了。波波和涛涛也捉了二十几只，放入瓶子里，瓶口用纱布蒙住，可以通气，又不用担心跑掉。晚上睡觉，涛涛梦见萤火虫逃光了。波波起来一看，没跑，萤火虫不是都在吗？

第二天，灿灿带着波波和涛涛到小溪里捉鱼。

灿灿说："赤霞村北面有一个水库，水库下面有一条五六米宽的小溪，通往赤霞河。只要水库里的水满了，就要泄掉一些水，水库里的鱼也跟着水游下来一些。游得快的，进入了赤霞河；游得慢的，就停留在小溪里。水库昨天水满了，昨晚泄过水，小溪里今天肯定有鱼。小溪里有水坑，鱼一般躲在水坑里。"

灿灿腰上系着一个鱼篓，先下到一个水坑，把水搅浑，好浑水摸鱼。她摸到了几条鲫鱼，在另一个水坑里，逮住了一条一斤半左右的红鲤鱼；在其他水坑里还摸到一条黑鱼和一条黄刺鳈。灿灿把它们放进鱼篓里，说："这黄刺鳈摸上来时，还生气似的'咕咕'叫，两旁各有一根刺，尖尖的，硬硬的，这是它的护身器，抓的时候要小心啊！"

涛涛在一只水坑里摸了很久，总是鱼碰着手就溜掉了。灿灿告诉他，要双手齐下，摸的范围由大到小，碰到的鱼就溜不掉了。涛涛改用双手摸，一会儿就摸了好几条鲫鱼和一条水鱼。水鱼一出水面便伸着脖子要咬涛涛的手，涛涛非常害怕，准备把它扔了。灿灿说："不要怕，不要怕！你抓住它的屁股，它就没法咬到你了。这水鱼是野生的，很好吃。"涛涛抓住水鱼的屁股，把它投进了灿灿的鱼篓里，波波也摸到了两条斤把重的荷包鲤、两条大鲫鱼和一条咕咕叫的黄刺鳈。

涛涛又摸了一阵，摸到一只类似水鱼一样的东西，抓到手里就把头缩了进去。灿灿说："这是乌龟，笨死了，把它投到我的鱼篓里来吧。"

这时候，涛涛感到小腿上痒痒的，低头一看，不知一条什么东西叮在小腿上，扯都扯不掉。他吓得尖叫起来，使劲地跺着脚。灿灿笑着说："别怕，别怕，那是蚂蟥，你拍它几巴掌，它就掉下去了。"

涛涛朝蚂蟥拍了几巴掌，蚂蟥果真掉到水里了。

午饭后，他们来到赤霞河，没有立即垂钓。灿灿说："神仙难钓午时鱼。我们在这儿玩一会儿吧！"

阳光璀璨，暖洋洋的，赤霞河蜿蜒曲折地流着，熏风吹动着嫩绿的桑叶，柳树碧绿的柔条在风中摆动，黄莺、画眉和红嘴鸟在桑林里婉转地唱着歌，远处有布谷鸟在叫着："哥哥插禾！哥哥插禾！"

波波和涛涛躺在草地上，仰望蓝天上的白云，感到很有趣，有的像人，有的像猫，有的像老虎，有的像狮子，有的像熊，有的像大象……它们在缓缓地移动着，追逐着，变化着。这在高楼林立、天空逼仄的省城里是看不到的。涛涛打了一个盹，似乎坐到了小船上，突然有一条红鲤鱼从河水里跃起来，落在小船的舱板上，翻来覆去地跳跃着……涛涛睁眼一看，原来是一个梦。

灿灿正在钓鱼，她钓上一条鲤鱼在空中翻腾跳跃，波波拿出早已准备好的画板，画出了灿灿钓鱼的速写，叫灿灿来看。灿灿伸过头一望，一个六岁多的小姑娘，圆脸，一双大眼睛，一对翘角辫，穿蓝格子衣、牛仔裤，渔竿扬起来，一条鲤鱼在空中扭动着。灿灿笑着问："这画的是谁？是我吧？"

"你看像你吗？"波波笑着问。

"像！"灿灿笑吟吟地说。"把这画留给我。我们去采菌子吧？"

"去吧！那寒菌可好吃呢！"涛涛兴趣盎然地说。

灿灿带着波波和涛涛到了后山去年采菌子的地方，很快发现了几株杉树兜旁有一些寒菌。一会儿，他们便采了半篮子寒菌。

波波记起茅草丛中生野鸡蛋的地方，想看看又生了野鸡蛋没有。他轻轻地走近茅草丛,看见茅草杂乱不堪,丛中撒满了许多鸡毛。他连忙向灿灿默默地招手。灿灿明白了他的意思,走近一看,忙把波波和涛涛拉到护山棚,蹲在地上,小声说:"那边肯定有个豺狗洞,洞里肯定躲着豺狗。这家伙常常下山偷偷地潜伏在鸡群鸭群附近,步步逼近,然后一跃而起,叼住鸡鸭中最肥大的一只,往山里逃,叼进洞里,一路上撒落一些鸡毛、鸭毛。今年村里就损失了十几只鸡鸭,可恨死了!"

波波和涛涛决心灭掉这窝豺狗。灿灿说:"豺狗主动向鸡、鸭、兔子攻击,一般不主动伤人,但当它感到自己的生命受到威胁时,它还是会咬人的。小黄狗不知什么时候走到了茅草深处,闻到了豺狗的气味,对着茅草丛狺狺狂吠。灿灿把小黄狗叫到身边,抚摸着它的头,让它安静下来,不让它叫唤。然后在它背上轻轻拍了三下,小黄狗马上下山,找到了丹霞,领着她往山上走。小黄狗领着丹霞走到护山棚里,见到灿灿、波波和涛涛。丹霞了解情况后,交代他们每人在护山棚里抽出一根木棒,跟在后面。丹霞和波波各选了一根粗重的木棒,走了三百多米山路,寻到茅封草长的洞边,高高地举起木棒,做好了战斗准备。

一条雄豺狗突然从洞口窜将出来,龇牙咧嘴,挨了丹霞一猛棒,两条前腿被打断了。雄豺狗走不动了,波波追上去朝它头部一顿猛打,打得它奄奄一息,动弹不得。丹霞早已回到原来洞口上方,高举木棒,严阵以待。不一会儿,一条雌豺狗从洞里窜出来,龇牙咧嘴,被丹霞一猛棒,打断了雌豺狗的脊梁。丹霞两棒都是打在豺狗的要害部位。雌豺狗瘫在地上垂死挣扎,波波对着它的头猛击数棒,打得它奄奄一息。灿灿和涛涛也一顿乱棒，两条豺狗被打得一命呜呼。

洞里还有几只小豺狗，慢慢地爬出来，被小黄狗一只一只地咬死了。

丹霞和波波把小豺狗埋了，用粗木棒将打死的豺狗抬回村里，供爱吃野味的人们享用。

村里的人们称赞他们做了一件大好事。

二

熏风一个劲儿地吹，小草一个劲儿地长。桃花红了，梨花和李花白了，樱花也红的嫣红，白的雪白。紫荆树的枝条上开满了密密丛丛的紫红色花朵，宛如彩蝶群集。柳树的柔条长满了新叶，在春风中摇曳，飞出一团团的柳絮。黄莺和画眉在枝头歌唱，蜜蜂在花间忙忙碌碌地采蜜，燕子从南方飞来正忙着做窝。蓝湛湛的天空没有一丝云彩，像宽阔无垠的大海一样。温暖的阳光普照着大地，好一派旖旎风光。

午后，从赤霞村来的保姆们带着孩子们来到月湖公园举行故事会。主持人彩霞手拿九个纸团，每个纸团里都编了一个号码，拿了一号的讲第一个，拿了二号的讲第二个，依次类推。故事会前还规定，凡是讲过、听过的故事一律不讲。为了防止故事碰头，每人要准备二至三个故事。因此，每个人都想讲在前头。

阄抓完了，每人都知道自己讲第几个。

讲第一个故事的是丹霞阿姨。她站起来，向大家鞠了一躬，从容不迫地说："请允许我讲红军长征的一个故事。"大家热烈地鼓掌。

"一九三五年二月三日，农历大年三十。军委一个纵队到达永叙城郊时，已经两天没吃过饱饭了。当他们走到营盘山时，看见漫山遍野的橘树上挂满了黄澄澄的橘子。这时，早到山上的同志高喊：'同志们，加油啊，快到山上吃橘子啊！'

"他们来到山上，却没有看见一个人走进橘林。树上的橘子一个挨着一个，压得树枝弯下了腰，快垂到地面上了。地上散落着熟透了的橘子，有的已经干瘪了，有的已经腐烂了。

"这时，一个小战士伸手从地上捡起一个腐烂了的橘子，四周立刻响起了一片斥责声：'干什么？''同志们，要注意群众纪律啊！'那个小战士把橘子放到鼻前闻了闻，又放到手心里掂了掂，夸赞地说：'嘿，足有半斤重！'然后又小心翼翼地放到地上，继续向前走。

"后来，先遣队的同志到山下的村子里去调查，了解到这一大片橘林是当地大土豪'张老爷'家的，于是回营盘山，没收了这一片橘林。红军在橘林边竖起了一块木牌，上面写着：'这片橘林是土豪的，先没收。各部队路过这里时，应有组织、有纪律地采摘。'同时将整个橘林划分成几个部分，并专门为当地群众划出一块，通知邻近的穷苦人来摘橘子。红军战士们兴高采烈地一边吃橘子，一边赶路。"

"这个故事告诉我们什么？"丹霞阿姨问。

"这个故事告诉我们，有橘子要大家分着吃，不能一个人独吃。"茜茜说。

"不全对，凡是土豪的橘子，都可以吃掉。"佳佳说。

"也不全对。这个故事告诉我们：红军是纪律严明的队伍。我们应该像红军那样，严格遵守纪律。"波波说。

"对！毛主席说过，'加强纪律性，革命无不胜！'"丹霞阿姨说。

丹霞阿姨向大家鞠了一躬，说了声"谢谢"。草地上响起了热烈的掌声。

讲第二个故事的是彩霞阿姨。她站起来，向大家鞠了一躬，说："我要讲的是张海迪姐姐的故事。"大家热烈地鼓掌。

"一九五五年九月二十九日，一个天真美丽的女婴来到了这个世界。爸妈给她起名叫'海迪'。小海迪出生十个月就会叫爸爸、妈妈；十二个月便开始蹒跚学步；两岁时，她喜欢听音乐，看画册，转动圆圆的大眼睛探寻新奇而神秘的大世界；四岁上了幼儿园。她爱唱歌、爱跳舞、爱画画。童年的生活五彩斑斓。"

"五岁时，她有一次唱着歌、跳着舞，突然感到天旋地转，四周一片寂黑，扑通一声跌到地板上。她挣扎着想站起来，可是总站不起来！她问老师：'我的腿怎么了？我的腿站不起来啦！'老师被这一情景惊呆了，马上将她背到医院。经过专家诊断，小海迪患的是'脊髓血管瘤'，可能面临下肢瘫痪，这在世界上属于疑难病例。名医的宣判无疑是一个晴天霹雳，把小海迪的爸爸、妈妈吓呆了，他们不得不踏上一条艰难而漫长的治疗之路。在济南、在上海……面对着无休止的开刀、打针、服药，小海迪都挺过来了。她坚强得如同一位勇士、一位英雄。

"小海迪从六岁到十岁,五年中做了三次大手术,脊椎板被取出六块,胸部以下失去了知觉。她成了一个高位截瘫病人。这种病人一般很难活过二十七岁。

"有一次在北京住院,面临痛苦的脊椎穿刺手术,爸爸、妈妈犹豫起来,担心小海迪受不了。小海迪坚定地说:'叔叔、阿姨,打针开刀我都不怕,我能挺得住。你们把我的病治好吧!长大了我还要当舞蹈演员,当运动员!'"

"在场的医生和护士都感动得流了泪。"

"小朋友们,我们要学习海迪阿姨的什么精神?"彩霞阿姨问。

"我们要学习她不怕痛的精神。"茜茜抢着回答说。

"我们要学习她勇敢、坚强的精神,而不是'不怕痛'的精神。"彩霞阿姨纠正说,然后向大家鞠了一躬表示感谢。草地上响起了热烈的掌声。

讲第三个故事的是彤云阿姨,她向大家鞠了一躬,说了下面一个故事:

"世界幽默大师卓别林,在一天深夜里带了一笔钱回家。经过一段小路时,树后突然闪出一个彪形大汉,拿着手枪逼他交出所有的财物。

"卓别林看着黑洞洞的枪口,装作浑身发抖、战战兢兢地说:'我是有点钱,可全是老板的,帮个小忙吧,在我帽子上打两枪,我好回去交代。'

"强盗没有说话,把他的帽子接过来,'砰砰'地打了两枪。

"卓别林又央求再朝他的裤脚打两枪,这样更逼真了,主人更会相信是真的了。

"强盗不耐烦地拉起卓别林的裤脚打了两枪。

"卓别林又说:'请再朝衣襟上打几个洞吧,这样就更像了。'

"强盗骂道:'你这个胆小鬼,他妈的……'

"强盗扣动扳机,但不见枪响。卓别林知道枪里没子弹了,便飞似的跑了。"

"这个故事告诉我们什么呢?"彤云阿姨问。

"在敌人面前要学会撒谎,才能逃脱自己。"佳佳说。

"强敌当前,要先消耗掉敌人的强势,让他把子弹打完,再伺机脱险。"彤云阿姨说。草地上响起一片掌声,彤云阿姨鞠了一躬表示谢意。

讲第四个故事的是豆豆阿姨,她说了下面一个故事。

"可怜的驴子背着沉甸甸的盐,在往前走。突然眼前出现了一条河,河水清澈见底,河床上形状各异的鹅卵石光滑美丽,驴子只顾欣赏美景,一不小心摔倒在河里。好在河水不太深,驴子喝了几口水,站了起来,它忽然发现背上的盐轻了许多。驴子很高兴,以为这河水是魔水。不久,驴子运了一趟棉花,它想:'我这次运的棉花,要是沾上些魔水,不会变得更轻些吗?'到了河心,它故意一滑,背上的棉花湿透了,驴子可不着急,故意慢腾腾地站起来,'哎呀,太可怕了,背上的棉花比原来的盐重了许多许多,真累死我了!'

"驴子好不容易从河里爬上岸,心里大惑不解:河水为什么能让重的变轻,又能让轻的变重呢?小朋友们,我们应该怎样来认识这个问题?"

"这河水本来就不是会让重的变轻、让轻的变重的魔水!"涛涛说。

"水本来可溶解盐,所以盐减少减轻了;棉花浸了水以后的重量等于棉花加水的重量,所以变重了。"波波说。

"答得好!"豆豆夸奖道。大家热烈地鼓掌,豆豆行了个鞠躬礼致谢。

第五个讲故事的是巫丹阿姨。她站起来,向大家鞠了一躬,说:"我今天讲的故事是'讳疾忌医'——也就是生了病而不肯救治的故事。"

"战国时候,有个神医叫扁鹊。有一次,他回到故乡齐国。齐王盛情款待了他,请他到王宫吃饭。

"扁鹊见到齐王,便觉得齐王气色不好。于是小心地对齐王一语道破:'大王,你现在有病,病在皮肤,非常好治,如果耽误了的话,会厉害起来的。'

"齐王不以为然地大笑起来,说:'我这么有力气,体格也好,哪会有什么病呢?'

"扁鹊拜别齐王回家了。五天后,扁鹊惦记着齐王的病,又来看齐王。他见齐王脸色灰暗,又提醒齐王:'你的病已经进入血脉了,如果不治,会变得更加厉害的。'

"齐王只是摇摇头,笑道:'我健康得很呢,根本没有什么病。'

"扁鹊只好遗憾地走了。

"又过了五天,扁鹊鼓足勇气来见齐王,一字一句地说:'你的病已进入肠胃,再不治,会要了你的性命的。'

"齐王一听,生气极了,干脆不理扁鹊。心想:'扁鹊总说

我有病,没病也会被他说出病来的,真是不吉利。'

"又过了五天,齐王真的感到身体不舒服了,派人去找扁鹊。谁知扁鹊这次见了齐王,一句话也没说,转身就走。

"齐王觉得奇怪。扁鹊为什么一句话也不说呢?齐王派人去问扁鹊,究竟是怎么回事?

"扁鹊摇摇头说:'我早就请大王治病,可是大王不听劝告。现在,大王的病已进入骨髓,我已经毫无办法了。'

"没过几天,齐王果然一病不起,非常后悔。他赶紧派人去请扁鹊,可是扁鹊已经离开齐国了。不久,齐王便一命呜呼。"

"这个故事告诉我们什么呢?"巫丹阿姨问小朋友们。

"这个故事告诉我们,有病要听医生的话。"茜茜说。

"这个故事告诉我们,有病要早治。"涛涛说。

"我们能从中找到更深刻的道理来吗?"巫丹面带微笑启发大家。

"听人说到自己的缺点错误要早改,要不然,会铸成大错。"巫丹阿姨总结说。

大家响起热烈的掌声。巫丹阿姨向大家鞠躬致谢。

讲第六个故事的是佳佳。她站起来,向大家鞠了一躬,说:"我讲的故事是'东郭救狼'。"

"东郭先生在路上救了一只被猎人追赶的狼,把它装在驴背上的袋子里。没过多久,猎人追来了。东郭先生告诉他说:'狼朝前面跑了。'

"猎人离开后,恩将仇报的狼从袋子里爬出来,见没有危险了,竟然要吃掉东郭先生。这时,正好走来一位肩上扛着锄头的农夫。他见到这种情况,忙问是怎么一回事。听完东郭先生的讲述后。农夫装作不相信的样子说,'狼不可能钻进那么小的袋子里去。'愚蠢的狼听他这么一说,又得意地钻进了袋子里。农夫一见狼中计了,赶紧把袋口收紧,用锄头、木棍把这条狼打死了。"

"这个故事说明什么呢?"佳佳模仿着大人说话的口气,扫了大家一眼说。

"这个故事说明东郭先生是个大傻瓜。"茜茜说。大家都哈哈大笑起来。

"这个故事说明,我们要向农夫学习。"涛涛说。

"这个故事告诉我们,不要被坏蛋所欺骗。"波波说。

"涛涛和波波说得对。"佳佳向大家鞠了一躬,说了声"谢谢!"

讲第七个故事的是茜茜。她站起来,向大家鞠了一躬,说:"我讲的故事是'鹬蚌相争'。"

"海边的岩石上,有个蚌正张开硬壳晒太阳。鲜嫩的蚌肉在阳光下分外诱人。

"有只鹬鸟在岩石后面已等待多时,它轻轻跳上岩石,猛地用尖嘴去吸蚌肉。蚌一痛,迅速合上了贝壳。鹬的尖嘴被蚌的贝壳紧紧地夹住了。

"蚌和鹬在岩石上争来争去,谁也摆脱不了谁。

"就在鹬蚌争得精疲力竭之时,有个渔翁经过这里,顺手把它们塞进了背后的鱼篓里。"

"这个故事告诉我们什么呢?"茜茜问大家。

"这个故事说明,鹬和蚌不要互相争斗,要和平共处。"涛涛说。

"基本上说对了,但还不够全面。这个故事是说鹬蚌各有所长,各有所短,双方相持不下,结果两败俱伤,被别人所获。"彩霞阿姨解释道。

草地上响起了热烈的掌声。茜茜向大家行了一个鞠躬礼。

讲最后一个故事的是波波。他站起来,向大家鞠了一躬,说:"我给大家讲下面的故事。

"唐寅又叫唐伯虎,是明朝的大画家。少年唐寅的画儿画得不错。为了更上一层楼,母亲把他送到大画家沈周那里学画。

"在沈周的教导下,唐寅的画技长进很快。有一天,小唐寅拿出自己的画和老师的画比了比,觉得已经不相上下了,他不禁暗喜。沈周看出了他的心思,就叫妻子准备一顿丰盛的饭菜为唐寅饯行。饭菜摆在后花园东北角的一间小屋里。唐寅一进屋就四处张望,只见屋内有四扇门,却没有一扇窗子。他好奇地向外望去,见门外花红柳绿。他想:'这么好的风景,老师平时不让我来,大概是怕我从这儿出去玩吧。'原来,那三张'门'都是沈周画在墙壁上的!唐寅知道后,'扑通'一声跪在老师面前说:'老师,我不想回家了,让我再跟您学三年吧!'

"此后,唐寅专心致志跟老师学画。就这样,又向沈周学了三年,终于成为了大画家。"

"这个故事告诉我们什么呢?"波波问大家。

"这个故事告诉我们,唐寅从小就能及时改正错误。"佳佳说。

"这个故事告诉我们,唐寅很聪明,是个天才。"茜茜说。

"这个故事告诉我们,从小就要谦虚认真,决不能骄傲自满。"波波最后说。

草地上响起了热烈的掌声。波波向大家鞠了一躬表示感谢。

故事会在热烈欢乐的气氛中结束。

夕阳西下,把公园里的树木花草照得红彤彤的。五位阿姨带领着四个孩子从公园里穿过,路旁密密<u>丛丛</u>的石楠杜鹃和荷花杜鹃在向他们欢笑;夹竹桃枝繁叶绿,开出一<u>丛丛</u>的火红花,仿佛孩子们一团团的笑脸;一些不知名的小鸟在树林里飞来飞去,唱着婉转动听的歌。

三

"六一"儿童节到了,孩子们穿上节日的盛装,一路上说说笑笑、唱歌蹦跳地来到了碧湖公园。这里,青山绿水,林木茂翳,绿荫怡人。远处是水,水清如镜;近处是山,山花烂漫。栀子花在盛开,一朵朵轮子似的白花绽放枝头,散发出诱人的清香;紫薇的枝头托着沉甸甸、姹紫嫣红的球形花朵,在公园里显得璀璨夺目;石榴树碧叶如染,一<u>丛丛</u>红艳艳的花朵在枝头怒放。蜜蜂、蝴蝶在花丛中飞来飞去。小溪从木桥下潺潺流过,好像在唱永远唱不完的歌。路旁有一个漂亮的八角亭,孩子们坐在亭子里,开始有趣的动脑筋活动。

彩霞阿姨宣布这个活动叫"脑筋急转弯"。参加的是三个小朋友和波波。由彩霞阿姨提出问题来，谁先想出答案谁举手先答。几个人同时想出答案来，则由年纪最小的先答。波波回答问题不能超出三个，因为他已经不是儿童了。答对了的到巫丹阿姨处领一份奖品——巫丹阿姨带着佳佳做的纸风车或纸飞机。

"脑筋急转弯"活动开始了，大家紧张起来，个个洗耳恭听。

彩霞阿姨亲切微笑着，出了第一道题："不洗干干净，洗洗不干净；不洗有人吃，洗了没人用。这是指什么东西？"

茜茜想了一会儿，粲然一笑，说："毛巾。"

"不对！毛巾怎么能'洗洗不干净'呢？"涛涛很快否定了。

"冰棍。"佳佳说。

"冰棍怎么'洗了没人用'呢？"茜茜否定说。

波波想了一会，干脆利落地说："水。"

"波波猜对了！"巫丹阿姨奖给他一只蓝色纸风车。大家热烈地为他鼓掌。

"'宝宝不怕晒，穿衣真奇怪。里面套红衫，外面披麻袋。'这是指什么？举手回答。"彩霞阿姨说。

几个小朋友都举了手。彩霞阿姨让年纪最小的茜茜先回答。

"花生。"茜茜说。茜茜猜对了，在巫丹阿姨处领到了一只绿色的纸风车。大家热烈地为她鼓掌。

"'谁都知道它最热心，不欺老幼不欺贫；不怕风吹和雨打，夜夜辛苦伴行人。'这是指什么东西？"彩霞阿姨慢条斯理地问。

"警察叔叔。"茜茜回答,心里充满了自信。

"解放军叔叔。"佳佳另辟蹊径。

"站岗的保安叔叔。"涛涛说。

好一阵,没人猜出来。彩霞阿姨做着向上指的手势,重复了"夜夜辛苦伴行人"一句。

"路灯!"涛涛迅速回答。大家恍然大悟,掌声齐鸣。涛涛领到了一架纸飞机。

"一公斤棉花一公斤铁,哪样重些?"彩霞阿姨面带滑稽地问。

"棉花重些。棉花多些嘛!"茜茜说。

"当然是铁重些,铁本来就很重嘛!"佳佳说。

"两样东西一样重,都是一公斤!"涛涛想了想,说。

大家想了一会,觉得涛涛答得对。大家为他响起了热烈的掌声。涛涛从巫丹阿姨那里领到一只纸风车。

"住院病人病好出院的时候,最不喜欢听的一句话是什么?"彩霞阿姨兀自好笑地问道。

大家想了一阵,都猜不出来,面面相觑。

"再见!"佳佳想了一下,说。

"拜拜!"涛涛说。

"祝你永远健康!"波波说。

"你们是否能想得更具体、更合情合理些呢?"彩霞阿姨提示。

"是……欢迎你下次再来!"佳佳粲然一笑说。

大家觉得佳佳说得对,报之以热烈的掌声。佳佳领到一架纸飞机。

"有一种水果,没有吃它是绿的,吃起来是红的,吐出来的却是黑的。这水果是什么?举手回答。"彩霞阿姨笑着说。

四个人差不多同时举了手。彩霞阿姨选择茜茜回答。

"西瓜!"茜茜大声说。

大家报之以热烈的掌声。茜茜感到很荣幸,因为她优先回答,得了一只漂亮的红色纸风车。

"什么东西天气越热越往上爬?"彩霞阿姨问。

佳佳想了想,说:"牵牛花。"

波波说:"常春藤。"

涛涛说:"爬山虎。"

茜茜想了一阵,蛮有把握地说:"温度计!"因为她家里有温度计。大家报之以热烈的掌声。茜茜获得一架纸飞机。

"什么动物,你打了它,流出来的是自己的血?"彩霞阿姨笑着问道。

"狗……不对不对!"佳佳对自己不假思索、脱口而出的回答作了否定。

茜茜说:"是苍蝇。"大家觉得沾不上边。

"不对,是蚊子!"涛涛纠正。

大家一齐鼓掌,称赞涛涛聪明。他得了一架纸飞机。

"什么东西嘴里没舌头?"彩霞阿姨笑着问道。

"所有动物嘴里都应该有舌头呀!"涛涛疑疑惑惑地说。

"想一想,有种东西的嘴里没舌头。"彩霞阿姨启发说。

"有种东西——壶,嘴里没舌头。"涛涛终于答出了这道题。大家热烈鼓掌。巫丹阿姨奖给他一只红色纸风车。

"有一种船,从来不需要水。这是什么船?"彩霞阿姨问。

"纸船!"佳佳说,因为她和巫丹阿姨一起折过纸船。

"没错。但是纸船一般也放在水里面呀!"彩霞阿姨指指天空,启发说。

"那就是宇宙飞船!"佳佳回答得很肯定。阿姨们带头为她鼓掌,佳佳得到一只紫色纸风车。

"哪个阿拉伯数字倒立以后会增加一半?举手回答。"彩霞阿姨说。

佳佳、茜茜、涛涛,一个个地掰着指头,画着"6"字和"9"字,几乎同时举了手。彩霞阿姨指定茜茜回答。

"6!"茜茜说。茜茜得了一架纸飞机。大家齐声鼓掌。

"在什么地方能看到一个和自己一模一样的人?"彩霞阿姨神神秘秘地问。

"水里面。"佳佳说。

"水里面没错,但是一刮风就不行了,水浑了也看不见。"彩霞阿姨启发说。

"镜子前。"佳佳纠正说。掌声热烈,佳佳得到了一架纸飞机。

"东东六岁了,为什么他生日晚宴点上了七支蜡烛?"彩霞问。

小朋友们倒着指头,数着数字,怎么也答不出来。

"你们再想想,什么情况下多点一支蜡烛?"彩霞阿姨启发在点子上。

"我知道了,一定是当晚停电,多点一支蜡烛用来照明。"涛涛回答说,因为他今年六岁。涛涛获得了一架纸飞机。大家鼓掌祝贺。

"上边毛，下边毛，中间一颗黑葡萄。这是指什么？举手回答。"彩霞阿姨说。

茜茜先举手，满有信心地回答说："眼睛！"一阵掌声之后，茜茜得到了一架纸飞机。

"树上十只乌鸦，开枪打死一只，树上还剩下几只？"彩霞阿姨问。

"树上还有九只。"茜茜回答说。

佳佳伸出十个指头，扳倒一个指头，说："是还有九只嘛！"

波波笑着说："开枪打死一只，其他的乌鸦都吓跑了，树上没有乌鸦了。"几位阿姨都满意波波的回答。彩霞阿姨补充说，"这仅仅是一道算术题。鸟类是人类的朋友，是不能打的。"波波在掌声中领到一架纸飞机。

"黄瓜、南瓜、丝瓜、苦瓜都可以吃，只有一种瓜不能吃。这是什么瓜？"彩霞笑着问小朋友。

大家面对这刁钻古怪的问题沉默了好一阵，答不出来。彩霞阿姨允许大家交头接耳。

"有毒的瓜。"涛涛回答。

"虫咬过的瓜。"佳佳回答。

"烂了的瓜。"茜茜说。

"喷了农药的瓜。"波波说。

"这瓜会不会是地里长的？"彩霞启发他们说。好一阵，还是没人想出来。彩霞阿姨再次启发："如果不是地里长、树上结的瓜，那又是什么瓜呢？"

波波想了一阵，嘿嘿地笑起来，说："是傻瓜。"其他三个孩子猛然醒悟，令人发噱，阿姨们也忍俊不禁。波波领到了一架红色纸飞机。全场一片热烈的掌声。

"脑筋急转弯"的活动结束了，阿姨们和孩子们沿着小溪，看着流水，听着鸟鸣，闻着花香，捉着蝴蝶，依依不舍地走出了这个公园。

第十四章　征服

　　赈灾,把魔鬼赶走;钓鱼,与大自然搏斗。曙光花园换新人,掌声、鞭炮齐鸣。征服大自然,克服一切困难,从赤霞村来的保姆们大踏步走在前头!

一

二〇〇八年五月十二日下午二时二十八分四秒，四川龙门山里氏八级地震猝然爆发，整个亚欧大陆为之颤抖，大地形成了三百多公里长的断裂带，直接严重受灾地区达十万平方公里，地震中遇难六万九千二百二十七人，受伤三十七万四千六百四十三人，失踪一万七千九百二十三人，直接经济损失八千四百五十一亿元。大地震冲击波过后，这块被重灾洗劫的土地，山河破碎，满目疮痍。

党中央领导、指挥救灾！

国务院领导、指挥救灾！

人民军队走在救灾的最前线！

全国人民以及海外侨胞在灾难面前，做出了许许多多感人的壮举！

来自赤霞村的保姆们商议，感到义不容辞，每人自愿捐款八百元。这对于低薪收入的保姆来说，已经是一笔不小的数字了。彩霞家里有县政府发给的抚恤金三十万元。彩霞征得全家人同意，将其中的十万元捐给了灾区受苦受难的同胞。曙光花园的一些住户积极捐款，连住第四栋第四单元的侯奶奶，也从敬神祷告的费用中捐出了五万元。

六月，省城举行了一次赈灾义卖活动。自己有什么值钱的古董、字画、装饰品等物件拿出去卖，卖到的钱用于救灾。这是在一个梯形小礼堂，里面坐满了人，台上摆着五百多件物品，一件一件地拍卖。现在已经卖到第五十件了。

拍卖师拿出两幅画给大家边看边说："这一幅是速写，描绘一个十岁的戴红领巾的小学生拼命抱住一个抢劫妇女钱袋的罪犯的脚；抢劫犯弯腰捡到一块砖头使劲朝这小学生头上猛砸，小学生昏倒在地上。这位头部负伤、辍学八年的少年就是这幅画的作者，叫江波。现在已经十八岁了，就站在我身边。"拍卖师亲切地拍了拍他的肩膀。

"另一幅是现代仕女图。"大家引颈相望，画中人是一位漂亮的年轻妇女，圆脸，黑发齐肩，长睫毛，大约三十岁，仪容娟秀，面带笑容，上穿花格衬衣，下穿牛仔裤，手捧一支山茶花，她正在观赏。拍卖师介绍说："这位画的是省政府颁发'见义勇为英雄母亲'奖状和奖金的方彩霞同志。她在洪峰中和十岁的儿子抢救了五名小学生，而十岁的独子嘉嘉在头部受到猛烈撞伤后，被洪峰卷走，英勇地牺牲了。这幅现代仕女图也是江波画的。"

拍卖会上出现了热烈的议论和短时的骚动。开始报价了。

"这两幅画各五万元！"

"这两幅画各八万元！"

"这两幅画各十万元！"

"这两幅画各十二万元！"

义卖声停了一下。一个壮汉霍地站起来，大声说："这两幅画各十五万元！"

再没人加价。一锤定音！

最后一位买者解释说："我要买回去送给老婆和儿子。"会场上响起了热烈的掌声。

这次赈灾义卖活动很成功。站在台旁的江波激动得流下了热泪。

涛涛想起奶奶、阿姨们和波波参加了义捐,而自己是少先队员,没捐一分钱,很不好意思。他想向奶奶要,又不好开口。仔细一想,去年冬天湘江枯水季节,他和波波不是在江中的沙洲上挖出了古董、古币,卖了钱存在银行里吗?想到这里,他连忙请丹霞阿姨拿出存折,把五万元存款义捐到了灾区。

二

五月的熏风,吹绿了三湘大地。到处莺歌燕舞,鹰飞草长。天气还不那么热,选择一个阴天,无须用遮阳伞或草帽,可以在渔场、水库、河边、湖边垂钓一整天,中午吃带上的面包、茶水和饮料。

江教授是滨江花园垂钓的高手,不仅会选渔竿、会装配、会拆卸、会系钩、会配线,而且会收线、会放线、会遛鱼、会识别鱼类、会选鱼食、会选鱼饵、会打窝子。参加过省、市几次钓鱼比赛,得到三个第一。从六岁到六十六岁,已经有五十余年光辉灿烂的钓鱼史。集五十余年钓鱼之经验,可以堂而皇之地写一部洋洋五十万字的回忆录。渔具店里的人,和他特别熟。那些初买钓具的人,常常请他去当参谋。自去年患腰椎病起,再也没拿过钓竿,眼看将与他的钓竿绝缘了。没想到腰椎病彻底好了以后,他的钓鱼瘾卷土重来,手里痒酥酥的,心里也痒酥酥的。

在钓鱼方面,江教授很健谈,记忆力也很惊人。哪年哪月哪日在什么地方钓到一条大鲤鱼、大草鱼、大青鱼、大鲢鱼、大鳊鱼,甚至大鳖鱼,重量是多少,是怎么钓上来的,他心里记得一清二楚。只是文化大革命中有一段日子怕戴"修正主义"和"逍遥派"的帽子,钓鱼次数才明显减少,有时干脆把钓具珍藏起来,搁到隐蔽的地方。

钓鱼之乐不在乎吃鱼,而在乎依山傍水、品红赏绿、怡然自得、思想放松、无忧无虑。垂钓时,最具有刺激性的是,从浮漂开始摇动到把鱼钓上岸来这段时间,特别是鱼在水里逃窜、挣扎这段黄金时间。

江教授昨天就做好了垂钓准备。今天是个礼拜天,又是一个阴天,江教授一大早率全家人由彩霞开车,到离城二十五公里的千山湖渔场垂钓。这里是省城至赤霞村的中点,离赤霞村不过二十五公里的路程。每人一竿,有的专钓小鱼,有的专钓鲫鱼、鳊鱼,还有一支竿专钓十斤以上的大草鱼、大鲤鱼和大青鱼。他们到千山湖下了车,映入眼帘的是广阔的湖面,山清水秀,依山傍水,风景旖旎,绿荫怡人,风平浪静,这是垂钓绝对的佳处。江教授到达前,这里已经陆续有人择位扬竿了。

根据渔场主人的指点,彩霞选择了钓位,打了四个远近不一的窝子。一般说来,打下窝子半小时后就有鱼进窝来。

半小时后,彩霞陆续钓了几条肥嘟嘟的鲤鲫,波波钓到了几条小小的鲂鲅鱼，于教授则钓了几只大虾。江教授用的鱼饵是青草，用的线是六号线、十号钩，可以钓到二十公斤以内的大草鱼。奇怪的是，他今天已经钓了三个多小时，收获却空空如也。

"钓鱼贵在有耐心。"这是江教授的口头禅。有好几次，从甩钩放线起到夕阳含山，无鱼问津，他也不急。等到收竿时，忽然有大草鱼追着咬钩，钓上岸来有十余斤重。再说，没钓到鱼也有收获，青山绿水，风景旖旎，翁郁葱葱，空气新鲜，大自然的这些恩赐，并非在城市高楼大厦里能享受得到的。

他们在水库边吃了面包，就着茶水饮料，然后开始午休。彩霞带着涛涛在摘桑葚，吃得满嘴紫红紫绿。

午后两点多钟，他们又开始垂钓。江教授将鱼饵换成糠饼粒，利用铅砣的重力把钩甩到远处的窝里。这样，有可能钓到那些一动不动、老奸巨猾、坐享其成的大青鱼、大鲤鱼、大草鱼。一会儿，鱼漂碎动了好几下，凭经验，这是小鱼在咬钩。咬了一阵，鱼漂不动了，表明钩上的糠饼粒被吃光了。江教授转轮收线，改上了糠饼粒。这一次甩得更远，鱼漂仍然是碎动了一阵，又不动了。江教授又慢慢转轮收线。

突然，他的渔钩仿佛钩住了一条大鱼，这条大鱼纹丝不动，打着桩，根本不把自己上钩当成一回事。好家伙，它装着若无其事的样子，根本没把钓者放在眼里呢！江教授使劲收线，钓竿成了弧形，鱼似乎才靠近了一点点。江教授担心把渔竿折断，停了一会儿，再收线，再停一会儿，再收线，一直把这条一动不动的大鱼慢慢拉动了，拉到离岸五米的地方，四米的地方，三米的地方，两米的地方，它为什么不溜、不逃、不窜、不跳呢？江教授盼望的是上钩鱼龙腾虎跃的情景。他仔细一看，这哪里是大鱼？明明是一具尸体！

真是大煞风景！江教授立即叫彩霞打电话报警。彩霞跑过来一看，大吃一惊，原来是巫丹父亲的尸体。尸体有些浮肿，脖子上挂了一块牌，上面写着："我是一个罪人，请葬于大山深处。"

彩霞立刻告诉场主，又遵照江教授的指示，开车回去把巫丹接来。

场主闻讯赶来，说："前天和昨天挺晚的时候，有人在这里徘徊了一个多小时，后来就不见了，我还以为是钓鱼人特地到这里来选择钓位，没料到会出这种事。"说完，把尸体拖到岸边上。

周围钓鱼的人们走来看了看，感到十分恶心，非常倒霉，纷纷把钓进渔网的鱼倒回水库里，收拾好自己的钓具。江教授也叫波波把钓到渔网里的鱼倒到水库里。

半个小时后，来了一辆警车，车上下来三位警察。彩霞的车几乎同时赶到。巫丹下了车。警察看了看现场，拍了几张照片，尸体上没有任何伤痕，向巫丹了解了一些情况，联系挂在脖子上的小木牌上的字，大家判断是自杀。

巫丹严肃而气愤地说："听说他最近又借高利贷赌博输了两百多万元。他已经失去了人类的理智和良心，成了众所周知的亡命之徒，成了一具行尸走肉，哪里还是我的父亲！我们家一年前就被他拆得妻离子散了。他是由于沉重的赌债被逼得自杀的，这就是赌徒最终的下场！"

一位警官严肃地对渔场主人说:"死者生前请求埋在这山上,你们的意见呢?"

场主马上给村长打电话,村长是个开明人,说:"同意将尸体埋在大山深处,不留痕迹,让它回归大自然。"

场长转过头对巫丹说:"不过,还是要弄几块木板和一点稻草。"

"请你找几个人弄几块木板和一点稻草,我出钱。"巫丹恨恨地说,从衣口袋里掏出一千元人民币给场长。

钓鱼和围观的人们感到十分扫兴,对着尸体咒骂了一通,渐渐地散了。巫丹上了彩霞的车,车开走了。警车也随即开走了。

江教授对巫丹的怜悯之心油然而生,深情地对巫丹说:"他已经不是人,更不是你的爸爸!这与你毫无关系了。你自食其力,好好地工作,钟医生一家人都很喜欢你,关心你。有什么困难和想不通的事,你也尽管找我,找彩霞。"说完,又对彩霞说,"此事到此为止,打上一个句号,今后就别再提啦!鱼,今后还是要钓的,要选好天气。"

三

五月份垂钓遇到的倒霉事,渐渐在人们心中淡化了。

眼下到了六月,江南酷暑的日子还没有来。如果是阴天,出外垂钓,场主给你撑上一把大遮阳伞,可以把紫外线降到最低点。江教授扎扎实实准备了一天。明天是阴天,又是一个礼拜日,率全家畅畅快快地去野外垂钓一次。

他不喜欢去"农家乐",那儿一般是鲫鱼和两三斤重的草鱼,钓起来乏味。彩霞打听了几处地方,其中最佳垂钓点要算山鹰水库。这地方他曾来过,离省城不到二十公里,山清水秀,无风无浪,对面的黛色环形山的倒影呈现在水中,旖旎之至。水库附近有家酒厂,排出来的酒糟是喂猪、养鱼的好饲料。因此,这里的鱼儿肥,鱼肉也鲜嫩,腹内没有黑膜。

水库的堤面有六米多宽,设置了许多插钓鱼伞用的钢管,沿水边一线有一些等距离的挂渔网用的钩子。水库堤上空空如也,尤其是没有电线,扬竿甩线时一无阻碍,百无禁忌。

彩霞连打了四个远近不一的糠饼窝,用钓线试了一下窝的深度,再给浮漂定位。

江教授这次用的是六号线、十号钩,钓钩上的是糠饼粒,把钩和线甩到远处打窝子的地方,摆好钓大鱼的架势。

彩霞把自己的钓具装配好后,帮于教授和波波装钩走线。一会儿,四根竿子全甩出去了。

半小时后,打窝子的地方开始冒出小气泡,说明鱼开始进窝了。彩霞第一个起竿,钓了一条鲤鲫,在水面上七窜八跳,溜了一阵,波波用抄网抄上岸来,估计有大半公斤重。彩霞钓了一条鲤鲫便收竿了,帮助他们换饵、甩线,她觉得这是她的责任。她的责任不是钓鱼,而是招呼一家老小。江教授的浮漂动了几下,这是在向他发出重要信息。浮漂随即下沉。江教授及时起竿,钓住了一条大鱼。因为钓饵是糠饼粒,估计是条大草鱼、大鲤鱼或大青鱼。这条鱼首先在水库底层打着桩,一动不动,后来往水库中心疯狂地窜动着,一会儿跳跃起来,跃出水面一米多高,可以看见它的红尾巴在空中摆动,再落入水中,溅起一片水花。这是一条大鲤鱼,力大,性子急,把渔线拉得"铮铮"作响。江教授感觉这样容易脱钩,不能操持过急,随着拉力悄悄放线。鱼落入水中后,突然脱钩了。仔细检查,线未断,钩未变形,凭手感可以断定,鱼钩是钩在大鱼的牙床上,起竿快了,没钩稳逃掉的。彩霞帮他重新换饵、抛竿,把鱼钩甩到原来的地方。

波波和于教授先后钓了几条鲤鲫,只有江教授一无所获,空喜一阵。他笑着说,"我的线粗钩大,是放长线钓大鱼,愿者上钩。"

中午在渔场就餐,大家认为渔场做的最好吃的菜是鱼。大家边吃,边谈钓鱼的乐趣。"神仙难钓午时鱼",这是常识,午饭后,四个人就在堤坝上玩扑克,午后两个多小时,水库里的鱼又活跃起来,人们各就各位。波波发现自己的钓竿不见了,四下里寻找,原来被鱼拖到水库里了,幸好渔竿浮在水面上。彩霞在自己的鱼钩上加了一个铅砣,把钓钩甩过波波的渔竿,慢慢钩住了波波的钓竿、钓线,往岸边拉。彩霞眼明手快,抓住了波波回到岸边的钓竿,使劲起竿,钓上来一只约两斤重的鳖鱼,钓钩被吞进肚里去了,扯也扯不出来。彩霞只好转轮收线,把靠鱼头的线剪断,把鳖鱼放进渔网里,将渔竿放到一旁。波波没事做,躺在草地上,看爷爷钓鱼。

江教授见没有大鱼咬钩,便坐在椅子上,跟孙子讲起故事来。

"古巴有个老渔夫,叫桑提亚哥,孤独地住在海边简陋的小茅棚里。

"在连续八十四天里,他没有捕到一条鱼。第八十五天,老人刚放下鱼饵,便发现钓丝动了一下。凭借经验,他断定这是一条大鱼。这激起他向它挑战的决心。

"老人用尽全身力气收拢钓丝,但鱼并不肯轻易屈服,非但没有上来一英寸,反而拖着小船慢慢游开去。老人想,如果用力过猛,鱼很快就会死去。但四个小时后,鱼依然拖着小船向浩渺无边的海面游去,老人也照旧毫不松劲地拉住背在脊梁上的钓丝。他们激烈地对抗着。

"这时,老人回头望去,陆地已从他的视线中消失。太阳西坠,繁星满天。那条大鱼整夜都没有改变方向。夜里天气冷了,老人的汗水干了,他觉得浑身上下冷冰冰的。他把一个麻袋垫在肩膀上,让钓丝下面减少摩擦,再弯腰靠在船头上,感到舒服了很多。为了能坚持下去,他不断地和鱼、鸟、大海对话,不断地回忆自己英勇的往事。他想,他一定要和这条鱼周旋到底。

"太阳升起来了,老人发觉鱼还没有疲倦,只是钓丝的斜度显示鱼可能要跳起来,这正是他求之不得的事。他想天黑以前一定要把鱼弄死。鱼开始不安分了,它突然把小船扯得晃荡了一下。老人用右手去摸钓丝,发现那只手正在流血。过了一会,它的左手又抽起筋来,但他仍竭力坚持。他吃了几片金枪鱼肉来增加点力气。

"正在这时,钓丝慢慢升起来,大鱼终于露出水面。它有五米多长,比他的船还要大。

"老人与大鱼一直相持到日落,双方已搏斗了两天一夜,大鱼跃起十几次后开始绕着小船打转。老人头昏眼花,只见眼前黑点在晃动,但他仍紧紧拉着钓丝。当鱼游到他身边时,他放下钓丝踩在脚下,然后将渔叉高高举起扎进鱼身。大鱼跳到半空,忽然"轰隆"一声落到水里。鱼仰身朝天,银白色的肚皮翻了上来,从它心脏流出来的血染红了蓝色的海水。

"老人把大鱼绑在船边胜利返航。可是一个多小时后,鲨鱼嗅到了大鱼的血腥味跟踪而至。老人把渔叉准备好,用绳子系住,待鲨鱼逼近船尾去咬大鱼的尾巴时,老人用刀杀死了两条来犯的鲨鱼,但在随后的搏斗中刀也断了,他又改用短棍。半夜里鲨鱼成群结队地涌来时,他实在无力对付它们了。

"船驶进小港时,人们看见船旁硕大无比的白色鱼脊骨。"

这个故事描述了人与大自然永远不可战胜的力量和面对暴力与死亡表现出来的勇气。

刚讲完故事,江教授的浮漂开始下沉,幸亏他发现得快,马上抓住渔竿,否则钓竿会被拖进水库里去。鱼背着钓线向水库中心窜,江教授"咝咝"地放着线。他有意停了一下,这激怒了它,它轰然一声跳到空中,摆动着红尾巴,然后"泼刺"一声落到水里,溅起巨大的水花。江教授不得已继续放线,放到将近八十米长了,鱼儿才停住,像打了桩似的,一动不动。"又是一条大鲤鱼,足有四十斤重。"江教授说着,又轻提了一下竿,鱼感到还有东西钩住它,便使劲往前窜,企图挣脱钓钩的线。江教授紧握渔竿,能收线时且收线。"看来,要打'持久战'了。"江教授说。收了一段线后,鱼又"泼刺"一声跳出水面,摆动着红尾巴,"泼刺"一声落入水中,溅起巨大的水花。鱼把线拉得"铮铮"作响,好像弹花机上紧绷的弦一样。

"不能再放线啦！水库中心有充氧机。线要是绕到充氧机上，不仅鱼会逃脱，线也会弄断。"彩霞提醒说。

"持久战"打了二十分钟，江教授感到体力有些不支，右臂有些胀痛，两腿也有些发麻。他把钓竿递给了彩霞，说："还是你来完成这个任务。"

彩霞想："大鱼停下不动，说明它累了，在积蓄力量。"于是，她将钓竿提几下，鱼感到疼痛，又窜动一阵，再提几下竿，鱼再窜动一阵子。每次窜动，都消耗掉鱼的精力，并尽可能收线，把鱼拉近些。彩霞的钓法，不是让大鱼跳出水面，谨防它逃掉，也不是让鱼待着不动，积蓄力量，而是使它在水里不停地游动，让它溜得筋疲力尽。又过了二十来分钟，这条大鲤鱼肚皮开始朝天，这才露出"庐山真面目"——一条大金丝鲤。江教授叫波波去拿抄网准备抄鱼。大鱼行将靠岸时，彩霞发现抄网小了，鱼抄不进网里去。彩霞将鱼慢慢牵引到水库旁边的沙滩上，大鱼翻着白，张着嘴，大口大口地吸着气、吐着气，尾巴也摆动了几下，再也无力动弹。彩霞把钓竿交给波波，叫他收好线。自己解鞋脱袜，跳入浅水中。双手揪住大鱼的两腮，把鱼提到水库堤上来，仔细一看，这条鱼嘴上还挂着五口钩，说明它至今逃脱过五次。周围的钓友们和南来北往的行人们都来围观，"啧啧"称赞鲤鱼之大，钓艺之高。江教授很高兴，看出彩霞有耐心，钓艺比自己高出一筹。场主笑嘻嘻地提着秤来称，一看秤，整整四十五斤。场主提着菜刀问怎么个分法。

江教授爽快地说："分成五等份。"彩霞猜想，是分给有赤霞村保姆的五个家庭。江教授常说："远亲不如近邻。""爱邻当如己。"

围观的人渐渐散了。彩霞提着小鱼和鳖在内的五十多斤鱼放进轿车的尾厢。江教授西望长空,空中的云彩变薄了,变成了大片金色的鱼鳞云,宛如一条金色的大鲤鱼。

上车前,江教授面对西边天空的一轮夕阳,沉吟了一句:

"青山依旧在,几度夕阳红?"

四

七月中旬,省外重点大学派人来湘录取新生。彤云的成绩进入了北京大学新闻传媒学院的分数线。"北大"的两位老师向她询问了一些情况,又看了她最近在《中国青年报》发表的文章和几封读者来信,认为她刻苦耐劳,表现突出,成绩优秀,动员她报名"北大"新闻传媒学院,并说品学兼优的学生可以享受奖学金。彤云打电话征求林总和叶校长的意见,他们都说千万不要放过读"北大"的机会。于是,彤云把志愿定为"北大新闻与传媒学院"。

后来,豆豆根据自己的志愿,录取了湖南师大艺术学院。她与中央音乐学院本科录取线仅差一分,但她并不认为是件憾事,因为这样便于照顾奶奶。两人商量,开学前几天回一次赤霞村。

在曙光花园当保姆的人不光是从赤霞村来的年轻妇女,还有来自益阳市、岳阳市、常德市、怀化市、张家界市甚至邻近省份的妇女。当听到人们对赤霞村来的保姆赞扬时，她们有的敬佩，自愧弗如，决心向她们学习；也有个别的心生嫉妒，担心自己被炒鱿鱼，有意贬低从赤霞村来的保姆们，说她们"爱出风头"、"爱图表现"，八月份将换走从赤霞村的保姆。如欧阳红豆啦，彤云啦，宁肯让她们去读书，也不愿意留住她们。还有方彩霞，自己要带一个三岁的女孩，也不能留下。从赤霞村来的五个保姆，将会天各一方。这两户有保姆上大学的人家都拜托彩霞请赤霞村的保姆，彩霞调动之前，江教授也委托她找赤霞村的保姆。另外，曙光花园还有相当一部分人家不满意现在的保姆，也委托彩霞找赤霞村来的保姆。有几户高门鼎贵之家看中了丹霞，指名道姓要请丹霞，月工资三千五；有几户指名道姓要请巫丹，月工资也是三千五；还有几户点名道姓要请彩霞，月工资四千元。

第一个听到这些消息的是江教授。他对个别造谣生事、黑白颠倒的保姆气愤不已。他逢人便说："彩霞，多好的保姆啊！来我家一年多，使我们这个家庭彻底变了样。我的病没有彩霞招呼是好不了的。波波也离不开她，没有她的关心，波波也没有读书的机会，有机会也读不了那么好。家里的大事小事，她都全心全意去料理。她办事的方法，比我们老一辈多。我和老伴根本离不开她。从前发工资，根据她的能力、贡献，每月多发八百元，彩霞坚决不收，怕引起其他保姆心里的不平衡。现在我想通了，好的保姆，月薪要增加，绝不能千篇一律了。彩霞是我请来的，谁要调走她，我就要跟他论理，甚至打官司！"

不几天，市妇联主任黄红来到了江教授家。江教授把请彩霞的亲身体会全告诉了她，表示绝对不能调走。

黄红主任笑着说："您说的话，正是我需要听到的。目前市家政服务中心的工作人员素质还不够高，有的会做不会说，有的会说不会做，缺少实践经验。彩霞同志是'见义勇为的优秀母亲'，具备多种条件，能做好保姆的组织者和带头人。把她调到市妇联分管家政服务工作，市里前前后后考虑了半年多时间。对您，对全家人，她仍然会尽可能关照的。另外，她三十岁了，儿子牺牲了，带了一个女儿，才三岁，也需要母爱，需要亲情。她到市妇联上班，孩子白天放在幼儿园，晚上接回家，于公于私、于人于己都有利。"

听完黄红主任的这番话，江教授涣然冰释，脸上云开雾散，觉得很有道理，满口答应了。

那些风言风语传到侯奶奶耳朵里，尤其听说要把丹霞调走，几户人家抢着要，工资高到三千五，侯奶奶神经顿时高度紧张起来，回到家里匆忙摁开神龛的开关，亮起了两支"蜡烛"，再添三根香，诚心诚意地向菩萨磕头作揖，口中念念有词：

"天上的玉皇、海里的龙王、南海的观音菩萨、西天的如来佛：

"余诚惶诚恐，有事前来相求。弟子深知，保姆丹霞是菩萨派来的。擒盗贼、救幼童，抓假尼姑，教育好我的顽皮孙子，招呼全家老幼，全靠她一人担当。她做事诚心诚意，任劳任怨，殚精竭虑，功绩卓著。弟子求菩萨保佑，不调走我家保姆。弟子深深感激菩萨的大恩大德。"

空口无凭，她跪在菩萨面前问了一次卦。结果是胜卦，她心里这块石头才算落了地。有人问她家里的保姆会不会走,她理直气壮地说:"怎么会走呢?在我家不是干得很好吗?眼下还准备给她加工资哩!"她问了卦,心里踏实,那是至高无上的神的意旨。

豆豆一上大学,除了节假日、双休日可以回家外,其他五天时间家里就奶奶一个人,自己照顾自己。豆豆很不放心,坚持要请一个保姆或钟点工照顾她,奶奶表示同意,否则,又会使豆豆牵肠挂肚,坐卧不安。到底请什么样的保姆呢?奶奶企望请到高中毕业的年轻女性,最重要的是为人忠诚、贴心、做事踏实,其次是活泼而富有生气。

奶奶说:"不要饥不择食。最好在彩霞去市妇联后,帮忙找市内的钟点工。上午十点上班买菜,下午六点半下班。晚上,请赤霞村来的一个可靠保姆在这儿睡。我晚上有个伴儿,胆子也大些,雇用人家也不会有意见的。"

"我跟彩霞姐讲讲,这事她会办得好的,您就不必挂在心上。"豆豆说。

"豆豆,还有一件事,奶奶必须跟你说。奶奶已经年过花甲,家无后嗣,举目无亲。重病时,常有行将就木之感。如果撒手人寰,遗嘱、存折、遗产证总得放个你知道的地方。我重病时写过遗嘱,那是经过公证的,永远有效,我把它们放在我卧室里的壁上女儿遗像的相框里。到那时,你一进门先拿到那个相框。你记得吗?"

"记得。但是自从您换肾以后,身体在一步步好转。只要您自己注意,再活二三十年不成问题。"豆豆说。

"再活二三十年不可能,能再活十年就不错了。我说的是万一，怕出现刚才我说的那种情况。"奶奶说。

"我上学后，您身体如遇不适，尽快打电话给我，越快越好。"说到这里，豆豆眼里闪着晶莹的泪光。

彩霞呀，彩霞！不少人委托你请好保姆，你遇到了一个真正的难题！赤霞村养蚕、制茶等专业户里有人才，可出不来呀！她找到丹霞，决定利用休假回一趟赤霞村，找到村支书、村长和妇女主任。村长是研究生刚毕业的村官，对村里情况还不大熟悉。

村支书笑嘻嘻地说："这是好事！说明我们赤霞村出人才，从保姆里出了两个大学生！其他的保姆也很受欢迎，人家出高价抢着要。我看，制茶、养蚕这些专业户里的骨干不能外出，再调十二名思想品德好、刻苦耐劳、诚诚恳恳、兢兢业业、手脚麻利、虚心好学的年轻妇女，十八周岁以上，三十五周岁以下，特殊情况可放宽到四十岁，有高中毕业或初中毕业文化，高中毕业生不少于百分之八十。那些决定明年参加复考的高中毕业生，让他们安心复考去，不计算在内。我们分成两组，我和丹霞一组，妇女主任和彩霞一组，挑选十二名符合条件的年轻妇女。"

两天时间，十二名年轻妇女挑选出来了，个个人品好，刻苦耐劳、兢兢业业，手脚利索，长相也好，难怪方圆几十里的人都说"赤霞村里出美女"。其中有三个是去顶替的。顶替彤云的，是本届高中毕业生，人品甚佳，不畏艰苦，忠心耿耿，聪明能干，写得出漂亮的文章，可就是数学成绩扯了后腿。她决心当保姆，走出一条灿烂的人生之路。顶替彩霞的，高中毕业，品行端庄，刻苦耐劳，任劳任怨，美术基础好，还会开汽车。顶替红豆的，年满十八，圆脸，一对会说话的大眼睛，身材苗条，高中刚毕业，品德高尚，敬老尊贤，温文尔雅，善于体贴人，会弹扬琴，小提琴也拉得不错，人见人爱。与豆豆的关系如胶似漆，但她不能也不愿做钟点工，宁愿每月少拿点工资。彩霞与丁教授电话商量，丁教授马上改变主意，同意不做钟点工，工资也不减少。她需要一个敬老尊贤、聪明活泼的女孩天天在自己身边，晚晚睡觉有个伴。奶奶征求豆豆的意见，豆豆说了五个"好"字，笑得在床上打了三个滚。

赤霞村这十二个准保姆到村长处领到外出务工证，很快准备了行李，翌日早饭后整装出发，乘上去省城的公共汽车，去赶市家政服务中心第四十期培训班。

肜云回到省城，快要入学了，有两件事在叶校长心里萦回。一是要给她准备学费和生活费，二是给她买几套衣服，一只皮箱。肜云一向十分节俭，在乡村高中学生中，她穿的衣服最差、最陈旧，大都是她娘穿过后使用那台旧缝纫机改的，有的地方打着补丁，幸亏有套蓝色的漂亮校服把这些遮住了。上大学没有校服，遮不住那些陈旧的补丁摞补丁的衣服。"人靠衣装，佛靠金装。"一个正值花季的姑娘，出落到十九岁，上名牌大学了，总得穿身像样的衣服，不能老是"清水出芙蓉，天然去雕饰"。买衣服的钱不能交给她，否则她会把这些钱存起来，交给爸爸妈妈。因此，叶校长亲自带领她到几家大服装店，帮她挑选衣服。她们买了热天穿的套装的套裙，买了几套短袖和长袖的内衣内裤，买了两套与年龄相称的春秋衫和西裤、羊绒衣服、皮鞋、袜子和运动用的鞋袜。冬装还没有上市，等上市时让她到北京去买，那里款式要新颖些。今天买的这些衣服跟定做的一模一样，非常合身，显现出靓丽的青春的光彩和活力，身体也显得苗条多了。彤云非常高兴，也十分感激，心里产生了强烈的幸福感。

暑假里，赤霞河的大学生们常常三五成群地聚会，传递着各种信息，其中少不了有关大一学生侯小俊的一些传闻逸事。

熟悉侯小俊的同学说："侯小俊在学校特别讲究吃、穿，经常西装革履，租房子，坐馆子，吸高级香烟、喝高级酒，好一副纨绔子弟派头，其他学生与之相比，大相径庭。仅在读大一这段时间里，他就谈过四次恋爱，那四个女学生了解他的情况后，都挂了筒。"

七月下旬，彤云录取于北京大学新闻与传媒学院；八月上旬，豆豆录取于湖南师大艺术学院。开学前几天，她们一同回到了赤霞村。

听说彤云录取了北京大学，彤云的学习生活费用由省城一家报社的总编辑承担，侯小俊心生嫉妒，想起了一年前桑林里的那次约会，后悔自己的态度傲慢，伤害了她的自尊心。后来，侯小俊找了几次，也没有找到彤云。日久情疏，还不知道她现在怎样看待自己呢！

大学开学进入倒计时，侯小俊得分分秒秒地抓住机会，跟她小心翼翼、哪怕是低三下四地谈一次。机会终于来了。这几天，彤云的父亲大腿伤口发炎，住在镇卫生院。这几晚由女儿彤云和儿子彤浩轮流守护。侯小俊从镇卫生院得到一条千真万确的消息：今晚轮到彤浩守护。加上天热停电，他非得利用今晚这个千载难逢的良机，让她在侯小俊的老谋深算之下成为网中之鱼、瓮中之鳖。

天黑下来，侯小俊选择无人碰见的小路匆匆忙忙赶到了赤霞村。夜深沉，万籁俱寂，连一声狗吠也没有，家家户户都没有灯光，赤霞村沉浸在一个月色朦胧的童话般的世界里。侯小俊来得正是时候，他看见彤云房间里的窗户打开了两扇，门也半掩着，心想：可能是因为天气太热，需要通风。

他按捺不住自己的心跳，侧着身子，轻手轻脚地进了门，慢慢地摸了进去，只见彤云正躺在床上，蚊帐是放下来的，四周扎得严严实实，看样子好像还没有睡着，躺在蚊帐里扇扇子呢！

"彤云！彤云！我是侯小俊，你听见了吗？我们差不多一年没见面、没联系了。我天天想念着你、挂念着你。特别是在你南下寻人的那段日子里，我提心吊胆，坐卧不安。一年前我在桑树林里说过的话，都是一派胡言乱语，惹得你生气。这全怪我，都是我的错！我天天反省自己，要好好地向你学习。今天，我向你道歉来了，赔罪来了。"

蚊帐里的扇子停了。侯小俊估计她在全心全意地倾听，便想进一步感动她："小时候，我们是青梅竹马，两小无猜，同窗共读。我们一起在赤霞河游泳，捕鱼捉虾，摘桑葚，看天上白云朵朵，变幻无穷……"

"彤云，你为什么不回答我？不原谅我？"侯小俊见彤云不理他，毫无谅解之意，决心添油加码："彤云，我跪在你面前了。你不原谅我，不回答我，我就不起来。彤云，你忍心吗？"侯小俊说到这里，大概感到自己的确有些可怜，伤心地哭了起来，用拳头擂着自己的脑袋，但无论如何挤不出一滴眼泪来。

"彤云，我给你买了一部四千多元的手机，我的手机号码已输入里面了，今后你随时可和我通话。读书的费用不足，我可以设法帮助你。你可千万别利用假期打工挣钱，累坏了身子，让我心疼！"

侯小俊见这些话仍然感动不了彤云，进一步加重语气，隐隐地痛哭起来："云云，云云，失去你，我不愿活下去！只求你答应一声，表个态，我们一起和好如初。人生哪，说穿了，只不过是一场戏，别那么正经八百的。说句真心话，人的一生离不开'吃喝玩乐'四个字。你说是吗？"

侯小俊眼馋地望着朦胧月色下躺着的彤云富于曲线美的身躯，垂涎欲滴，心里痒酥酥地，说："云云，我晓得你没睡着，我也实在控制不住了。求你答应我轻轻抚摸一下你的脚。"

侯小俊掀开蚊帐，将手机递进去，伸出双手去抚摸彤云的大腿。

"侯小俊，你这个坏蛋！深更半夜摸到别人闺房里来了。给我滚出去！要不然我会大声喊叫了！"蚊帐里响起了欧阳红豆愤怒的吼声，新买来的高档手机也随之扔出窗外。此刻，彤云从镇卫生院回到房门前，听到豆豆的叫喊声，急忙推门进屋。彤云她娘也起了床，拄着根拐棍，站在阶矶上警惕地张望，只见一个黑影从女儿窗口跳出来，摔了一跤，爬起来，仓皇而逃……

原来，高校开学在即，彤云和豆豆回赤霞村要准备几天。彤云和彤浩今晚准备守护卫生院的爸爸，家里只留下彤云的妈妈这一个病人，不放心，请豆豆睡在自己床上。彤浩认为夜里只他一个人守护就行，彤云便往家走，想和豆豆亲亲热热地作一次竟夜长谈，没想到遇上了上述故事的结尾。

尾声　瞻仰

彤云和红豆收到高校录取通知书后,彩霞、丹霞、巫丹都向她们表示祝贺,但也渐渐地产生了一种隐隐的离愁。离入学时间越近,这离愁越来越深。五个人像五姐妹一样亲密无间,突然要离别,离愁别绪不绝如缕。来省城一年多了,省城的一些主要革命纪念地还没有去过。她们利用一个阴天的假日到几个主要革命纪念地瞻仰、拍照、接受教育,留作纪念。

她们来到中共湘区委员会旧址暨毛泽东杨开慧旧居。旧居坐北朝南,砖木结构。堂屋右边第一间房是毛泽东与杨开慧的卧室兼办公室,也是毛岸英、毛岸青的诞生之地。领导湖南和江西萍乡工农运动的中共湘区委员会机关就在这里。她们满怀激情地在此留了影。

她们来到湖南烈士公园。高高的烈士塔巍然屹立,格外引人注目。塔上"湖南烈士公园纪念碑"九个金色大字为毛泽东同志所书。碑下是纪念堂,陈列着杨开慧、夏明翰、郭亮等九十位先烈的遗像、遗物、事迹。公园还有红军渡等革命遗址。她们怀着对湖南烈士无比敬仰的心情,在纪念塔旁和红军渡留了影。

她们来到位于岳麓山风景名胜区内东侧的清风峡爱晚亭。此亭原名"红叶亭",后来根据唐代诗人杜牧"停车坐爱枫林晚,霜叶红于二月花"的名句,改名"爱晚亭"。"爱晚亭"三个字由毛泽东亲自题写，字迹非凡，遒劲有力。毛泽东在第一师范求学时，常与许多革命友人来此聚谈国家大事。她们怀着无比景仰的心情在此摄下了好些珍贵的照片。

她们来到橘子洲头，古为潇湘八景之一的"江天暮雪"之一。毛泽东在长沙求学时，常与蔡和森、周士钊等在此谈论天下大事。洲头一块巨形汉白玉纪念碑上镌刻着毛泽东手书的一首词《沁园春·长沙》：

独立寒秋，湘江北去，橘子洲头。看万山红遍，层林尽染；漫江碧透，百舸争流。鹰击长空，鱼翔浅底，万类霜天竞自由。怅廖廓，问苍茫大地，谁主沉浮？携来百侣曾游。忆往昔峥嵘岁月稠。恰同学少年，风华正茂；书生意气，挥斥方遒。指点江山，激扬文字，粪土当年万户侯。曾记否，到中流击水，浪遏飞舟？

笔走龙蛇，龙飞凤舞。读完此词，她们浮想联翩，激情高涨，豪情满怀，令人奋发，决心不虚度青春年华。她们在橘子洲头摄下了一些令人难忘的照片。

到了彤云和红豆要去学校报到的日子了，林总、叶校长、彩霞、丹霞、巫丹、豆豆、佳佳都到车站为彤云送行。高速列车徐徐开动了，林总、叶校长、彩霞、丹霞、巫丹、豆豆、佳佳向彤云挥手告别，四位保姆的眼泪扑簌簌掉下来。

第二天，豆豆也入学了。由彩霞开车送到师大，同去的还有巫丹、丹霞、丁教授。豆豆报过到，在大一女生宿舍找了个铺位，放好行李箱，又目送她们走出艺术学院。豆豆眼里噙着泪花，向亲爱的奶奶和姐姐们挥手告别。

两小时后，江教授一家人和丹霞、巫丹把彩霞送到了市妇联。

翌日清晨，朝霞似锦。市妇联大楼前的夹竹桃鲜花怒放；红紫薇在枝头伸出沉甸甸、密匝匝的球形花朵，在晨风中摇曳；石榴红艳艳的花朵聚集在碧叶丛中；美人蕉如绚丽的美女亭亭玉立；木芙蓉在枝头开满了硕大的火红花；喜鹊在香樟树上"叽叽喳喳"地欢叫着……

早饭后，赤霞村已经签好了合同的十二位保姆提着行李袋，由彩霞和小王领着，走出市家政服务中心，下了公交车，走进了曙光花园。这座高楼耸立、花木掩荫、流水潺潺的花园里响起了"噼噼啪啪"的鞭炮声……

2011 年中秋起笔
2012 年中秋完稿

后　记

　　写小说，选题是很重要的。当前，写历史题材、军事题材、公安题材、官场题材、农村题材、打工族题材的小说特别多；而今保姆如云，以保姆为题材的小说却很少。乍一想，写这方面的题材，无非是些柴米油盐、买菜做饭、推轮椅、带孩子、抹桌子、拖地板之类的琐屑事，因而读者不愿意看，作者不愿意写。

　　在长篇小说《从赤霞村来的保姆们》中，我试着以保姆为题材，跳出了那些琐屑的生活圈子，立在时代的潮头，以新的视角，描绘了从赤霞村来到省城的五个年轻保姆，为了共同的事业而努力奋斗的故事。写她们艰苦奋斗的品格，写她们与雇主之间团结合作、和谐相处的新型关系，写保姆们之间互相帮助、临危不惧的精神风貌，写她们与社会上各种进步力量的团结互助，写出了她们与社会上丑恶势力的顽强斗争，写出了真善美与假恶丑之间的尖锐较量。

　　教育好孩子是保姆们的重要职责。书中十八岁的波波因十岁时与抢劫犯搏斗，脑部负伤，辍学已经八年，整天无所事事，岁月蹉跎，成了爷爷、奶奶长期的心病。保姆彩霞找学校、找校长、找老师，把他送到了美术学校，回家后又手把手地辅导他素描，教他学会了一些唐诗宋词，国庆、清明带他去乡下，给这个孤立无援的孩子找到了一条真正的人生之路、希望之路、理想之路。六岁的"顽皮大王"涛涛常常跟幼儿园的同学打架,扯断了同学的书包带,谁也管不住,被幼儿园的老师送回了家,丹霞给她讲邱少云严守纪律、英勇牺牲的故事、董存瑞舍身炸碉堡的故事,使涛涛逐步认识并改正了自己的缺点,下决心争做好人好事。子夜时分,丹霞孤身勇斗入室歹徒,涛涛机智勇敢地去爸爸房里报警。歹徒被制伏后,涛涛受到丹霞的表扬。为了锻炼孩子们不畏艰苦、勇敢顽强的精神,为了保卫母亲河,彩霞和丹霞不顾天寒地冻,让他们到河中的沙洲上拾垃圾。无意中挖出了清代的一些铜钱和瓷器,卖了钱。不久四川龙门山发生大地震,涛涛把一部分钱用来赈灾义捐,波波义卖了他处心积累、殚精竭虑创作出来的两幅心爱的画。孩子教育的成功,付出了保姆们无数的心血。

写小说应注重情节。本书尽可能注意了。情节曲折,多处埋下了伏笔,安排了照应。彤云每次模仿《红灯记》里的磨刀人的动作和吆喝声时,佳佳都大笑不止,在佳佳幼小的心灵里留下了深刻难忘的印象,为彤云后来模仿磨刀人的吆喝声找到被拐卖的佳佳起了重要的作用。

在"巫丹"、"天怒"两章中,写了一段重要感人的情节。由于父亲欠下了几百万元赌账、家徒四壁、妻离子散,丹丹读完高二便辍学,去省城当了饭店服务员。被老板侮辱后,她改学按摩,治好了一位农村老大爷的耳病,认识了老大爷的女儿张倩;后来行尸走肉、放浪形骸的"马部长"在宾馆强奸了巫丹。巫丹在彩霞的指引下当上了保姆。当贪污犯、强奸犯和包养情妇的"马部长"东窗事发后,公安检察机关敦促受害的巫丹找证据。"踏破铁鞋无觅处"的巫丹偶然在强奸巫丹的宾馆与服务员张倩不期而遇，巫丹从这里找到了张倩这一人证和由她小心保存下来的各种物证，真可谓"得来全不费工夫"。矛盾在错综复杂的斗争中发生、发展、进入高潮和结局，表现了事物发展的偶然性和必然性。

巫丹的父亲为了躲债四处逃亡，昼夜不归，她十分恨他。然而，毕竟由于过去有养育之恩和与父亲有血缘关系，她在艰难的时刻也想起他，以至于在雷雨交加的梦中，还叨念着"爸爸呢？你到哪里去了？……还记得孩提时代的丹丹吗？"巫丹想，爸爸说不定已经死在哪里了。我在"征服"一章中借江教授钓鱼从水库里钓上了巫丹父亲的尸体，事件的偶然性印证了事件发展的必然结局。

小说运用了暗示。佳佳被拐卖前，彤云给佳佳讲解李白的《静夜思》，并且告诉她，她的故乡"在省城"，在"她居住的地方"。晚上，彤云给她讲了关于狼的两个故事，指出人里面也有像狼一样的坏蛋。这些暗示小佳佳将出现人生的劫难。

该作中的环境描写、心理描写和行动描写，我尽力做到轻重有别，粗细相宜。老实忠厚、严以律己的巫丹受害后诚惶诚恐地到医院孕检，从诊室回到"家"的一系列动作描写、心理描写、肖像描写、环境描写，使情节呈现出浓厚的悲剧气氛。描写巫丹满怀悲愤、在狂风暴雨中徒步十里，回到养育过她的赤霞河，准备将自己年轻的生命和美好的身躯投入赤霞河的那一刻，赤霞河电光闪闪、雷声隆隆、风雨交加、浊流滚滚……作者通过恶劣的环境描写，深刻的心理描写，加上强烈的抒情，把悲剧推到了顶点。

本书中的人物各具特色。特别是其中的五位保姆。彩霞的勤劳、成熟、开朗，丹霞的勇敢、无畏、循循善诱，巫丹的淳朴、忠于职守、追求进取，彤云的聪慧、朴实、节俭，豆豆的活泼、重情和有主见，通过她们的语言描写、行动描写、心理描写——表现出来。彤云南下寻人，住的是小旅店，睡的是临时铺，靠抢刀磨剪寻人和维持生计，每餐吃的是一个馒头或一个烧饼，除夕之夜破例吃了一个十五元钱的具有家乡口味的盒饭，连粘在手上的一粒饭也舔光了。考上"北大"时，她穿的还是打补丁甚至补丁摞补丁的衣服。这些，焕发出她吃苦耐劳、勤俭节约的闪光点，表现了这个出身贫寒的女孩身上的潜质和美德。

  勇敢、顽强、富有斗争精神是五位保姆的共性。晚饭后，保姆们带着孩子们在滨江风光带散步，"亿万富翁"胡立本带着一伙人威风凛凛地闯过来，他们中的一条生性凶猛的黄獒犬仗着人势，向让到小路上抱着茜茜的巫丹扑来。石匠的女儿丹霞飞起一脚，踢断了黄獒犬的一条腿，才使黄獒犬仅抓破一点皮，撕破了茜茜的裤子。保姆们受到胡立本一伙人的围攻、欺诈，并被扣留到胡老板隔壁办公室达四个多小时。保姆彩霞、丹霞等马上报警，奋起反击，句句击中胡立本的要害。胡立本得知被狗抓伤的是市公安局副局长的爱女和中意保姆时，立即改变手法，拉拢保姆们，握手示好，赔礼道歉，行贿送礼，企图逃避法律的罚处。市城管局将违法饲养的四条狗就地正法，胡立本等人恶行毕露，被公安机关带走。这个情节，写胡立本一波三折，体现出五位保姆与社会上丑恶势力勇敢斗争的精神。五位保姆性格各具特色，又有共同的闪光点，连姓名也与"红"、"赤"二字相关，有如灿烂的"五朵金花"。

我尽力做到该小说的语言朴实、流利,其中穿插了一些生动的、富有教育意义的故事。佳佳生日那天午饭后,彤云给她讲述了"孔融让梨"的故事。傍晚时彤云削梨,佳佳将削好的梨一个一个送到大人手里,给自己留下一个最小的。三岁半的茜茜吃饭慢吞吞的,常常要妈妈喂,吃饭时什么都想。晚上,巫丹给茜茜讲了一个"小猫钓鱼"的故事。小猫跟着猫妈妈钓鱼,看到蜻蜓就去捉蜻蜓,看到蝴蝶就去捉蝴蝶,结果没钓到一条鱼。猫妈妈告诉小猫:钓鱼要一门心思、专心专意。后来小猫专心致志,终于钓到了一条大鱼。巫丹告诉茜茜,吃饭也是一样,要专心专意地吃,不能想这想那,玩这玩那。这个故事虽然信手拈来,语言平实,效果却发人深省。

书中所写的事有许多是我原来不知道的。例如小提琴的档次、价格、结构和各部位的名称不知道,便到琴行里去问、去看。乐曲舞姿有什么特色,我常到歌厅舞池去听、去看、去想象。写按摩,我将经常按摩的一些部位记下来。写丁教授选中了赤霞村的一个新的年轻保姆,征求豆豆的意见,豆豆高兴得连说了五个"好"字,在床上打了三个滚,这是我见到过的细节。写花木,我把观察到的形态、色彩、气味和花期一一记录下来,用以发挥它的衬托作用或赋予它象征意义。写山、写水、写故乡,常常把自己孩提时代的生活也搭进去了。写上山采菌子,摘野果,捉野兔、打豺狗,是我孩提时代经历过的事。写彤云撒喇叭寻人,源于我的居地千米之内常常听到磨刀人"磨剪子嘞……抢菜刀"的吆喝声。

书中有许多优美的自然环境描写。无论是写山水鸟鸣,还是写树木花草,不是映衬人们的生活之美、心灵之美、肖像之美,就是象征人们的团结、感情和友谊,或者以及表明季节的更替,抑或是写人们对未来充满信心、向往和希望。

这部作品存在一些不足之处,如后段情节欠紧凑,布局行文有的欠妥,思想内容有的开拓得不够深刻,敬请专家和各位读者不吝赐教。

此书完稿后,北京燕山出版社的编辑们首先发现了这部书稿,并为此书出版付出了辛勤的劳动,我谨向他们致以最崇高的敬意和最诚挚的谢意!

成伟钧
2012 年 10 月 15 日

图书在版编目（CIP）数据

从赤霞村来的保姆们 / 成伟钧著. —北京：北京燕山出版社，2012.12
 ISBN 978-7-5402-2973-3

Ⅰ.①从… Ⅱ.①成… Ⅲ.①长篇小说—中国—当代 Ⅳ.① I247.5

中国版本图书馆 CIP 数据核字（2012）第 244890 号

从赤霞村来的保姆们

责任编辑：满　懿
封面设计：沈雪音　田璐溦
责任校对：张瑞武　扈二军
出版发行：北京燕山出版社
社　　址：北京市宣武区陶然亭路 53 号
经　　销：新华书店
电　　话：010-65240430
邮　　编：100054
印　　刷：中煤涿州制图印刷厂北京分厂
开　　本：145 mm × 210 mm　1/32
字　　数：222 千字
印　　张：10.5
版　　次：2012 年 12 月第 1 版
印　　次：2012 年 12 月第 1 次印刷
定　　价：29.00 元

版权所有　　翻印必究